U0636055

中國古典文學基本叢書

李太白全集

第三册

〔唐〕李白 著
〔清〕王琦 注

中華書局

李太白全集卷之十四

錢塘王琦琢崖輯注
王濟魯川較

古近體詩共二十六首

廬山謠寄盧侍御虛舟

《太平寰宇記》：廬山，在江州南，高二千三百六十丈，周迴二百五十里。其山九疊，川亦九派。《郡國志》云：廬山疊嶂九層，崇巖萬仞。《山海經》所謂三天子鄣，亦曰天子都也。周武王時，匡俗字子孝，兄弟七人，皆有道術，結廬於此。仙去，空廬尚存，故曰廬山。李華《三賢論》：范陽盧虛舟幼真，質方而清。賈至有《授盧虛舟殿中侍御史制》，云「勑大理司直盧虛舟，閑邪存誠，遯世頤養。操持有清廉之譽，在公推幹蠱之才。可殿中侍御史」云云，殆其人也。

我本楚狂人，鳳歌笑（一作「哭」，非）孔丘〔一〕。手持緑玉杖（一作「枝」），朝別黃鶴樓〔二〕。五岳尋仙不辭遠，一生好入名山游。廬山秀出南斗旁，屏風九疊雲錦張〔三〕，影落明湖青黛光。金闕前開二峰長（繆本作「帳」）〔四〕，銀河倒挂（一作「瀉」）三石梁〔五〕，香爐瀑（音僕）布遥相望〔六〕，迴崖沓嶂凌（一作「何」，繆本作「崚」）蒼蒼〔七〕。翠影紅霞映朝日（一作「照千里」），鳥飛不到吴天長。登高壯觀天地間，大江茫茫去不還。黄雲萬里動風色，白波九道流雪山〔八〕。好爲廬山謡，興因廬山發。閑窺石鏡清我心〔九〕，謝公行處蒼苔没（一作「緑蘿開處懸明月」）〔一〇〕。早服還丹無世情〔一一〕，琴心三疊道初成〔一二〕。遥見仙人綵雲裏，手把芙蓉朝玉京〔一三〕。先期汗漫九垓上，願接盧敖游太清〔一四〕。

〔一〕《高士傳》：陸通，字接輿，楚人也。好養性，躬耕以爲食。楚昭王時，通見楚政無常，乃佯狂不仕，時人謂之楚狂。孔子適楚，接輿游其門，曰：「鳳兮鳳兮，何如德之衰也。來世不可待，往世不可追也。天下有道，聖人成焉。天下無道，聖人生焉。方今之時，僅免刑焉。福輕乎羽，莫之知載。禍重乎地，莫之知避。已乎已乎，臨人以德。殆乎殆乎，畫地而趨。迷陽迷陽，無傷吾行。卻曲卻曲，無傷吾足。山木自寇也，膏火自煎也。桂可食，故伐之。漆可用，故割之。人皆知有用之用，而不知無用之用也。」孔子下車欲與之言，趨而避之，不得與之言。楚王聞陸通賢，遣使者持金百鎰，車馬二駟，往聘，曰：「王請先生治江南。」通笑而不應。使者去，夫負釜甑，妻戴紝器，變名易姓，游諸名山。食桂櫨實，服黄精子，隱蜀峨眉山，壽數百年，俗傳以爲仙云。

〔二〕《湖廣通志》：黄鶴樓在武昌府城西南隅黄鶴磯上。

〔三〕周省齋曰：宋陳令舉《廬山記》：舊志云：漢武帝過九江，築羽章館於屏風疊，下臨相思澗。今五老一峰，疊石如屏嶂，蓋其故地。

〔四〕《水經注》：廬山之北有石門水，水出嶺端，有雙石高竦，其狀若門，因有石門之目焉。水導雙石之中，懸流飛瀑，近三百步許，散漫數十步。上望之連天，若曳飛練於霄中矣。

〔五〕《尋陽記》曰：廬山上有三石梁，長數十丈，廣不盈尺，杳然無底。查悔餘曰：元李洞言，三石梁在開先寺西，黎眗言在五老峰上，或云在簡寂觀及上霄、紫霄二峰間。桑喬《廬山紀事》則竟以爲無如竹林之幻境。衆説紛然，莫知所指。今三疊泉在九疊屏之左，水勢三折而下，如銀河之挂石梁，與太白詩句正相脗合，非此外别有三石梁也。後人必欲求其地以實之，失之鑿矣。

〔六〕釋慧遠《廬山記》：其山大嶺凡七重，圓基周迴垂五百里。其南嶺臨宫亭湖，下有神廟。七嶺會同，莫有升之者。東南有香爐峰，游氣籠其上，氤氲若香烟。西南有石門山，其形似雙闕，壁立千餘仞，而瀑布流焉。其中鳥獸草木之美，靈藥芳林之奇，所稱名代。楊齊賢曰：《廬山記》：山南、山北瀑布無慮十餘處。香爐峰與雙劍峰在瀑布之旁，水源在山頂，人未有窮者。或曰，西入康王谷爲水簾，東爲開元禪院之瀑布。

〔七〕楊炯詩：重巖窅不極，疊嶂凌蒼蒼。

〔八〕《尚書》：九江孔殷。孔安國注：江於此州界分爲九道。《尚書音釋》：九江，《尋陽記》云：一曰烏白江，二曰蚌江，三曰烏江，四曰嘉靡江，五曰畎江，六曰源江，七曰廩江，八曰提江，九曰箘江。張須元《緣江圖》云：一曰三里江，二曰五州江，三曰嘉靡江，四曰烏土江，五曰白蚌江，六曰白烏江，七曰箘江，八曰沙堤江，九曰廩江。參差隨水長短，或百里，或五十里。始於鄂陵，終於江口，會於桑落洲。《太康地記》曰：九江，劉歆以爲湖漢九水，入彭蠡澤也。《太平寰宇記》：《尋陽記》云：九江在潯陽，去州五里，名白馬江，是大禹所疏。會於桑落洲上下三百餘里合流。昔秦皇漢武並登廬山，以望九江也。琦按：太史公曰：予南登廬山，觀禹疏九江。《淮南子》曰：禹鑿江，而通九路。應劭曰：江自尋陽分爲九。郭璞《江賦》曰：流九派於尋陽。自西漢迄東晉，皆言大江至尋陽分爲九江。《尋陽記》、《緣江圖》又備列其名，而朱子《九江辯》獨闢之，不從其説。林少穎曰：九江之名與地勢，久遠不可强通，然各自別源，而下流入江，則可以意臆也。當由水道通塞離合，古今各異之故。斯言當矣。

〔九〕《藝文類聚》：宫亭湖邊，旁山間，有石數枚，形圓若鏡，明可以鑑人，謂之石鏡。《太平寰宇記》：石鏡在東山懸崖之上，其狀團圓，近之則照見形影。《一統志》：石鏡峰在南康府西二十六里，有一員石懸崖，明淨照人見影，隱見無時。謝靈運詩：攀崖照石鏡。即此。

〔一〇〕謝靈運有《登廬山絶頂望諸嶠》詩。

〔一一〕《抱朴子》：還丹，服一刀圭，百日仙也。朱鳥鳳凰，翔覆其上，玉女至旁。《廣弘明集》：燒丹成水銀，還水銀成丹，故曰還丹。

〔一二〕《黄庭内景經》：琴心三疊舞胎仙。梁丘子注：琴，和也。疊，積也。存三丹田，使和積如一。

〔一三〕《枕中書》：元始天王在天中心之上，名曰玉京山。山中宫殿，並金玉飾之。

〔一四〕《淮南子》：盧敖游於北海，經乎太陰，入乎玄闕，至於蒙穀之上。見一士焉，深目而玄鬢，淚注而鳶肩，豐上而殺下，軒軒然，方迎風而舞。顧見盧敖，慢然下其臂，遯逃乎碑下。盧敖就而視之，方倨龜殼而食蛤梨。盧敖與之語，曰：「惟敖爲背群離黨，窮觀於六合之外者，非敖而已乎？敖幼而好游，至長不渝，周行四極，惟北陰之未闚，今卒覩夫子於是，子殆可與敖爲友乎？」若士者，齤然而笑，曰：「吾與汗漫期於九垓之外，吾不可以久駐。」若士舉臂而竦身，遂入雲中。高誘注：盧敖，燕人。秦始皇召以爲博士，使求神仙，亡而不反。汗漫，不可知之也。九垓，九天之外。

下尋陽城泛彭蠡寄黄判官

唐時潯陽郡，即江州也，隸江南西道。《元和郡縣志》：彭蠡湖，在江州都昌縣西六十里。按彭蠡湖，今江西之鄱陽湖是也。在南昌府城東北一百五十里，饒州府城西四十里，南康府城東五里，九江府城東南九十里，四州諸水皆入焉。周圍四百五十里，春水漲時，茫無涯畔，足配洞庭。又北歷星子、都昌、德化、湖口，注於大江。

浪動灌嬰井，尋陽（一作「吾知」）江上風〔一〕。開帆入天鏡〔二〕，直向彭湖東〔三〕。落影轉疏雨，晴雲散遠空。名山發佳興（三句一作「返影照疏雨，輕烟澹遠空，中流得佳興」），清賞亦何窮。石鏡挂遥月，香爐滅彩虹（一作「瀑布洒青壁，遥山挂彩虹」）〔四〕。相思俱對此，舉目與君同。

〔一〕《元和郡縣志》：江州城，古之湓口城也。漢高帝六年，灌嬰所築。建安中，孫權經此城，自標井地，令工掘之，正得古井。銘曰：「漢六年，潁陰侯開。卜云三百年當塞，塞後不滿百年，當爲應運者所開。」權以爲己瑞。井極深，大江中風浪，井水輒自動。

〔二〕陸放翁《入蜀記》：泛彭蠡口，四望無際，乃知太白「開帆入天鏡」之句爲妙。

〔三〕彭湖，即彭蠡湖也。

〔四〕石鏡、香爐，俱見上首注。

書情寄從弟邠州長史昭

《唐書·地理志》：關内道邠州新平郡，義寧二年析北地郡之新平、三水置。邠故作「豳」，開元十三年以字類「幽」，改。長史，詳見七卷注。

自笑客行久，我行定幾時。緑楊已可折，攀取最長枝。翩翩（一作「翻翻」）弄春色，延佇寄相思〔一〕。誰言貴此物，意願（一作「厚」）重瓊蕤〔二〕。昨夢見惠連，朝吟謝公詩〔三〕。東風引碧草，不覺生華池〔四〕。臨玩忽云夕，杜鵑夜鳴悲〔五〕。懷君芳歲歇〔六〕，庭樹落紅滋。

〔一〕《楚辭》：結幽蘭以延佇。延佇，長立也。

〔二〕陸機詩：玉顔侔瓊蕤。張銑注：瓊蕤，玉花也。

〔三〕鍾嶸《詩品》：《謝氏家録》云：康樂每對惠連，輒得佳語。後在永嘉西堂，思詩竟日不就。寤寐間，忽見惠連，即得「池塘生春草」，故常云此詩有神助，非吾語也。

〔四〕《楚辭》：蛙黽游乎華池。王逸注：華池，芳華之池也。

〔五〕《埤雅》：杜鵑，一名子規，苦啼，啼血不止。一名怨鳥，夜啼達旦，血漬草木。凡鳴皆北向，啼苦則倒懸於樹。《説文》所謂蜀王望帝化爲子巂，今謂之子規，是也。《華陽風俗録》：杜鵑大如鵲而羽烏，聲哀而吻有血，春至則鳴。《臨海異物志》：杜鵑至三月鳴，晝夜不止。

〔六〕芳歲，猶芳春也。鮑照詩：泉涸甘井竭，節徙芳歲殘。

寄王漢陽

唐時江南西道有漢陽縣，隸沔州漢陽郡。

南湖秋月白，王宰夜相邀。錦帳郎官醉〔一〕，羅衣舞女嬌（繆本作「驕」）。笛聲諠沔、鄂〔二〕，歌曲上雲霄。别後空愁我，相思一水遥。

〔一〕此詩是泛沔州城南郎官湖之後所作。王宰，謂漢陽令王公。郎官，謂尚書郎張謂。詳見二十卷詩序。《後漢書》：郎官上應列宿，出宰百里。

〔二〕唐之沔州，即漢陽郡，今爲漢陽府。唐之鄂州，即江夏郡，今爲武昌府。二郡相對，中間隔江七里。

春日歸山寄孟浩然繆本作「孟六浩然」

胡震亨曰：玩詩意，乃偕一顯者游禪寺和詩，疑題有誤。琦按：孟六浩然恐是孟贊府之訛。

朱紱遺塵境〔一〕，青山謁梵筵〔二〕。金繩開覺路〔三〕，寶筏度迷川〔四〕。嶺樹攢飛栱，嵒花覆谷泉。塔形標海日（蕭本作「月」），樓勢出江烟。香氣三天下〔五〕，鐘聲萬壑連。荷秋珠已滿，松密蓋初圓〔六〕。鳥聚疑聞法〔七〕，龍參若護禪。媿非流水韻，叨入伯牙絃〔八〕。

〔一〕朱紱，詳見十一卷注。

〔二〕陳子昂詩：山水開精舍，琴歌列梵筵。

〔三〕《法華經》：國名離垢，琉璃爲地，有八交道，黄金爲繩，以界其側。《法苑珠林》：涉迷津於曩識，微塵之數易窮；返覺路於初心，僧祇之期難滿。

〔四〕《翻譯名義》：《功德施論》云：如欲濟川，先應取筏，至彼岸已，舍之而去。《韻會》：筏，《説文》：海中大船。《廣韻》：大曰筏，小曰桴。《方言》：簰謂之筏，編竹木浮河以運物，南土名簰，北土名筏。

〔五〕三天，即三界也，謂欲界、色界、無色界。

〔六〕《玉策記》：千歲松，四邊披起，上杪不長，望而視之，有如偃蓋。

〔七〕《法苑珠林》：舍衛國祇樹精舍，衆集之時，獼猴、飛鳥，群類數千，悉來聽法，寂寞無聲。事竟即去，各還所止。犍椎適鳴，已復來集。

〔八〕《吕氏春秋》：伯牙鼓琴，鍾子期聽之。志在流水，鍾子期曰：「善哉乎鼓琴，湯湯乎若流水。」駱賓王詩：「成風郢匠斲，流水伯牙絃。」

《瀛奎律髓》云：太白負不羈之才，樂府大篇，翕忽變化，而律詩工夫縝密如此，與杜審言、宋之問相伯仲。别有《贈浩然詩》曰：「醉月頻中聖，迷花不事君。」雖飄逸，不如此詩之端整。

流夜郎永華寺寄潯陽群官

朝别凌烟樓〔一〕，暝投永華寺。賢豪滿行舟，賓散予獨醉（繆本作「朝别凌烟樓，賢豪滿行舟。

暝投永華寺，賓散余獨醉〔一〕。願結九江流〔二〕，添成萬行淚。寫意寄廬岳〔三〕，何當來此地。天命有所懸〔四〕，安得苦愁思。

〔一〕凌烟樓，宋臨川王造。鮑照《凌烟樓銘序》云：伏見所製凌烟樓，棲置崇迴，延瞰平寂，即秀神皋，因基地勢。東臨吴甸，西眺楚關。奔江永寫，鱗嶺相葺。重樹穹天，通原盡目。

〔二〕九江，已見本卷注。

〔三〕湛方生詩：彭蠡紀三江，廬岳主衆阜。

〔四〕《吕氏春秋》：晏子曰：鹿生於山，命懸於廚。今嬰之命，有所懸矣。

流夜郎至西塞驛寄裴隱

西塞驛，當在西塞山邊。《元和郡縣志》：西塞山，在鄂州武昌縣東八十五里。《太平御覽》：《江夏風俗記》曰：西塞山，高一百六十丈，周迴三十七里。峻崿横江，危峰斷岸。長波阻以東注，高浪爲之西翻。袁宏《東征賦》云「沿西塞之峻崿」是也。

揚帆借天風，水驛苦不緩。平明及西塞，已先投沙伴〔一〕。迴巒引群峰，横蹙楚山斷。砅（披冰切，音烹）衝萬壑會〔二〕，震沓百川滿。龍怪潛溟波〔三〕，候（許本作「俟」）時救炎旱。我行望雷雨，安得霑枯散。鳥去天路長〔四〕，人愁（繆本作「悲」）春光短。空將澤畔吟〔五〕，寄爾江南管〔六〕。

〔一〕裴隱，疑亦當時逐臣，故用賈誼投沙事。謝靈運詩：投沙理既迫。詳見十卷贈崔秋浦詩注。

〔二〕《廣韻》：砯，水擊山巖聲也。

〔三〕《國語》：水之怪曰龍、罔象。韋昭注：龍，神獸也，非常所見，故曰怪。

〔四〕曹植詩：天路安可窮。

〔五〕《楚辭》：屈原既放，游於江潭，行吟澤畔，顔色憔悴，形容枯槁。

〔六〕謝朓詩：要取洛陽人，共命江南管。

自漢陽病酒歸寄王明府

去歲左遷夜郎道〔一〕，琉璃硯水長枯槁〔二〕。今年敕放巫山陽〔三〕，蛟龍筆翰生輝光。聖主還聽《子虛賦》，相如卻欲（蕭本作「與」）論文章〔四〕。願掃鸚鵡洲〔五〕，與君醉百場。嘯起白雲飛七澤，歌吟淥水動三湘〔六〕。莫惜連船沽美酒，千金一擲買春芳。

〔一〕《史記·周昌傳》：高祖曰：「吾極知其左遷。」《索隱》曰：地道尊右，右貴左賤，故謂貶秩爲左遷。《演繁露》：古人得罪下遷者皆曰左遷。太白無官而用左遷字，蓋借作竄逐字用。《史記》：通夜郎道，爲置吏甚易。

〔二〕徐陵《玉臺新咏序》：琉璃硯匣，終日隨身。

〔三〕《通典》：夔州巫山縣有巫山及高丘山，即《楚辭》所謂「巫山之陽，高丘之岨」也。

〔四〕《史記》：蜀人楊得意爲狗監，侍上。上讀《子虛賦》而善之，曰：「朕獨不得與此人同時哉。」得意曰：「臣邑人司馬相如自言爲此賦。」上驚，乃召問相如，相如曰：「有是，然此乃諸侯之事，未足觀也，請爲天子游獵賦。」賦成，奏之，上許令尚書給筆札。相如以子虛，虚言也，爲楚稱。烏有先生者，烏有此事也，爲齊難。無是公者，無是人也，明天子之義。故空藉此三人爲辭，以推天子諸侯之苑囿，其卒章歸之於節儉，因以諷諫。奏之天子，天子大説。

〔五〕《太平御覽》：《江夏記》曰：鸚鵡洲，在荆北。黄祖爲江夏太守，賓客大會，有獻鸚鵡於此洲者，故以爲名。《荆州記》曰：江夏郡城，西臨江，有黄鶴磯，有鸚鵡洲。

〔六〕七澤，見七卷注。三湘，見一卷注。

望漢陽柳色寄王宰

漢陽江上柳，望客引東枝。樹樹花如雪，紛紛亂若絲〔一〕。春風傳我意，草木度前知（一作

「別前知」，一作「發前墀」）。寄謝絃歌宰，西來定未遲。

〔一〕沈約詩：楊柳亂如絲，綺羅不自持。

江夏寄漢陽輔録事

録事，詳見十一卷注。

誰道此水廣，狹如一匹練。江夏黄鶴樓，青山漢陽縣〔一〕。大語猶可聞，故人難可見。君草陳琳檄〔二〕，我書魯連箭〔三〕。報國有壯心，龍顔不迴眷。西飛精衛鳥，東海何由填〔四〕。鼓角徒悲鳴〔五〕，樓船習征戰〔六〕。抽劍步霜月，夜行空庭徧。長呼結浮雲，埋没顧榮扇〔七〕。他日觀軍容，投壺接高宴〔八〕。

〔一〕楊齊賢曰：唐鄂州江夏郡，治江夏縣。黄鶴樓在郡城之東南，與漢陽縣大別山相望，止隔一水。陸放翁《入蜀記》：鄂州西與漢陽相對，止隔一水，人物草木可數。

〔二〕《三國志》：太祖以陳琳、阮瑀爲司空軍謀祭酒，管記室。軍國書檄，多琳、瑀所作。

〔三〕《戰國策》：燕將攻聊城，人或讒之，燕將懼誅，遂保守聊城不敢歸。田單攻之歲餘，士卒多死，而聊城不下。魯連乃爲書，約之矢，以射城中，遺燕將。燕將因罷兵倒韣而去，故解齊國之危，救百姓之死，仲連之説也。

〔四〕精衞銜西山木石，以填東海，詳見一卷《大鵬賦》注。

〔五〕《唐六典》：凡諸道行軍，皆給鼓角。《通典》：軍城及野營行軍在外，日出日没時，撾鼓千搥。三百三十三搥爲一通。鼓音止，角音動，吹十二聲爲一疊。角音止，鼓音動。如此三角、三鼓而昏明畢。

〔六〕《史記》：樓船十萬師。應劭曰：作大船，船上施樓，故曰樓船。

〔七〕《晉書》：陳敏率萬餘人將與甘卓戰，未獲濟，顧榮以白羽扇揮之，敏衆潰散。

〔八〕《後漢書》：祭遵爲將軍，取士皆用儒術。對酒設樂，必雅歌投壺。

早春寄王漢陽

聞道春還未相識，走傍寒梅訪消息。昨夜東風入武昌（一作「陽」），陌頭楊柳黄金色。碧水浩浩雲茫茫，美人不來空斷腸。預拂青山一片石，與君連日醉壺觴。

江上寄巴東故人

唐時巴東郡，即歸州也，隸山南東道。

漢水波浪遠，巫山雲雨飛。東風吹客夢，西落此中時。覺後思白帝〔一〕，佳人與我違。瞿塘饒賈客，音信莫令希。

〔一〕漢水、巫山、白帝、瞿塘，俱見前注。楊齊賢曰：白帝城，在夔州瞿塘關山上，下瞰灩澦堆。《一統志》：白帝城在四川夔州府治東。公孫述據蜀，自稱白帝，更號魚復曰白帝城。

江上寄元六林宗

霜落江始寒，楓葉緑未脱。客行悲清秋，永路苦不達〔一〕。滄波眇川汜（音祀）〔二〕，白日隱天末〔三〕。停棹依林巒，驚猿相叫聒。夜分河漢轉〔四〕，起視溟漲闊〔五〕。涼風何蕭蕭，流水鳴活活（音括）〔六〕。浦沙淨如洗〔七〕，海月明可掇〔八〕。蘭交空懷思〔九〕，瓊樹詎解渴〔一〇〕。勗哉滄洲心，歲晚庶不奪。幽賞頗自得，興遠與誰豁。

〔一〕陸雲詩：永路隔萬里。

〔二〕《爾雅》：水決復入爲汜。邢昺疏：凡水，決之歧流，復還大水者，名汜。《説文》：汜，水别復入水也。一曰，汜，窮瀆也。

〔三〕江淹詩：白日隱寒樹。謝莊《月賦》：氣霽地表，雲斂天末。

〔四〕曹植《上責躬應詔詩表》：夜分而寢。張銑注：夜分，夜半時也。

〔五〕謝靈運詩：溟漲無端倪。

〔六〕《詩·國風》：北流活活。《廣韻》：活活，水流聲。

〔七〕《韻會》：浦，水濱也。《風土記》云：大水，有小口别通，曰浦。

〔八〕魏武帝詩：明明如月，如何可掇。李善注：掇，拾取也。

〔九〕李嶠詩：桂友尋東閣，蘭交聚北堂。

〔一〇〕李陵詩：思得瓊樹枝，以解長渴飢。

寄從弟宣州長史昭

唐官制，每州有長史一人，位在别駕之下，司馬之上，乃太守之佐職也。宣州又謂之宣城郡，隸江南西道。

爾佐宣城（蕭本作「州」）郡，守官清且閑。常誇雲月好，邀我敬亭山〔一〕。五落洞庭葉〔二〕，三江游未還〔三〕。相思不可見，嘆息損朱顔。

〔一〕《唐書》：宣州宣城縣有敬亭山。

〔二〕《楚辭》：洞庭波兮木葉下。

〔三〕《水經注》：巴陵，城跨岡嶺，濱阻三江。巴陵西對長洲，其洲南分湘浦，北對大江，故曰三江也。三水所會，亦或謂之三江口矣。《一統志》：三江在岳州府城下，岷江爲西江，澧江爲中江，湘江爲南江，皆會於此，故名。

涇音京溪東亭寄鄭少府諤

《一統志》：賞溪，在寧國府涇縣西，一名涇溪。源出石埭，支流出太平縣，流至涇縣、南陵、宣城，踰蕪湖，入於江。

我游東亭不見君，沙上行將白鷺群。白鷺閑（蕭本作「行」）時散飛去，又如雪點青山雲。欲往涇溪不辭遠，龍門蹙波虎眼轉〔一〕。杜鵑花開春已闌〔二〕，歸向陵陽釣魚晚〔三〕。

〔一〕《江南通志》：龍門山，在寧國府太平縣西北四十里，林麓幽深，巖壁峭拔，中有石竇若門。産茶及諸藥草。虎眼轉，謂水波旋轉，有光相映，若虎眼之光。劉禹錫詩「汴水東流虎眼文」是也。

〔二〕杜鵑花，一名紅躑躅，一名山石榴，一名映山紅，處處山谷有之。高二三尺，春時蕊葉齊出，一枝數萼，花色紅麗。二三月中，徧滿山谷，爛然若火，入夏方歇。《韻會》：闌，晚也。

〔三〕《太平寰宇記》：陵陽山，在涇縣西南百三十里，石埭縣北三里。按《輿地志》：陵陽令竇子明於溪側釣魚，一日釣得白龍，子明懼而放之。又數年，釣得一白魚，剖其腹，中乃有書，教子明服餌之術。三年後，白龍來迎子明，遂得上昇。溪環遶山足，今有仙壇，祭醮不絶。

宣城蕭本作「州」九日聞崔四侍御與宇文太守游敬亭余時登響山不同此賞醉後寄崔侍御二首

《潛確居類書》：響山，在宣城縣當鰲峰之前。兩崖對峙，下瞰響潭，潭上有釣臺。

九日茱萸熟，插鬢傷早白〔一〕。登高望山海，滿目悲古昔。遠訪投沙人〔二〕，因爲逃名客。故交竟誰在，獨有崔亭伯〔三〕。重陽不相知，載酒任所適。手持一枝菊，調笑二千石。日暮岸幘歸〔四〕，傳呼隘阡陌。彤襜雙白鹿〔五〕，賓從何輝赫。夫子在其間，遂成雲霄隔。良辰與美景〔六〕，兩地方虚擲。晚從南峰歸，蘿月下水壁〔七〕。卻登郡樓望，松色寒轉碧。咫尺(一作「望美」)不可親,棄我如遺舄〔八〕。

〔一〕《藝文類聚》:《風土記》曰:茱萸,檄也。九月九日熟,色赤,可採時也。《太平御覽》:《風土記》曰:九月九日,律中無射,而數九,俗尚此日以茱萸氣烈成熟,可折其房以插頭,言辟惡氣,而禦初寒。

〔二〕投沙,用賈誼謫長沙事,以喻崔四侍御,見十卷《贈崔秋浦》注。

〔三〕《後漢書》:崔駰,字亭伯,涿郡安平人。博學有偉才,盡通古今訓詁、百家之言。善屬文,少游太學,與班固、傅毅同時齊名。

〔四〕《晉書》:劉隗岸幘大言,意氣自若。胡三省曰:岸幘,幘微脱額也。

〔五〕《毛詩正義》:以幃障車之旁,如裳,爲容飾。故或謂之幃裳,或謂之童容。其上有蓋,四旁垂而下,謂之幨。章懷太子《後漢書注》:襜,帷也。車上施帷,以屏蔽者。《白帖》:刺史,彤幨、皂蓋、朱幡。謝承《後漢書》:鄭弘爲臨淮太守,行春,有兩白鹿隨車夾轂而行。

〔六〕謝靈運詩序:天下良辰、美景、賞心、樂事,四者難并。

〔七〕盧照鄰《五悲文》:蘿月寡色,風泉罷聲。

〔八〕《古詩》:不念攜手好,棄我如遺跡。

其二

九卿天上落〔一〕，五馬道傍來〔二〕。列戟朱門曉〔三〕，褰帷碧帳（繆本作「幛」）開〔四〕。登高望遠海，召客得英才。紫綬（繆本作「絲」，誤）歡情洽〔五〕，黄花逸興催。山從圖上見，溪即（一作「向」）鏡中迴。遥羨重陽作，應過戲馬臺〔六〕。

〔一〕周弘正詩：將軍天上落，童子棄繻來。

〔二〕五馬，太守事，詳見六卷注。

〔三〕《舊唐書》：唐制，三品以上，門皆列棨戟。

〔四〕《後漢書》：賈琮爲冀州刺史。舊典，傳車驂駕，垂赤帷裳，迎於州界。及琮之部，升車言曰：「刺史當遠視廣聽，糾察美惡，何有反垂帷裳，以自掩塞乎？」及命御者褰之。百僚聞風，自然竦震。

〔五〕唐制，二品、三品，得服紫綬，詳見五卷注。

〔六〕《太平寰宇記》：戲馬臺在彭城縣南三里，項羽所築，戲馬於此。宋武北征至彭城，遣長史王虞等立第舍，於項羽戲馬臺起齋，作閣橋度池。重九日，公引賓佐登此臺，令將佐百僚賦詩以觀志。作者百餘人，獨謝靈運詩最工。云：「季秋邊朔苦，旅雁違霜雪。凄凄陽卉腓，皎皎寒潭潔。良辰感聖心，雲旗興暮節。鳴笳戾朱宫，蘭卮獻時哲。餞宴光有孚，和樂隆所缺」云云。太白詩意，蓋謂崔侍御重陽之作，過於謝公戲馬臺之詩也。

寄崔侍御

宛溪霜夜聽猿愁〔一〕，去國長如（繆本作「爲」）不繫舟〔二〕。獨憐一雁飛南海，卻羨雙溪解北流。高人屢解陳蕃榻〔三〕，過客難登謝朓樓（蕭本作「舟」）〔四〕。此處别離同落葉，明朝分散敬亭秋。

〔一〕宛溪，在寧國府城東。雙溪，以二水合流而名，環遶寧國府城而北去。敬亭山，在寧國府城北。俱見前注。

〔二〕賈誼《鵩賦》：汜兮若不繫之舟。

〔三〕《後漢書·徐穉傳》：陳蕃爲太守，以禮請署功曹。穉不就之，既謁而退。蕃在郡，不接賓客，唯穉來特設一榻，去則懸之。

〔四〕《江南通志》：謝公樓在寧國府城内郡治之後，因山爲基，即謝朓爲宣城太守時之高齋地，一名北樓。唐咸通間刺史獨孤霖改建，易名疊嶂樓。

涇溪南藍山下有落星潭可以卜築余泊舟石上寄何判官昌浩

《江南通志》：涇溪，在寧國府涇縣西南一里，一名賞溪。其源有三，一出石埭縣舒姑泉，一出太平黄山，一出績溪。下有賞溪橋、沙堤。其西爲新河。藍山，在涇縣西五十里，高千仞。李白詩「藍岑聳天壁，突兀如鯨額」，即此。落星潭，在涇縣西五十里藍山下。晉有陳霸兄弟捕魚於此，見一星落潭中，故名。

藍岑聳（繆本作「竦」）天壁〔一〕，突兀如鯨額〔二〕。奔蹙横澄潭，勢吞落星石。沙帶秋月明，水搖寒山碧。佳境宜緩棹，清輝能留客〔三〕。恨君阻歡游，使我自驚惕。所期俱卜築，結茅鍊金液〔四〕。

〔一〕宋之問詩：崖口衆山斷，嶔崟聳天壁。

〔二〕木華《海賦》：横海之鯨，突杌孤游。李善注：突杌，高貌。

〔三〕謝靈運詩：山水含清暉，清暉能娱人。

〔四〕鮑照詩：結茅野中宿。鍊金液，詳見十三卷《寄王屋山人孟大融》注。

早過漆林渡寄萬巨

西經大藍山，南來漆林渡。水色倒空青，林烟横積素。漏流昔吞翕，沓浪競奔注。潭落天上星〔一〕，龍開水中霧。嶢（繆本作「巉」）巖注公柵〔二〕，突兀陳焦墓〔三〕。嶺峭紛上干〔四〕，川明屢迴顧。因思萬夫子，解渴同瓊樹〔五〕。何日覩清光，相歡詠佳句。

〔一〕落星潭，見上首注。

〔二〕胡震亨曰：注公，疑是左公。隋末左難當築城柵拒輔公祏於涇，與大藍山近。

〔三〕《江南通志》：晉陳焦墓，在涇縣五城山左。《三國志》：永安四年，安吴民陳焦，埋之六日更生，穿土中出。按：安吴，縣名，舊屬宣城郡，隋時併入涇縣。

〔四〕《子虚賦》：交錯糾紛，上干青雲。宋之問詩：放溜覶前溆，連山紛上干。

〔五〕李陵詩：思得瓊樹枝，以解長渴飢。

游敬亭寄崔侍御 一作《登古城望府中奉寄崔侍御》

我家敬亭下，輒繼謝公作（一作「我登謝公樓，輒繼敬亭作」）〔一〕。相去數百年，風期宛如昨。登高素秋月（一作「高城素秋日」），下望青山郭。俯視鴛鷺群（一作「府中鴻鷺群」），飲啄自鳴躍。夫子雖蹭磴〔二〕，瑶臺雪中鶴。獨立窺浮雲，其心在寥廓〔三〕。時來一顧我，笑飯葵與藿（一作「時來顧我笑，一飯與葵藿」）〔四〕。世路如秋風，相逢盡蕭索〔五〕。腰間玉具劍〔六〕，意許無遺諾（一作「願爲經冬柏，不逐天霜落」。又「玉具劍」繆本作「玉巨劍」）〔七〕。壯士不可輕（一作「疏」），相期在（一作「隨集」）雲閣〔八〕。

〔一〕《元和郡縣志》：敬亭山，在宣州宣城縣北十二里，即謝朓賦詩之所。朓詩云：「兹山亘百里，合沓與雲齊。隱淪既已託，靈異居然棲。上干蔽白日，下屬帶回谿。交藤荒且蔓，樛枝聳復低」云云。

〔二〕《韻會》：蹭磴，困頓也。

〔三〕《漢書》：焦明已翔於寥廓。顔師古注：寥廓，天上寬廣之處。李善《文選注》：寥廓，高遠也。

〔四〕陸機詩：取笑葵與藿。

〔五〕魏文帝詩：秋風蕭瑟天氣涼。

〔六〕《漢書》：賜以玉具劍。孟康注：標首、鐔、衛，盡用玉爲之。顔師古注：鐔，劍口旁横出者也。衛，劍鼻也。

〔七〕意許無遺諾，用延陵季子事，已見十二卷注。

〔八〕《十六國春秋》：振纓雲閣，耀價連城。梁元帝《與蕭挹書》：握蘭雲閣，解紱龍樓。雲閣，猶雲臺也。

三山望金陵寄殷淑

《太平寰宇記》：三山，在昇州江寧縣西南五十七里，周回四里。其山孤絶，面東西，絶大江。《輿地志》云：其山積石，濱於大江。有三峰，南北接，故曰三山。舊爲吴津所。謝玄暉《晚登三山還望京邑》詩云「灞涘望長安，河陽視京縣。白日麗飛甍，參差皆可見。餘霞散成綺，澄江静如練」，即此地也。

三山懷謝朓，水澹（一作「緑水」）望長安。蕪没河陽縣，秋江正北看。盧龍霜氣冷〔一〕，鳷鵲月光寒〔二〕。耿耿憶瓊樹〔三〕，天涯寄一歡。

〔一〕《太平寰宇記》：盧龍山，在昇州上元縣西北二十里，周迴五里，西臨大江。按舊經，晉元帝初渡江，北地盡爲虜寇所有。以其山連石頭，爲固關塞，以盧龍名焉。《六朝事跡》：盧龍山，圖經云，在城西北十六里，周迴五里，高三十六丈。東有水下注平陸，西臨大江。舊經云，晉元帝初渡江，到此，見嶺山連綿，接石頭城，真江上之關塞，似北地盧龍，因以爲名。《一統志》：獅子山，在應天府西二十里，與馬鞍山接。晉元帝初渡江，見此山綿連，以擬北地盧龍山，故易名盧龍山。

〔二〕鳷鵲，樓名，詳見八卷《永王東巡歌》注。

〔三〕瓊樹，已見前二首注。

自金陵泝流過白壁山翫月達天門寄句容王主簿

《江南通志》：白壁山，在太平府城北三十里。有三峰，中峰最峻。赤壁在其北。《一統志》無白壁山，而有白壁水，蓋字誤也。《太平府志》：白壁山，一名石壁，在郡治北二十五里化洽鄉。濱江三峰，中拔起如堊。有石似龜狀，俗名龜山。傳言上有白玉，采之者衆，遂絶。李白與崔宗之乘舟，月夜自金陵泝流過白壁山玩月。白衣宮錦袍，坐舟中，兩岸觀者如堵，白笑傲自若，旁若無人。今按白詩「秋月照白壁，皓如山陰雪」十字，殆不可方，真興會所到也。

《一統志》：天門山，在太平府城西南三十里。二山夾大江，東曰博望，西曰梁山，對峙如門，亦名蛾眉山，又曰東梁山、西梁山。《唐書・地理志》，江南東道昇州江寧郡有句容縣。唐制，每縣設主簿一人，九品官。京縣則二人，八品官。

滄江泝流歸〔一〕，白壁見秋月。秋月照白壁，皓如山陰雪〔二〕。幽人停宵征〔三〕，賈客忘早發。進帆天門山，迴首牛渚没〔四〕。川長信風來，日出宿霧歇〔五〕。故人在咫尺，新賞成胡、越〔六〕。寄君青蘭花，惠好庶不絶。

〔一〕《廣韻》：泝，逆流而上也。

〔二〕《世説》：王子猷居山陰，夜大雪，眠覺，開室命酌酒，四望皎然。

〔三〕《詩・國風》：肅肅宵征。

〔四〕《一統志》：牛渚山，在太平府城北二十五里，下有磯，曰牛渚磯，去采石磯近一里。舊爲險要備禦之地，亦名燃犀浦。

〔五〕鮑照詩：洲迴風正悲，江寒霧未歇。陶弘景《答謝中書書》：曉霧將歇，猿鳥亂鳴。

〔六〕胡地在北，越地在南，成胡、越，蓋言其隔遠而不能相見之意。《後漢紀》：形神不接，雖兄弟親戚，可同之於吴、越。

寄上吴王三首

按《唐書》：吴王祇，太宗第三子吴王恪之孫，張掖郡王琨之子，襲封嗣吴王，出爲東平太守。安禄山反，河南陳留、滎陽、靈昌相繼陷，祇募兵拒戰，玄宗壯之。累遷陳留太守，持節河南道節度採訪使，歷太僕、宗正卿。其爲廬江太守無考，蓋史失載也。

淮王愛八公〔一〕，攜手緑雲中。小子忝枝葉〔二〕，亦攀丹桂叢〔三〕。謬以詞賦重，而將枚、馬同。何日背淮水〔四〕，東之觀土風。

〔一〕《神仙傳》：淮南王劉安，好方術之士，於是有八公詣門，皆鬚眉皓白。門吏先密以白王，王使閽人自以意難問之，曰：「我王上欲求延年長生不老之道，今先生年已耆矣，似無駐衰之術。」八公笑曰：「聞王尊禮賢士，故遠致其身，何以年老而逆見嫌耶？王必若見年少則謂之有道，皓首則謂之庸叟，薄吾老，今則少矣。」言未竟，八公皆變爲童子，年可十四五，角髻青絲，色如桃花。門吏大驚，走以白王。王聞之，足不履，跣而迎，登思仙之臺，執弟子之禮，北面叩首，八童子乃復爲老人。後雷被、伍被誣告稱安謀反，天子使宗正持節治之，八公曰：「可以去矣。」即白日升天。八公與安所踏山石皆陷成跡。

〔二〕《左傳》：公族，公室之枝葉也。楊齊賢曰：太白，興聖皇帝九世孫，與唐同出，故云忝枝葉。

〔三〕淮南王《招隱士》：攀援桂枝兮聊淹留。沈約詩：岸側青莎被，巖間丹桂叢。《南方草木狀》：桂有三種，葉如柏葉，皮赤者，爲丹桂。葉似柹葉者，爲菌桂。葉似枇杷葉者，爲牡桂。

〔四〕鄒陽《諫吴王書》：臣所以歷數王之朝，背淮千里而自致者，非惡臣國而樂吴民也。竊高下風之行，尤説大王之義。

其二

坐嘯廬江静〔一〕，閑聞進玉觴〔二〕。去時無一物，東壁挂胡牀〔三〕。

〔一〕《後漢書》：南陽太守成瑨，委公曹岑晊，郡爲謡曰：「南陽太守岑公孝，弘農成瑨但坐嘯。」唐廬江郡，即廬州也，隸淮南道。

〔二〕傅毅《舞賦》：溢金罍而列玉觴。李善注：玉觴，玉爵也。

〔三〕《三國志注》：《魏略》曰：裴潛爲兖州時，嘗作一胡牀，及其去也，留以挂柱。

其三

英明廬江守，聲譽廣平籍〔一〕。灑掃（繆本作「掃灑」）黃金臺，招邀青雲客〔二〕。客曾與天通，出入清禁中〔三〕。襄王憐宋玉，願入蘭臺宮〔四〕。

〔一〕謝朓詩：廣平聽方籍。李善注：王隱《晉書》曰：郭衮爲中郎、散騎常侍，會廣平太守缺，宣帝謂衮曰：「賢叔大匠渾垂，稱於平陽，魏郡蒙惠化。且盧子家、王子邕繼踵此郡，欲使世不乏賢，故復相屈。」在郡先以德化，善爲條教，百姓愛之。

〔二〕《上谷郡圖經》：黃金臺，在易水東南十八里，燕昭王置千金於臺上，以延天下之士。

〔三〕《三輔黃圖》：漢宮中謂之禁中，謂宮中門閤有禁，非侍衛通籍之臣不得妄入。

〔四〕宋玉《風賦》：楚襄王游於蘭臺之宮，宋玉、景差侍。

李太白全集卷之十五

錢塘王琦琢崖輯注
王熥葆光王復曾宗武較

古近體詩共三十五首

秋日魯郡堯祠亭上宴别杜補闕范侍御

唐時魯郡，即兗州也，隸河南道。《元和郡縣志》：堯祠，在兗州瑕丘縣南七里，洙水之右。《通典》：武太后垂拱中，置補闕、拾遺二官，以掌供奉諷諫。自開元以來，尤爲清選。《唐書·百官志》，門下省有左補闕六人，中書省有右補闕六人，從七品。《酉陽雜俎》：衆言李白惟戲杜考功飯顆山頭之句，成式偶見李白祠亭上宴别杜考功詩，今録首尾，曰：「我覺秋興逸，誰言秋興悲。山將落日去，水共晴空宜。烟歸碧海夕，雁度青天時。相失各萬里，茫然空爾思。」琦按：成式此則，謂杜考功即子美也。然子美未嘗爲考功，且與太白同游時，尚爲布衣，未登仕籍，而詩題又微有不同。疑成式所見，另是一本。

我覺秋興逸，誰云秋興悲〔一〕。山將落日去，水與晴空宜。魯酒白玉壺，送行駐金羈〔二〕。歇鞍憩古木，解帶挂横枝。歌鼓川上亭，曲度神飈吹〔三〕。雲歸碧海夕，雁没青天時。相失各萬里，茫然空爾思（一本無「歌鼓川上亭」二句，其下增入「南歌憶郢客，東囀見齊姬。清波忽淡蕩，白雪紛逶迤。一隔范、杜游，此歡各棄遺」三韻）。

〔一〕潘岳《秋興賦》：善乎宋玉之言曰：「悲哉秋之爲氣也，蕭瑟兮，草木摇落而變衰。憀慄兮，若在遠行，登山臨水送將歸。」

〔二〕曹植詩：白馬飾金羈。

〔三〕《後漢書》：多聚聲樂，曲度比諸郊廟。章懷太子注：曲度，謂曲之節度也。曹植詩：神飈接丹轂。李周翰注：飈，疾風也。

胡震亨曰：太白慣押「宜」字，如「山將落日去，水與晴空宜」，「月色不可盡，空天交相宜」，又「謔浪偏相宜」，「置酒正相宜」，「春風與醉客，今日乃相宜」。凡五用，而前兩韻尤佳。

別魯頌 繆本題上多一「留」字

誰道太山高，下卻魯連節。誰云秦軍衆，摧卻魯連舌〔一〕。獨立天地間，清風洒蘭雪。夫子還倜儻，攻文繼前烈〔二〕。錯落石上松，無爲秋霜折。贈言鏤寶刀〔三〕，千歲庶不滅。

〔一〕魯連事，詳見二卷注。
〔二〕《書·武成》：公劉克篤前烈。
〔三〕江淹詩：故人贈寶劍，鏤以瑤華文。庾信詩：山精鏤寶刀。

別中都明府兄

唐時河南道有中都縣，本平陸縣。天寶元年更名，隸兖州魯郡。貞元十四年改隸鄆州東平郡。

吾兄詩酒繼陶君〔一〕，試宰中都天下聞。東樓喜奉連枝會〔二〕，南陌愁（繆本作「還」）爲落葉分〔三〕。城隅（一作「江城」）淥水明秋日，海上青山隔暮雲。取醉不辭留夜月，雁行中斷惜離群。

〔一〕陶潛爲彭澤令，見前注。
〔二〕蘇武詩：況我連枝樹，與子同一身。吕向注：兄弟如木，連枝而同本。
〔三〕蕭綜詩：昔朋舊愛各東西，譬如落葉不更齊。

夢游天姥音母吟留别一作《别東魯諸公》

《太平寰宇記》：天姥山，在越州剡縣南八十里。《名山志》云：山有楓千餘丈，蕭蕭然。《後吴録》云：剡縣有天姥山，傳云：登者聞天姥歌謡之響。謝靈運詩云「暝抵剡中宿，明登天姥岑。高高入雲霓，還期那可尋」，即此也。《一統志》：天姥峰，在台州天台縣西北，與天台山相對。其峰孤峭，下臨嵊縣，仰望如在天表。

海客談瀛洲〔一〕，煙濤微茫（一作「瀰漫」）信難求。越人語（一作「道」）天姥，雲霞明滅或（一作「安」）可覩。天姥連天向天横，勢拔（一作「枝」）五岳掩赤城〔二〕。天台四（當作「一」）萬八千丈〔三〕，對此欲（一作「絶」）倒東南傾〔四〕。

〔一〕《十洲記》：瀛洲，在東海中，地方四千里。大抵是對會稽，去西岸七十萬里。上生神芝仙草。又有玉石，高且千丈。出泉如酒，味甘，名之爲玉醴。飲之數升輒醉，令人長生。洲上多仙家，風俗似吴人，山川如中國也。

〔二〕《太平廣記》：章安縣西有赤城山，周三十里。一峰特高，可三百餘丈。《海録碎事》：顧野王《輿地志》云：赤城山有赤石羅列，長里餘，遥望似赤城。

〔三〕《雲笈七籤》：天台山，高一萬八千丈。洞周圍五百里，名上玉清平之天，即桐柏王真人所理，葛仙翁鍊丹得道處。上應台宿，故曰天台。在台州天台縣。

〔四〕《楚辭》：康回馮怒，地何故以東南傾？

我欲因之（一作「冥搜」）夢吳越，一夜飛度鏡湖月〔一〕。湖月照我影，送我至剡溪〔二〕。謝公宿處今尚在，淥水蕩漾清猿啼。腳著謝公屐〔三〕，身登青雲梯〔四〕。半壁見海日，空中聞天雞〔五〕。千巖萬轉路不定，迷花倚石忽已暝。熊咆（音庖）龍吟殷巖泉〔六〕，慄深林兮驚層巔。雲（一作「楓」）青青兮欲雨，水澹澹兮生烟〔七〕。列缺霹靂〔八〕，丘巒崩摧。洞天石扇（一作「扉」），訇（音薨）然中（一作「而」）開。青冥浩蕩不見底，日月照耀金銀臺〔九〕。霓爲衣兮風（繆本作「鳳」）爲馬〔一〇〕，雲之君兮紛紛而來下。虎鼓瑟兮鸞回車〔一一〕，仙之人兮列如麻〔一二〕。忽魂悸（音忌）以魄動〔一三〕，怳驚起而長嗟。惟覺時之枕席，失向來之烟霞。

〔一〕薛方山《浙江志》：鑑湖，又曰鏡湖，在會稽縣西南三十里，故南湖也。《圖經》曰：後漢馬臻爲太守，創立鑑湖，在會稽、山陰二縣界。

〔二〕《元和郡縣志》：剡溪，出越州剡縣西南，北流入上虞縣界，爲上虞江。

〔三〕《南史》：謝靈運尋山陟嶺，必造幽峻。巖嶂數十重，莫不備盡登躡。嘗著木屐，上山則去其前齒，下山去其後齒。

〔四〕靈運詩：共登青雲梯。青雲梯，謂山嶺高峻，如上入青雲，故名。

〔五〕《述異記》：東南有桃都山，上有大樹，曰桃都，枝相去三千里。日初出照此木，天雞則鳴，天下之雞皆隨之鳴。

〔六〕淮南王《招隱士》：虎豹鬬兮熊羆咆。《廣韻》：咆嗥，熊虎聲。

〔七〕《高唐賦》：水澹澹而盤紆。《說文》：澹，水摇也。

〔八〕揚雄《校獵賦》：霹靂列缺，吐火施鞭。應劭曰：霹靂，雷也。列缺，天隙電光也。《通雅》：列缺，電光也。陽氣從雲決裂而出，故曰列缺。

〔九〕郭璞詩：但見金銀臺。

〔一〇〕傅玄《吴楚歌》：雲爲車兮風爲馬。

〔一一〕《西京賦》：總會仙倡，戲豹舞羆。白虎鼓瑟，蒼龍吹篪。《太平御覽》：太微天帝登白鸞之車。

〔一二〕上元夫人《步元曲》：忽過紫微垣，真人列如麻。

〔一三〕《說文》：悸，心動也。

世間行樂亦如此，古來萬事東流水。別君去兮（蕭本作「時」）何時還？且放白鹿青崖間〔一〕，須行即騎訪名山。安能摧眉折腰事權貴〔二〕，使我不得開心顔。

〔一〕《楚辭》：騎白鹿而容與。江淹詩：猿嘯青崖間。

〔二〕摧眉，低首也。折腰，曲躬也。陶潛不能爲五斗米折腰，已見前注。

范德機云：夢吴越以下，夢之源也。以次諸節，夢之波瀾也。其間顯而晦，晦而顯，至失向來之煙霞，夢極而與人接矣。非太白之胸次、筆力，亦不能發此。「枕席」、「烟霞」二句最有力，結語平衍，亦文勢當如此。

留别曹南群官之江南

《穀梁傳》：宋公、曹人、邾人盟於曹南。范甯注：曹南，曹之南鄙。唐人謂曹州爲曹南。

我昔釣白龍，放龍溪水傍〔一〕。道成本欲去，揮手凌蒼蒼。時來不關人〔二〕，談笑游軒皇。獻納少成事〔三〕，歸休辭建章〔四〕。十年罷西笑〔五〕，攬鏡如秋霜。閉劍琉璃匣〔六〕，鍊丹紫翠房〔七〕。身佩豁落圖〔八〕，腰垂虎盤囊〔九〕。仙人借（蕭本作「駕」）綵鳳，志在窮遐荒〔一〇〕。戀子四五人，徘徊未翺翔。東流送白日，驟歌蘭蕙芳。仙宫兩無從，人間久摧藏〔一一〕。范蠡脱（蕭本作「説」）句踐，屈平去懷王〔一二〕。飄飄紫霞心，流浪憶江鄉〔一三〕。愁爲萬里别，復此一銜觴。淮水帝王州〔一四〕，金陵繞丹陽〔一五〕。樓臺照海色，衣馬摇川光。及此北望君，相思淚成行。朝雲落夢渚，瑶草空高唐（蕭本作「堂」，非）〔一六〕。帝子隔洞庭，青楓滿瀟湘〔一七〕。懷歸（蕭本作「君」，非）路綿邈，覽古情凄涼。登岳眺百川，杳然萬恨長。卻（蕭本作「知」）戀峨眉去，弄景偶騎羊〔一八〕。

〔一〕陵陽子明於旋溪釣得白龍，解而放之，詳見十二卷注。

〔二〕不關人，猶云不由人也。

〔三〕《兩都賦序》：朝夕論思，日月獻納。

〔四〕《韓詩外傳》：田子爲相，三年歸休。《三輔黄圖》：武帝作建章宫，度爲千門萬户。

〔五〕桓譚《新論》：人聞長安樂，則出門西向而笑。

〔六〕《西京雜記》：雜厠五色琉璃爲劍匣。

〔七〕《十洲記》：又有墉城，金臺玉樓相映，如流精之闕，光碧之堂，瓊華之室，紫翠丹房。錦雲燭日，朱霞九光。西王母之所治也。

〔八〕道經，凡欲修行《大洞真經》三十九章，《雌一玉檢五老寶經》、《元母簡》、《十二上願》，佩神虎金虎符、豁落七元流金火鈴。

〔九〕《神仙傳》：王遠冠遠游冠，朱衣，虎頭鞶囊五色綬，帶劍。《通典》：按：漢代著鞶囊者，側在腰間，或云旁囊，或云綬囊，然則以此囊盛綬也。或盛或散，各有其時。

〔一〇〕《漢書》：撫寧遐荒。

〔一一〕劉琨詩：抱膝獨摧藏。吕向注：摧藏，憂傷也。

〔一二〕范蠡、屈平，俱見二卷注。脱句踐，謂脱身辭句踐而去也。

〔一三〕《魏書》：神與理宜，形隨流浪。

〔一四〕《太平寰宇記》：淮水發源於華山，在丹陽、姑熟之界。西北流經建康、秣陵二縣之間，縈紆京邑之内，至於石頭入江，綿流三百餘里。《景定建康志》：《祥符江寧圖經》曰：淮水去縣一里，其源從宣州東南溧水縣烏刹橋西入，百五十里。《丹陽記》云：建康有淮，源出華山，入江。《輿地志》云：秦始皇巡會稽，鑿山阜。此淮，即所鑿也，亦名秦淮。

〔一五〕金陵山，即鍾山也，在唐之昇州上元縣西北一十八里。丹陽謂潤州，其地即古時丹陽郡，唐天寶初亦改稱丹陽郡。

〔一六〕朝雲、瑶草、高唐，見一卷注。夢渚即雲夢之渚也。范雲詩：陽臺霧初解，夢渚水裁淥。

〔一七〕《山海經》：洞庭之山，帝之二女居之，是常游於江淵，澧、沅之風，交瀟、湘之浦。是在九江之間，出入必以飄風暴雨。《楚辭·湘夫人》云：帝子降兮北渚，目眇眇兮愁予。嫋嫋兮秋風，洞庭波兮木葉下。《招魂》：湛湛江水兮上有楓，目極千里兮傷春心。

〔一八〕《搜神記》：葛由，蜀羌人也。周成王時，好刻木作羊賣之。一旦乘木羊入蜀中，蜀中王侯貴人追之上綏山。綏山多桃，在峨眉山西南，高無極也。隨之者不得還，皆得仙道。

留别于十一兄逖裴十三游塞垣

蕭穎士《蓮蕊散序》：友生于逖、張南容在大梁。《唐詩紀事》：于逖，獨孤及、李白皆有詩贈之，蓋天寶間詩人也。

太公渭川水，李斯上蔡門。釣周獵秦安黎元，小魚鵔（音逡，又音詮）兔何足言〔一〕。天張雲卷有時節，吾徒莫嘆羝（音低）觸藩〔二〕。于公白首大梁野，使人悵望何可論。即知朱亥爲壯士，且願束心秋毫裏。秦、趙虎爭血中原〔三〕，當去抱關救公子。裴生覽千古，龍鸞炳天（蕭本作「文」）章〔四〕。悲（一作「高」）吟雨雪動林木，放書輟劍思（一作「悲」）高堂〔五〕。勸爾一杯酒，拂爾裘上霜。爾爲我楚舞，吾爲爾楚歌〔六〕。且探虎穴向沙漠〔七〕，鳴鞭走馬凌黃河。恥作易水别，臨歧淚滂沱〔八〕。

〔一〕太公釣於渭水，李斯牽黄犬出上蔡東門逐狡兔，俱見一卷注。《封禪書》：以浸黎元。吕延濟注：黎元，百姓也。《説文》：鵔，狡兔也。

〔二〕《周易》：羝羊觸藩，羸其角。孔穎達《正義》：藩，藩籬也。

〔三〕《史記》：各興軍聚衆，虎爭中原。

〔四〕吴質《答魏太子牋》：摛藻下筆，鸞龍之文奮矣。李善注：鸞龍，鱗羽之有五彩，故以喻焉。

〔五〕《藝文類聚》：《琴操》曰：曾子耕太山之下，天雨雪，凍，旬日不得歸。思其父母，作《梁山歌》。

〔六〕《史記》：爲我楚舞，吾爲若楚歌。

〔七〕《三國志》：吕蒙年十五六，竊隨鄧當擊賊。當顧見大驚，歸以告蒙母。母恚欲罰之，蒙曰：「貧賤難可居，脱誤有功，富貴可致。且不探虎穴，安得虎子。」

〔八〕《太平御覽》：《春秋後語》曰：荆軻將行，太子及賓客知其事者二十餘人，皆白衣冠以送之。至易水上，既祖，取道，高漸離擊筑，荆軻和歌，爲濮上聲。士皆流涕。《詩·國風》：涕泗滂沱。

留别王司馬嵩

按《唐書·百官志》，王府官屬及都督、都護、刺史之佐職，皆有司馬。有從四品、正五品、從五品、正六品、從六品之不同，不知嵩爲何官。

魯連賣談笑，豈是顧千金。陶朱雖相越，本有五湖心。余亦南陽子，時爲《梁甫吟》〔一〕。蒼山容偃蹇〔二〕，白日惜頹侵。願一佐明主，功成還舊林。西來何所爲，孤劍託知音。鳥愛碧山遠（一作「鳳集碧梧秀」），魚游滄海深。呼鷹過上蔡〔三〕，賣畚（音本）向嵩岑〔四〕。他日閑相訪，丘中有素琴〔五〕。

〔一〕魯連談笑而卻秦軍，平原君以千金爲壽，魯連辭而去。范蠡乘扁舟以浮於五湖，止於陶，爲陶朱公。諸葛亮躬耕南陽，好爲《梁父吟》。俱見前注。

〔二〕《左傳》：彼皆偃蹇。杜預注：偃蹇，驕傲也。郭璞《客傲》：莊周偃蹇於漆園。

〔三〕李斯臂蒼鷹出上蔡東門，詳見三卷《行路難》注。

〔四〕《十六國春秋》：王猛少貧賤，以鬻畚爲業。嘗貨畚於洛陽，有一人貴買其畚，而云無直。自言家去此無遠，可隨我取直。猛利其貴而從之行，不覺遠。忽至深山，其人止猛且住樹下，當先啟道君來。須臾猛進，見一老公踞胡牀而坐，鬚髮悉白，侍從十許人。有一人引猛曰：「大司馬可進。」猛因進拜，老公曰：「王公何緣拜也？」乃十倍償畚直，遣人送之。既出，顧視乃嵩高山也。《春秋經傳集解》：畚以草索爲之，筥屬。陸雲《登遐頌》：北食中岳，鍊形嵩岑。

〔五〕左思詩：巖穴無結構，丘中有鳴琴。

還山留別金門知己 一本作《出金門後書懷留別翰林諸公》

好古笑流俗，素聞賢達風。方希佐明主，長揖辭成功。白日在青天，迴光矚（音竹。一作

「照」）微躬。恭承鳳凰詔，欻起雲（一作「藤」）蘿中。清切紫霄迥，優游丹禁通。君王賜顔色，聲價凌烟虹。乘輿擁翠蓋，扈從金城東。寶馬驟絶景，錦衣入新豐。倚巖望松雪，對酒鳴絲桐。方學揚子雲，獻賦甘泉宫。天書美片善，清芳播無窮。歸來入咸陽，談笑皆王公。一朝去金馬，飄落成飛蓬。賓友（一作「從」）日疏散，玉樽亦（一作「尋」）已空。長才猶可倚，不慙世上雄。閑來《東武吟》，曲盡情未終。書此謝知己，扁舟（一作「滄波」）尋釣翁〔一〕。

〔一〕此篇即五卷之《東武吟》也，句字互有同異，今仍舊本兩存之，注不重出。

夜别張五

吾多張公子〔一〕，别酌酣高堂。聽歌舞銀燭〔二〕，把酒輕羅霜。横笛弄秋月，琵琶彈《陌桑》〔三〕。龍泉解錦帶〔四〕，爲爾傾千觴。

〔一〕《漢書》：諸公聞之，皆多袁盎。顔師古注：多，猶重也。

〔二〕梁元帝詩：銀燭含朱火，金爐對寶筌。

〔三〕《宋書》：傅玄《琵琶賦》曰：漢遣烏孫公主嫁昆彌，念其行道思慕，故使工人裁箏筑爲馬上之樂，欲從方俗語，故曰琵琶，取其易傳於外國也。《風俗通》曰：以手琵琶，因以爲名。杜摯云：長城之役，絃鼗而鼓之。未詳孰是。《樂府雜録》：琵琶古曲，有《陌上桑》。

〔四〕《水經注》：晉《太康地理志》曰：西平縣有龍泉水，可以砥礪刀劍，特堅利，故有堅白之論矣。是以龍泉之劍爲楚寶也。

魏郡別蘇明繆本作「少」府因北游

唐時魏郡，即魏州，屬河北道。

魏都接燕、趙，美女誇芙蓉〔一〕。淇水流碧玉〔二〕，舟車日奔衝。青樓夾兩岸，萬室喧歌鐘。天下稱豪貴，游此每相逢（一作「天下豪貴游，此中每相逢」）。洛陽蘇季子，劍戟森詞鋒。六印雖未佩（一作「説秦復過趙」），軒車若飛龍。黄金數百鎰，白璧有幾雙〔三〕。散盡空掉臂〔四〕，高歌賦還（一作「臨」）邛（繆本此下多「合從又連横，其意未可封」二句）〔五〕。落魄（繆本作「拓」）乃如此〔六〕，何（一作「誰」）人不相從。遠别隔兩河，雲山杳千重（一作「雲天滿愁容」）。何時更杯酒，再得論心胸。

〔一〕《西京雜記》：卓文君姣好，眉色如望遠山，臉際常若芙蓉。

〔二〕《尚書正義》：河内共縣，淇水出焉。東至魏郡黎陽縣入河。

〔三〕《史記》：蘇秦者，東周洛陽人也。説趙肅侯，一韓、魏、齊、楚、燕、趙以從親，以畔秦。趙王乃飾車百乘，黄金千鎰，白璧百雙，錦繡千純，以約諸侯。於是六國從合而并力焉。蘇秦爲從約長，并相六國。喟然嘆曰：「使我有洛陽負郭田二頃，豈能佩六國相印乎？」裴駰注：譙周曰：蘇秦，字季子。

〔四〕魯褒《錢神論》：空手掉臂，何所希望。

〔五〕謝朓詩：還邛歌賦似。《史記》：司馬相如家徒四壁立，與文君俱之臨邛。還邛，蓋用此事也。

〔六〕又《史記》：酈食其家貧落魄，無以爲衣食業。

留別西河劉少府

唐時西河郡，即汾州，屬河東道。

秋（一作「我」）髮已種種〔一〕，所爲竟無成。閑傾魯壺酒，笑對劉公榮〔二〕。謂我是方朔，人間落歲星〔三〕。白衣千萬乘，何事去天庭。君亦不得意，高歌羨鴻冥〔四〕。世人若醯雞〔五〕，安可識梅生〔六〕。雖爲刀筆吏〔七〕，緬懷在赤城〔八〕。余亦如流萍，隨波樂休明。自有兩少妾，雙騎駿馬行。東山春酒緑，歸隱謝浮名。

〔一〕《左傳》：予髮如此種種，予奚能爲？杜預注：種種，短也。

〔二〕《世説》：王戎弱冠詣阮籍，時劉公榮在坐。阮謂王曰：「偶有二斗美酒，當與君共飲，彼公榮者無預焉。」二人交觴酬酢，公榮遂不得一杯，而言語談戲，三人無異。或有問之者，阮答曰：「勝公榮者，不得不與飲酒；不如公榮者，不可不與飲酒。惟公榮可不與飲酒。」

〔三〕《初學記》：《漢武帝内傳》曰：西王母使者至，東方朔死，上以問使者。對曰：「朔是木帝精，爲歲星，下游人中，以觀天下，非陛下之臣。」

〔四〕《法言》：鴻飛冥冥，弋人何篡焉。

〔五〕《莊子》：其猶醯雞與？郭象注：醯雞者，甕中之蠛蠓。

〔六〕梅生，謂梅福。福常爲南昌尉，故以比劉少府。

〔七〕《史記》：堯年少刀筆吏耳。《正義》曰：古用簡札，書有錯謬，以刀削之，故號曰刀筆吏。《漢書》：蕭何、曹參皆起秦刀筆吏。顔師古注：刀所以削書也。古者用簡牘，故吏皆以刀筆自隨也。

〔八〕《洞天福地記》：赤城洞，周圍三百里，名上玉清平之天，在台州唐興縣。詳見七卷注。

潁陽别元丹丘之淮陽

《舊唐書》：載初元年，析河南、伊闕、嵩陽三縣，置武臨縣。開元十五年改爲潁陽，隸河南府。淮陽郡，即陳州也，屬河南道。

吾將元夫子〔一〕，異姓爲天倫〔二〕。本無軒裳契，素以烟霞親。嘗恨迫世網〔三〕，銘意俱未伸〔四〕。松柏雖寒苦，羞逐桃李春。悠悠市朝間，玉顔日緇磷。所共（當作「失」）重山岳，所得輕埃塵。精魄漸蕪穢，衰老相憑因。我有錦囊訣〔五〕，可以持君身。當餐黄金藥〔六〕，去爲紫陽賓〔七〕。萬事難並立，百年猶崇晨〔八〕。别爾東南去，悠悠多悲辛。前志庶不易，遠途期所遵。已矣歸去來，白雲飛天津〔九〕。

〔一〕《韻會》：將，與也。

〔二〕《穀梁傳》：兄弟，天倫也。范甯注：兄先弟後，天之倫次。

〔三〕陸機詩：世網嬰我身。

〔四〕《古詩》：含意俱未伸。

〔五〕《漢武帝内傳》：帝見王母巾器中有一卷書，盛以紫錦之囊。帝問：「此書是仙靈方耶？」

〔六〕《抱朴子》：仙藥之上者丹砂，次則黄金。

〔七〕《周氏冥通記》：第一，紫陽左真人，治葛衍山，周君。第二，紫陽右真人，治嶓冢山，王君。

〔八〕崇晨，猶詩所謂崇朝，謂從旦至食時也。

〔九〕天津，橋名，在河南。見二卷注。

留别廣陵諸公 一作《留别邯鄲故人》

唐時廣陵郡，即揚州也，屬淮南道。

憶昔作少年，結交趙與燕。金羈絡駿馬〔一〕，錦帶横龍泉〔二〕。寸心無疑事，所向非徒然。晚節覺此疏〔三〕，獵精草《太玄》〔四〕。空名束壯士，薄俗棄高賢。中迴聖明顧，揮翰凌雲烟。騎虎不敢下，攀龍忽墮天。還家守清真，孤潔勵秋蟬〔五〕。煉丹費火石，採藥窮山川。卧海不關人〔六〕，租税遼東田〔七〕。乘興忽復起，棹歌（繆本作「我」）溪中船〔八〕。臨醉謝葛彊，山公欲倒鞭〔九〕。狂歌自此别，垂釣滄浪前。

〔一〕曹植詩：白馬飾金羈。

〔二〕龍泉，劍名，已見前注。

〔三〕謝靈運詩：晚節值衆賢。李周翰注：晚節，暮年也。

〔四〕《漢書·揚雄傳》：時雄方草《太玄》，有以自守，泊如也。《論衡》：揚子雲作《太玄經》，造於助思，極杳冥之深，非庶幾之才不能成也。

〔五〕蟬出自土壤，升於高木之上，吟風飲露，不見其食，故郭璞《蟬贊》：蟲之精潔，可貴惟蟬。潛蜕棄穢，飲露恒鮮。

〔六〕《宋書》：或終身隱處，不關人事。

〔七〕謝朓詩：言税遼東田。李善注：《魏志》曰：管寧聞公孫度令行海外，遂至於遼東。皇甫謐《高士傳》曰：人或牛暴寧田者，寧爲牽牛飼之，其人大慚。

〔八〕《西京賦》：齊栧女，引棹歌。

〔九〕《晉書》：山簡出鎮襄陽，優游卒歲，惟酒是耽。諸習氏，荆土豪族，有佳園池。簡每出游嬉，多之池上，置酒輒醉，名之曰高陽池。時有兒童歌曰：「山公出何許，往至高陽池。日夕倒載歸，酩酊無所知。時時能騎馬，倒著白接䍦。舉鞭問葛彊：何如并州兒？」彊家在并州，簡愛將也。

廣陵贈别

玉瓶沽美酒，數里送君還。繫馬垂楊下，銜盃大道間。天邊看緑水，海上見青山。興罷各分袂，何須醉別（蕭本作「別醉」）顔。

感時留別從兄徐王延年一作「平」從弟延陵

按《舊唐書》，延年乃高祖第十子徐王元禮之後。元禮子茂，茂子璀，璀之子則延年也。開元二十六年封嗣徐王，除員外洗馬。天寶初，拔汗那王入朝，延年將嫁女與之，爲右相李林甫所奏，貶文安郡別駕、彭城長史。坐贓，貶永嘉司士。至德初，爲餘杭郡司馬，卒。

天籟何參差，噫（音衣）然大塊吹〔一〕。玄元包（繆本作「苞」）橐籥〔二〕，紫氣何逶（音威）迤（音夷。一作「融怡」）〔三〕。七葉運皇化〔四〕，千齡光本支（繆本作「枝」）〔五〕。仙風生指樹〔六〕，大雅歌《螽斯》〔七〕。諸王若鸞虬〔八〕，肅穆列藩維〔九〕。哲兄錫茅土〔一〇〕，聖代羅（繆本作「含」）榮滋。九卿領徐方〔一一〕，七步繼陳思〔一二〕。

〔一〕《莊子》：子綦曰：「汝聞人籟，而未聞地籟，汝聞地籟，而未聞天籟夫。」子游曰：「敢問其方。」子綦曰：「夫大塊噫氣，其名爲風。是唯無作，作則萬竅怒呺。」

〔二〕《通典》：乾封元年，追號老君爲太上玄元皇帝。《老子》：天地之間，其猶橐籥乎？

〔三〕《史記索隱》：《列異傳》：老子西游，關令尹喜望見其上有紫氣浮關，老子果乘青牛而過。《說文》：逶迤，邪去貌。

〔四〕唐自高祖至肅宗凡七帝。

〔五〕《詩·大雅》：文王孫子，本支百世。毛傳曰：本，本宗也。支，支子也。

〔六〕《神仙傳》：老子之母適至李樹下而生老子，生而能言，指李樹曰：「以此爲我姓。」

〔七〕《詩·國風》：螽斯羽，詵詵兮，宜爾子孫振振兮。鄭箋曰：凡物有陰陽情慾者，無不妒忌，惟螽斯不爾。各得受氣而生子，故能詵詵然衆多。后妃之德如是，則宜然也。《埤雅》：螽斯，蟲之不妒忌，一母百子者也。故《詩》以爲子孫衆多之況。一名春黍，亦或謂之春箕。《草木疏》云：蝗類，青色，長角，長股，股鳴者也。或曰：似蝗而小，股黑有文。五月中，以股相切，作聲聞數步者是也。江東謂之蚱蜢。朱子集傳：螽斯一生九十九子。《詩紀》：蘇氏曰：螽斯一生八十一子。數雖不同，言其多子則均也。

〔八〕《説文》：虬，龍子無角者。

〔九〕《爾雅》：穆穆肅肅，敬也。《詩·大雅》：价人維藩。毛傳曰：藩，屏也。

〔一〇〕《後漢書》：諸王封者，受茅土，歸以立社稷，禮也。《獨斷》：天子太社，以五色土爲壇。皇子封爲王者，受天子之社土，以所封之方色。東方受青，南方受赤，他如其方色。苴以白茅，授之各以其所封方之色。歸國以立社，故謂之受茅土。

〔一一〕《後漢書·陶謙傳》：是時徐方百姓殷盛，穀食甚豐。胡三省《通鑑注》：古語多謂州爲方，故八州八伯謂之方伯。《書》曰「惟彼陶唐，有此冀方」，《詩》曰「徐方不庭」，是也。

〔一三〕《世説》：文帝嘗令東阿王七步中作詩，不成者行大法。應聲便爲詩曰：「煮豆持作羹，漉豉以爲汁。萁在釜下然，豆在釜中泣。本是同根生，相煎何太急。」帝深有慚色。東阿王即曹植也。太和三年徙封東阿王。六年，以陳四縣封爲陳王。思者，其謚也。

伊昔全盛日，雄豪動京師〔一〕。冠劍朝鳳闕〔二〕，樓船侍龍池〔三〕。鼓鐘出朱邸〔四〕，金翠照丹墀〔五〕。君王一顧盼，選色獻蛾眉。列戟十八年〔六〕，未曾輒遷移。大臣小喑嗚，謫竄天南垂〔七〕。長沙不足舞〔八〕，貝錦且成詩〔九〕。佐郡浙江西〔一〇〕，病閑絶趨（蕭本作「驅」）馳。階軒日苔蘚，鳥雀噪簷帷。時乘平（蕭本作「小」）肩輿〔一一〕，出入畏人知。北宅聊偃憩〔一二〕，歡愉恤悴（音窮）嫠（音離）。羞言梁苑地，烜赫耀旌旗〔一三〕。

〔一〕《後漢書・竇融傳》：賞賜恩寵，傾動京師。

〔二〕《史記》：建章宫，其東則鳳闕，高二十餘丈。《索隱》曰：《三輔黄圖》云：武帝營建章，起鳳闕，高二十五丈。《三輔故事》云：北有圜闕，高二十五丈，上有銅鳳凰，故曰鳳闕也。

〔三〕《唐六典》注：興慶宫，即今上潛龍舊宅也。初上居此第，其里名協聖諱。所居宅之東，有舊井，忽湧爲小池。周袤纔數尺，常有雲氣，或見黄龍出其中。至景龍中，潛復出水，其沼浸廣，時即連合爲一。未半歲而里中人悉移居，遂鴻洞爲龍池焉。

〔四〕《演繁露》：後世諸侯王及達官所居之屋，皆飾以朱，故曰朱門，又曰朱邸。

〔五〕《西京賦》：青瑣丹墀。李善注：《漢官典職》曰：以丹漆地，故曰丹墀。吕向注：丹墀，堦也。以丹漆塗之。《太平御覽》：天子赤泥殿，下曰丹墀。

〔六〕唐制，嗣王、郡王，皆列棨戟於門。李涪《刊誤》：凡戟，天子二十四，諸侯十。《通典》：天寶六年四月，敕改儀制令，嗣王、郡王門十六戟。

〔七〕《後漢書》：郡處南垂，不閑典訓。潘岳《西征賦》：歷敝邑之南垂。劉良注：南垂，南界也。《廣韻》：垂，疆也。

〔八〕《漢書》：長沙定王發，以其母微，無寵，故王卑濕貧國。應劭曰：景帝後二年，諸王來朝。有詔，更前稱壽歌舞。定王但張袖小舉手，左右笑其拙。上怪問之，對曰：「臣國小地狹，不足迴旋。」帝乃以武陵、零陵、桂陽益焉。

〔九〕《詩·小雅》：萋兮斐兮，成是貝錦。彼譖人者，亦已太甚。

「大臣小喑嗚，謫竄天南垂」，言其爲李林甫所奏而遭貶謫也。彭城在南方，故曰「天南垂」。「長沙不足舞」，謂爲長史不足展其才也。「貝錦且成詩」，謂又以贓而貶永嘉也。

〔一〇〕司馬爲郡守之輔佐，故曰佐郡。餘杭郡，即杭州也。其地在浙江之西。

〔一一〕《世説》：謝中郎嘗著白綸巾，肩輿徑至揚州。

〔一二〕《南齊書》：豫章文獻王嶷，自以地位隆重，深懷退素。北宅舊有田園之美，乃盛脩理之。

〔一三〕《漢書》：梁孝王築東苑，方三百餘里，廣睢陽城七十里。大治宮室，爲複道，自宮連屬於平臺，三十餘里。得賜天子旌旗，從千乘萬騎。出稱警，入言蹕，擬於天子。

兄弟八九人，吴、秦各分離。大賢達機兆〔一〕，豈獨慮安危。小子謝麟閣〔二〕，雁行忝肩隨〔三〕。令弟字延陵，鳳毛出天姿〔四〕。清英神仙骨，芬馥（音伏）茝（音止）蘭蕤〔五〕。夢得春草句，將非惠連誰〔六〕。深心紫河車〔七〕，與我特相宜。金膏猶罔象〔八〕，玉液尚磷緇〔九〕。伏枕寄賓館，宛同清漳湄〔一〇〕。藥物多見饋，珍羞亦兼之。誰道溟渤深〔一一〕，猶言淺恩慈。

〔一〕歐陽建詩：古人達機兆，策馬游近關。

〔二〕《三輔黄圖》：麒麟閣，蕭何造，以藏秘書，處賢才。

〔三〕《禮記》：兄之齒雁行。又曰：五年以長，則肩隨之。

〔四〕《世説》：王敬倫風姿似父，作侍中。加授桓公，公服從大門入，桓公望之曰：「大奴固自有鳳毛。」《北齊書》：北平王貞，武成第五子也。沉審寬恕。帝常曰：「此兒得我鳳毛。」

〔五〕《廣韻》：茝，香草。《字林》云：虈蕪别名。《説文》：蕤，草木花垂貌。

〔六〕謝靈運夢見其弟惠連，遂得「池塘生春草」之句，大以爲工。詳見十一卷注。

〔七〕紫河車，丹藥也。詳見二卷注。

〔八〕《穆天子傳》：天子之寶，玉果璿珠，燭銀黄金之膏。郭璞注：金膏亦猶玉膏，皆其精汋也。張衡《思玄賦》：沛以罔象。李善注：罔象，即彷像也。

〔九〕《楚辭》：吮玉液兮止渴。王逸注：玉液，瓊蕊之精氣。

〔一〇〕劉楨詩：予嬰沉痼疾，竄身清漳濱。

〔一一〕溟，渤海也。見七卷注。

鳴蟬游子意，促織念歸期〔一〕。驕陽何火赫〔二〕，海水爍龍龜。百川盡凋枯，舟檝（音接，與楫同）閣中逵〔三〕。策馬摇（繆本作「採」）涼月〔四〕，通宵出郊圻（音畿。繆本作「岐」）〔五〕。泣别目眷眷〔六〕，傷心步遲遲〔七〕。願言保明德，王室佇清夷〔八〕。摻（所斬切，衫上聲）袂何所道〔九〕，援毫投此辭。

〔一〕《爾雅翼》：蟋蟀似蝗而小，正黑，有光澤。一名蛬，一名蜻蛚，一名促織。以夏生，秋初鳴，其聲如急織，故幽州謂之促織。其時正織之候，故以戒婦功。《春秋説題辭》曰：趣織爲言趣織也。織興事遽，故趣織鳴，女作兼。又里語曰：趣織鳴，嬾婦驚。詩意言鳴蟬促織之候，已動游子之意，而念歸期矣。因天旱水涸，舟楫沮閣，故策馬於涼月之下，乘夜而留别也。

〔二〕《春秋考異郵》：旱之爲言悍也。陽驕蹇所致也。《説文》：赫，火赤貌。

〔三〕《詩·國風》：施於中逵。毛萇傳：逵，九達之道也。

〔四〕謝脁詩：停琴佇涼月，滅燭聽歸鴻。

〔五〕謝靈運詩：旅館眺郊岐。

〔六〕《楚辭·九嘆》：志蛩蛩而懷顧兮，魂眷眷而獨逝。王逸注：眷眷，顧貌。《詩》曰：眷眷懷顧。

〔七〕《詩·國風》：行道遲遲。

〔八〕傅咸詩：王度日清夷。劉良注：夷，平也。

〔九〕《詩·國風》：遵大路兮，摻執子之袪兮。毛傳曰：摻，擥也。袪，袂也。鄭箋曰：欲擥持其袂而留之。

別儲邕之剡音閃中

唐時江南東道有剡縣，隸越州會稽郡。

借問剡中道，東南指越鄉。舟從廣陵去，水入會稽長。竹色溪下緑，荷花鏡裏香。辭君向天姥〔一〕，拂石卧秋霜。

〔一〕《太平御覽》:《郡國志》曰:天姥山與括蒼山相連,石壁上有刊字,科斗形,高不可識。春月,樵者聞簫鼓笳吹之聲聒耳。元嘉中,遣名畫寫狀於團扇,即此山也。施宿《會稽志》:天姥山在新昌縣東南五十里,東接天台華頂峰,西北聯沃洲山。上有楓千餘丈。《道藏經》云:沃洲天姥,福地也。

留别金陵諸公

海水昔飛動〔一〕,三龍紛戰爭〔二〕。鍾山危波瀾〔三〕,傾側駭奔鯨〔四〕。黄旗一掃蕩,割壤開吴京。六代更霸王,遺跡見都城(一作「遺都見空城」)〔五〕。至今秦淮間〔六〕,禮樂秀群英。地扇鄒、魯學〔七〕,詩騰顔、謝名〔八〕。五月金陵西,祖余白下亭〔九〕。欲尋廬峰頂,先繞漢水行。香爐紫烟滅〔一〇〕,瀑布落太清〔一一〕。若攀星辰去,揮手緬含情〔一二〕。

〔一〕《劇秦美新》:海水群飛。李善注:海水喻萬民,群飛言亂。

〔二〕三龍,蜀、吴、魏也。

〔三〕《太平寰宇記》:蔣山,在昇州上元縣東北十五里,周迴六十里,面南顧東。東連青龍、雁門等山,西臨青溪絶山,南面有鍾浦水流下入秦淮,北連雉亭山。按《輿地志》云:蔣山古曰金陵山,縣之名因此而立。漢輿地圖名鍾山，吴大帝時有蔣子文，發神驗於此，封子文爲蔣侯，改曰蔣山。

〔四〕謝朓詩：奔鯨自此曝。

〔五〕顔延年詩：襟衛徙吴京。吴京，金陵也，以吴人所都，故曰吴京。《景定建康志》：古都城。按《宫苑記》：吴大帝所築，周迴二十里一十九步，在淮水北五里。晉元帝過江，不改其舊，宋、齊、梁、陳皆都之。《輿地志》曰：晉琅邪王渡江，鎮建業，因吴舊都，修而居之。宋、齊而下，宫室有因有革，而都城不改，東南利便。書曰：孫權雖據石頭，以扼江險，然其都邑，則在建業，歷代所謂都城也。東晉、宋、齊、梁因之，雖時有改築，而其經畫，皆吴之舊。

〔六〕《初學記》：孫盛《晉陽秋》曰：秦始皇東游，望氣者云：「五百年後，金陵有天子氣。」於是始皇於方山掘流，西入江，亦曰淮，今在潤州江寧縣，土俗號曰秦淮。《太平寰宇記》：《丹陽記》云：始皇鑿金陵方山，其斷處爲瀆，即今淮水。經城中，入大江，是曰秦淮。

〔七〕《史記》：鄒、魯濱洙、泗，猶有周公遺風。俗好儒，備於禮。《漢書》：鄒、魯守經學。

〔八〕《宋書》：顔延之與謝靈運俱以詞采齊名，自潘岳、陸機之後，文士莫及也，江左稱顔、謝焉。所著並傳於世。

〔九〕鄭玄《儀禮注》：將行而飲酒曰祖。蕭士贇曰：圖經：白下亭，在上元縣西北。

〔一〇〕廬峰，即廬山也。《江西通志》：廬山，在南康府治北二十里，九江府城南二十五里。脈接衡陽，由武功來，古南障山也。高三千三百六十丈，或云七千三百六十丈。凡有七重，周迴五百里。山無主峰，横潰四出，嶤嶤嵺嵺，各爲尊高，不相拱揖，異於武當、太岳諸名山。出風降雨，抱異懷靈，道書稱爲第八洞天。香爐峰，在開先文殊寺後，其形圓聳如爐。山南山北皆見峰上常出雲氣，有似香烟，故名。

〔二〕《太平寰宇記》：廬山瀑布在山東，亦名白水。源出高峰，挂流三百許丈，遠望如匹布，故名瀑布。

〔三〕劉琨詩：揮手長相謝。

口號

食出野田美，酒臨遠水傾。東流若未盡，應見别離情。

口號，即口占也。詳九卷注。

金陵酒肆留别

風吹（一作「白門」）柳花滿（一作「酒」）店香，吴姬壓酒唤（許本作「使」，一本作「勸」）客嘗〔一〕。金陵子弟來相送，欲行不行各盡觴。請君試問（繆本作「問取」）東流水，別意與之誰短長。

〔一〕《漁隱叢話》：《詩眼》云：好句須要好字，如李太白詩「吴姬壓酒喚客嘗」，見新酒初熟，江南風物之美，工在壓字。

金陵白下亭留别

驛亭三楊樹，正當白下門。

楊齊賢曰：白下亭，在今建康東門外。

吴烟暝長條，漢水齧古根。向來送行處，迴首阻笑言。别後若見之，爲余一攀翻。

别東林寺僧

東林送客處，月出白猿啼。笑别廬山遠，何煩過虎谿〔一〕。

《一統志》：東林寺，在廬山，晉僧慧遠與同門慧永居西林。學徒日衆，别居林之東，謝靈運爲鑿池種蓮。

〔二〕楊齊賢曰：廬山在江州南二十里，東林、西林二寺在山之南五里許，小嶺可到，兩寺相鄰，規制廣袤若一大縣。水石深怪，古跡無窮。東林是遠法師所居，三門内有小渠，名虎谿，遠師送客，未嘗過谿。西林是永法師所居，規制稍不及東林。《蓮社高賢傳》：遠法師居東林，其處流泉匝寺，下入於谿，每送客過此，輒有虎號鳴，因名虎谿。後送客未嘗過，獨陶淵明、陸靜修至，語道契合，不覺過溪，因相與大笑，世傳爲三笑圖。

竄夜郎於烏江留别宗十六璟

唐淮南道有烏江縣，隸和州歷陽郡。按：《潯陽記》載九江之名，一曰烏白江，三曰烏江。張須元《緣江圖》載九江之名，四曰烏土江，六曰白烏江。《太平寰宇記》引《潯陽記》云：九江在潯陽，去州五里，名曰烏江，是大禹所疏。知此詩所謂烏江者，指潯陽江耳，非和州之烏江縣也。胡震亨曰：舊注以太白娶許相國師女，謂詩題别宗十六爲誤。今按詩中「斬鰲翼媧皇」、「三入鳳凰池」，是言相武后，又是入相三次者。而圉師爲高宗相，又只入相一次，與此不合，此正是宗楚客耳，安得謂贈别其後人爲誤哉？白凡四娶，始娶許，終娶宗，皆相門女，見魏顥《白集序》中。舊注失考，往往如是。

君家全盛日，台鼎何陸離〔一〕。斬鰲翼媧（音戈）皇，鍊石補天維〔二〕。一迴日月顧，三入鳳凰池〔三〕。失勢青門傍，種瓜復幾時〔四〕。猶會衆（繆本作「舊」）賓客，三千光路歧。皇恩雪憤懣（莫本切，門上聲），松柏含榮滋。我非東牀人〔五〕，令姊忝齊眉〔六〕。浪跡未出世，空名動京師。適遭雲羅解〔七〕，翻謫（一作「遣」）夜郎悲。拙妻莫邪劍〔八〕，及此二龍隨。慙君湍波苦，千里遠從之。白帝曉猿斷〔九〕，黄牛過客遲〔一〇〕。遥瞻明月峽〔一一〕，西去益相思。

〔一〕《晉書》：三台六星，三公之位也。在人曰三公，在天曰三台。《漢書》：鼎三足，三公象。《初學記》：《環濟要略》曰：三公者，象鼎三足，共承其上也。《後漢書》：位登台鼎。《楚辭》：長余佩之陸離。許慎云：陸離，美好貌。

〔二〕《淮南子》：往古之時，四極廢，九州裂，天不兼覆，地不兼載。於是女媧鍊五色石以補蒼天，斷鼇足以立四極。高誘注：三皇時天不足西北，故補之。師説如此。鼇，大龜。天廢頓，以鼇足柱之。《楚辭》曰「鼇戴山抃，何以安之」是也。宋玉《大言賦》：壯士憤兮絶天維。

〔三〕《晉書》：荀勗守尚書令，勗久在中書，專管機事，及失之，甚惘悵悵。或有賀之者，勗曰：「奪我鳳凰池，諸君賀我耶？」

〔四〕《三輔黄圖》：廣陵人邵平，爲秦東陵侯。秦破，爲布衣，種瓜青門外。

〔五〕《世説》：郗太傅在京口，遣門生與王丞相書，求女壻。丞相語郗信，君往東廂任意選之。門生歸白郗，曰：「王家諸郎亦皆可佳，聞來覓壻，咸自矜持。惟有一郎，在東牀上坦腹卧，如不聞。」

郗公曰：「此正好。」訪之，乃是逸少，因嫁女與焉。

〔六〕《後漢書》：梁鴻每歸，妻爲具食，不敢於鴻前仰視，舉案齊眉。

〔七〕江淹詩：曠哉宇宙惠，雲羅更四陳。

〔八〕《吴越春秋》：干將者，吴人也，與歐冶子同師，俱能爲劍。闔閭使作二枚，一曰干將，一曰莫耶。莫耶，干將之妻也。干將作劍，采五山之鐵精，六合之金英，候天伺地，陰陽同光，百神臨觀，天氣下降，而金鐵之精不銷淪流。於是干將不知其由，莫耶曰：「子以善爲劍聞於王，使子作劍，三月不成，其有意乎？」干將曰：「吾不知其理也。」莫耶曰：「神物之化，須人而成。今夫子作劍，得無得其人而後成乎？」干將曰：「昔吾師作冶，金鐵之類不銷，夫妻俱入冶爐中，然後成物。至今後世即山作冶，麻絰菱服，然後敢鑄金於山。今吾作劍不變化者，其若斯耶？」莫耶曰：「師知鑠身以成物，吾何難哉！」於是干將妻乃斷髮剪爪，投於爐中。使童男、童女三百人，鼓橐裝炭，金鐵乃濡，遂以成劍。陽曰干將，陰曰莫耶。陽作龜文，陰作漫理。

〔九〕《一統志》：白帝山，在四川夔州府城東五里峽中，視之孤特甚峭。北緣馬嶺，接赤甲山。公孫述據蜀，殿前井中常有白龍出，因稱白帝，山亦以名。

〔一〇〕《水經》：江水又東徑黄牛山。酈道元注：下有灘，名黄牛灘。南岸重嶺疊起，最外高崖間有石如人負刀牽牛，人黑牛黄，成就分明。既人跡所絶，莫得究焉。此巖既高，加以江湍紆迴，雖途徑信宿，猶望見此物，故行者謡曰：「朝發黄牛，暮宿黄牛。」水路迂深，迴望如一矣。《太平寰宇記》：黄牛山在南鄭縣西南五十里，山有石，黄色，遠望如牛，故曰黄牛山。山下有黄牛川。《十道記》云：黄牛川有再熟之稻，土人重之。

〔二〕《太平御覽》：李膺《益州記》曰：明月峽，在巴縣東，峽前南岸，壁高四十丈。其壁有圓孔，形如滿月，因以爲名。楊齊賢曰：白帝城隸夔州，黄牛峽隸峽州，明月峽隸渝州。

琦按《唐書》宗楚客本傳及《宰相表》，楚客，字叔敖，蒲州人，武后從姊子。長六尺八寸，明皙美鬚髯，進士及第，累遷户部侍郎。坐贓流嶺外，歲餘得還。神功元年六月，由尚方少監，檢校夏官侍郎、同鳳閣鸞臺平章事。聖曆元年正月，罷爲文昌左丞，爲武懿宗所劾，貶播州司馬。稍爲豫州長史，遷少府少監，岐、陝二州刺史。長安四年三月，復以夏官侍郎同鳳閣鸞臺平章事。七月坐事貶原州都督。神龍初，爲太僕卿。武三思引爲兵部尚書。景龍元年九月，同中書門下三品。韋后、安樂公主親賴之，尋遷中書令。韋氏敗，與誅。傳又言其冒於權利，外附韋氏，内蓄逆謀，故卒以敗。其行跡若此，乃太白有「斬鰲翼媧皇，鍊石補天維」之褒；誅後亦未聞放罪之辭，贈葬之典，乃太白有「皇恩雪憤懣，松柏含榮滋」之美。在詩人固多溢頌之辭，又爲親者諱，不得不然。若深叙情親，少序家世，更爲得體矣。

留别龔處士

龔子棲閑地，都無人世喧。柳深陶令宅〔一〕，竹暗辟彊園〔二〕。我去黄牛峽，遥愁白帝猿〔三〕。贈君卷施草，心斷竟何言〔四〕。

〔一〕陶淵明宅邊有五柳樹，嘗爲彭澤令，詳見前注。

〔二〕《世説》：王子猷自會稽經吴門，聞顧辟彊有名園。劉孝標注：《顧氏譜》曰：辟彊，吴郡人，歷郡功曹，平北參軍。范成大《吴郡志》：辟彊園，自東晉以來傳之。池館林泉之勝，號吴中第一。辟彊姓顧氏，晉、唐人題咏甚多。陸羽詩云：「辟彊舊林園，怪石紛相向。」陸龜蒙云：「吴之辟彊園，在昔勝概敵。」皮日休云：「更葺園中景，應爲顧辟彊。」本朝張伯玉云：「于公門館辟彊園，放蕩襟懷水石間。」今莫知遺跡所在。考龜蒙之詩，則在唐爲任晦園亭，今任園亦不可考矣。《唐詩紀事》：吴門有辟彊園。按陸龜蒙詩「吴之辟彊園，在昔勝概敵，前聞富修竹，後説紛怪石」，張南史詩「深竹閑園暗辟彊」，蓋其地饒修竹，多怪石，往往見於題咏。

〔三〕黄牛、白帝，已見前首注。

〔四〕《爾雅》：卷施草，拔心不死。邢昺疏：卷施草，一名宿莽，拔其心亦不死也。案《離騷》云：朝搴阰之木蘭兮，夕攬中洲之宿莽。王逸云：草冬生不死者，楚人名之曰宿莽。

贈別鄭判官

竄逐勿復哀，慚君問寒灰。浮雲本無（繆本作「無本」）意，吹落章華臺〔一〕。遠別淚空盡，長愁心已摧。二（蕭本作「三」）年吟澤畔，顦顇幾時迴〔二〕？

〔一〕《通典》：春秋時，楚章華臺，在復州監利城内。《方輿勝覽》：江陵府有章華臺，杜預云：在今南郡華容城中。華容即今監利。

〔二〕《楚辭・卜居》云：屈原既放，三年不得復見。《漁父》云：屈原既放，游於江潭。行吟澤畔，顔色顦顇，形容枯槁。

黄鶴樓送孟浩然之廣陵

楊齊賢曰：黄鶴樓以黄鶴山而名，在鄂州。《通典》：廣陵郡，今之揚州。

故人西辭黄鶴樓，烟花三月下揚州。孤帆遠影（一作「映」）碧山（蕭本作「空」）盡，唯見長江天際流〔一〕。

〔一〕陸放翁《入蜀記》：太白登黄鶴樓送孟浩然詩云「征帆遠映碧山盡，唯見長江天際流」，蓋帆檣映遠山尤可觀，非江行久不能知也。

將游衡岳過漢陽雙松亭留别族弟浮屠談皓

《通鑑地理通釋》：衡岳，在潭州衡山縣西三十里，衡州衡陽縣北七十里。有五峰，曰紫蓋、天柱、芙蓉、石廩、祝融。《一統志》：雙松亭，在湖廣漢陽府秋興亭東。《册府元龜》：浮屠正號曰佛陀，其聲相近，皆西方言。華言譯之，則謂淨覺。

秦欺趙氏璧，却入邯鄲宫〔一〕。本是楚家玉，還來荆山中〔二〕。符彩照（蕭本作「丹彩瀉」）滄溟，清（繆本作「精」）輝凌白虹〔三〕。青蠅一相點〔四〕，流落此時同。卓絶道門秀〔五〕，談玄乃支公〔六〕。延蘿結幽居〔七〕，剪竹繞芳叢〔八〕。涼花拂户牖，天籟（一作「樂」）鳴虚空〔九〕。憶我初來時，蒲萄開景風〔一〇〕。今兹大火落〔一一〕，秋葉黄梧桐。水色夢沅（音元，又音阮）湘，長沙去何窮〔一二〕。寄書訪衡嶠（音轎），但與南飛鴻〔一三〕。

〔一〕《史記》：趙惠文王時，得楚和氏璧。秦昭王聞之，遺趙王書，願以十五城易璧。趙王遣藺相如奉璧西入秦，秦王坐章臺見相如。相如奉璧奏秦王，秦王大喜，傳以示美人及左右。相如視秦王無意償趙城，乃前曰：「璧有瑕，請指示王。」王授璧，相如因持璧，却立倚柱，怒髮上沖冠。謂秦王曰：「臣觀大王無意償趙王城邑，故臣復取璧。大王必欲急臣，臣頭與璧俱碎於柱矣。」秦王恐其破璧，乃辭謝，召有司按圖指從此以往十五都予趙。相如度秦王特以詐佯爲予趙城，實不可得。乃謂秦王曰：「趙王送璧時，齋戒五日，今大王亦宜齋戒五日。」秦王遂許齋五日。相如乃使其從者衣褐懷璧，從徑道亡歸趙。秦王曰：「今殺相如，終不能得璧也，而絶秦、趙之歡。」卒廷見相如，畢禮而歸之。

〔二〕楚人卞和得玉璞於荆山，兩獻楚王，兩刖其足。見四卷注。

〔三〕《禮記》：氣如白虹，天也。孔穎達《正義》云：白虹，謂天之白氣，言玉之白氣似天白氣也。

〔四〕陳子昂詩：青蠅一相點，白璧遂成冤。《埤雅》：青蠅糞尤能敗物，雖玉尤不免，所謂蠅糞點玉是也。

〔五〕《三國志》：管寧德行卓絶，海内無偶。

〔六〕《太平廣記》：支遁，字道林，本姓關氏，陳留人，或云河内林慮人。年二十五出家，每至講肆，善標宗會，而章句或有所遺，時爲守文者所陋。謝安聞而喜之，曰：「此乃古人之相馬也。略其玄黄，而取其駿逸。」於時殷浩、王羲之等並一代名流，皆著塵外之狎。

〔七〕鮑照詩：延蘿倚峰壁。

〔八〕吴均詩：剪竹製山扉。

〔九〕《莊子》：汝聞地籟，而未聞天籟。天籟乃虚空之際，自然音響。

〔一〇〕《易緯通卦驗》：夏至景風至。

〔一〕大火：心星也。落：猶下也。心星於夏月昏時，當南方之位，入秋則下而西流矣。

〔二〕《漢書》：窺九疑，浮沅湘。顔師古注：沅水出牂牁，湘水出零陵，二水皆入江。《一統志》：湘江至沅州與沅水合，曰沅湘。古長沙郡，秦始皇置，在古荆州之域。唐時之長沙、巴陵、衡陽、零陵、江華、桂陽、邵陽、連山八郡，皆其地也。衡山及沅、湘二水俱在境中。

〔三〕蕭琛詩：相思將安寄，悵望南飛鴻。

留別賈舍人至二首

賈至，見十一卷注。

大梁白雲起，飄飄來南洲。徘徊蒼梧野〔一〕，十見羅浮秋〔二〕。鼇抃（蕭本作「挾」）山海傾〔三〕，四溟揚洪流〔四〕。意欲託孤鳳（世本作「鴈」，誤），從之摩天游〔五〕。鳳苦道路難，翱翔還崑丘〔六〕。不肯銜我去，哀鳴慙不留（繆本作「周」）。遠客謝主人，明珠難暗投〔七〕。拂拭倚天劍〔八〕，西登岳陽樓〔九〕。長嘯萬里風，掃清胸中憂。誰念劉越石，化爲繞指柔〔一〇〕。

〔一〕《歸藏·啟筮》：有白雲出自蒼梧，入於大梁。《山海經》：南方蒼梧之丘，蒼梧之淵，其中有九疑山，舜之所葬，在長沙零陵界中。郭璞注：山在零陵營道縣南，其山九谿，皆相似，故云九疑。

古者總名其地爲蒼梧也。蓋古所稱蒼梧之野，其地甚廣，凡九疑山前後數百里，粤西、湖南之地，兼跨而有之。若漢之所置蒼梧郡，視古之蒼梧野爲狹。唐之所置蒼梧郡，視漢之蒼梧郡則又狹。皆衹在粤西一隅，而長沙、零陵非其所統矣。或者據《史記·本紀》，舜崩於蒼梧之野，葬於江南九疑，是爲零陵，因崩、葬各紀其地，疑蒼梧、九疑不在一處者，非也。舜葬於蒼梧之野，蓋《檀弓》先已記之矣。

〔二〕《名山志》：羅浮山在廣東增城、博羅二縣之境，本二山也。在西者爲羅山，在東者爲浮山。二山合體，故總稱羅浮。舊記曰：山高三千六百丈，周圍二百七十七里。舊説浮山從會稽來，博於羅山，故又稱博羅。今羅浮山上獨有東方草木。或云浮山乃蓬萊之一島，堯時洪水浮至，依羅山而止焉。二山斷處，有石磴相聯接，狀如橋梁，號曰鐵橋。奇禽靈卉，不可勝紀。

〔三〕《楚辭》：鼇戴山抃。王逸注：鼇，大龜也。擊手曰抃。《列仙傳》曰：有巨靈之鼇，背負蓬萊之山，而抃滄海之中。《爾雅翼》：《天問》曰：鼇戴山抃，何以安之？抃者，兩手相擊也。言鼇以首戴山，儻用前兩手相擊，則山上之仙聖何以安乎？張衡《思玄賦》：登蓬萊而容與兮，鼇雖抃而不傾。吕延濟注：言巨鼇負蓬萊山，雖抃擊而不傾側。太白引此，蓋以喻禄山之亂也。

〔四〕張協詩：雨足洒四溟。李善注：四溟，四海也。

〔五〕王粲詩：鶤鵠摩天游。

〔六〕邢昺《爾雅疏》：《崑崙山記》云：崑崙山，一名崑丘。

〔七〕《史記》：明月之珠，夜光之璧，以暗投人於道路，人無不按劍相眄者。何則？無因而至前也。王褒詩：白璧求善價，明珠難暗投。

〔八〕宋玉《大言賦》：長劍耿耿倚天外。

〔九〕《岳陽風土記》：岳陽樓，城西門樓也。下瞰洞庭，景物寬闊。唐開元四年中書令張説除守此州，每與才士登樓賦詩，自爾名著。

〔一〇〕劉越石詩：何意百鍊剛，化爲繞指柔。吕延濟注：百鍊之鐵堅剛，而今可繞指，自喻今破敗而至柔弱也。

琦按：賈之謫在岳陽，去羅浮甚遠，而太白行跡亦未嘗至廣、惠間，何云「徘徊蒼梧野，十見羅浮秋」耶？又太白旅寓岳州，約計只一二年。而賈之謫在至德中，召還故官在寶應初，約計首尾亦不至十年之久。所云「十見」，更指何人耶？恐是他人之作，而誤入集中者，否則筆字之訛歟？

其二

秋風吹胡霜，凋此簷下芳。折芳怨歲晚，離别悽以傷。謬攀青瑣賢〔一〕，延我於此堂。君爲長沙客，我獨之夜郎。勸此一杯酒，豈唯道路長。割珠兩分贈〔二〕，寸心貴（蕭本作「久」）

不忘。何必兒女仁〔三〕，相看淚成行。

〔一〕劉昭《後漢書注》：《宮閣簿》：青瑣門，在南宫。衛權注《吴都賦》曰：青瑣，户邊青鏤也。一曰：天子門内有楣格再重，裹青畫曰瑣。章懷太子《後漢書注》：青瑣，謂刻爲瑣文，而以青飾之也。《西京賦》：青瑣丹墀。吕向注：青瑣，窗也，以青飾之。《吴都賦》：青瑣丹楹。劉淵林注：瑣，户内邊，以青畫爲瑣文。吕延濟注：青瑣，門窗欒刻爲瑣文，染以青色。

〔二〕割珠事無考。

〔三〕曹植詩：無乃兒女仁。

渡荆門送别

《通典》：荆門山，後漢岑彭破田戎於此。公孫述又遣將任滿拒吴漢作浮橋處。在今峽州宜都縣西北五十里。《水經》云：江水東楚荆門、虎牙之間。荆門山在南，上合下開若門。虎牙山在北，石壁危江，間有白文類牙，故以爲名。荆門、虎牙二山，即楚之西塞。

渡遠荆門外〔一〕，來從楚國游。山隨平野盡，江入大荒流。月下飛天鏡，雲生結海樓〔二〕。仍憐（許本作「連」）故鄉水，萬里送行舟。

〔一〕楊齊賢曰：荆門軍有山名荆門，蜀之諸山至此不復見矣。

〔二〕《史記》：海旁蜃氣象樓臺。《國史補》：海上居人時見飛樓，如締搆之狀，甚壯麗。

丁龍友曰：胡元瑞謂「山隨平野盡，江入大荒流」，此太白壯語也。子美詩「星隨平野闊，月湧大江流」二語，骨力過之。予謂李是晝景，杜是夜景。李是行舟暫視，杜是停舟細觀，未可概論。

聞李太尉大舉秦兵百萬出征東南懦夫請纓冀申一割之用半道病還留别金陵崔侍御十九韻

《通鑑》：上元二年五月，以李光弼爲河南副元帥、太尉兼侍中，都統河南、淮南東西、山南東、荆南、江南西、浙江東西八道行營節度，出鎮臨淮。《漢書》：遣終軍使南越，説其王，欲令入朝，比内諸侯。軍自請，願受長纓，必羈南越王而致之闕下。軍遂往説越王，越王聽許，請舉國内屬。《後漢書》：班超曰：昔魏絳，列國大夫，尚能和輯諸戎，況臣奉大漢之威，而無鉛刀一割之用乎？

秦出天下兵，蹴踏燕、趙傾。黄河飲馬竭，赤羽連天明〔一〕。太尉杖旄鉞〔二〕，雲騎（繆本作「旗」）繞彭城〔三〕。三軍受號令，千里肅雷霆〔四〕。函谷絶飛鳥〔五〕，武關擁連營〔六〕。意在斬巨鼇，何論鱠長鯨（一作「鯢與鯨」）。恨無左車略〔七〕，多愧魯連生〔八〕。拂劍照嚴霜，彫戈鬘（當作「縵」）胡纓〔九〕。願雪會稽恥〔一〇〕，將期報恩榮。半道謝病還，無因（一作「由」）東南征。亞夫未見顧，劇孟阻先行〔一一〕。天奪壯士心，長吁別吴京〔一二〕。金陵遇太守，倒屣欣（一作「相」）逢迎〔一三〕。群公咸祖餞〔一四〕，四座羅朝英。初發臨滄觀〔一五〕，醉棲征虜亭〔一六〕。舊國見秋月，長江流寒聲。帝車（一作「居」，誤）信迴轉〔一七〕，河漢復縱（繆本作「縱復」）横〔一八〕。孤鳳向西海，飛鴻辭北溟。因之出寥廓〔一九〕，揮手謝公卿。

〔一〕《家語》：由願得白羽若月，赤羽若日。

〔二〕《史記》：師尚父左杖黄鉞，右把白旄，以誓。

〔三〕謝靈運詩：雲騎亂漢南。吕向注：雲騎，言多如雲也。唐之彭城郡，即徐州也，隸河南道。

〔四〕《舊唐書》：李光弼拜太尉，充河南、淮南、山南東道、荆南等副元帥，侍中如故，出鎮臨淮。史朝義乘邙山之勝，寇申、光等十三州。自領精騎圍李岑於宋州。將士皆懼，請南保揚州。光弼徑赴徐州以鎮之，遣田神功擊敗之。浙東賊首袁晁攻剽郡縣，浙東大亂，光弼分兵除討，剋定江左，人心乃安。光弼未至河南也，田神功平劉展後，逗遛於揚府。尚衡、殷仲卿相攻於兖、鄆，來瑱旅距於襄陽，朝廷患之。及光弼輕騎至徐州，史朝義退走，神功遽歸河南，尚衡、殷仲卿、來瑱皆懼其威名，相繼赴闕。又云：光弼御軍嚴肅，天下服其威名。每申號令，諸將不敢仰視。

〔五〕《元和郡縣志》：函谷故城在陝州靈寶縣南十里，秦函關城，漢弘農縣也。《西征記》曰：函谷關城，路在谷中，深險如函，故以爲名。其中劣通行路，東西四十里，絶岸壁立，巖上柏林，陰映谷中，殆不見日。關去長安四百里，日入則閉，雞鳴則開，秦法也。東自殽山，西至潼津，通名函谷，號曰天險，所謂秦得百二也。

〔六〕《史記集解》：應劭曰：武關，秦南關，通南陽。文穎曰：武關在析西百七十里，弘農界。《太平寰宇記》：武關在商州商洛縣東南九十里，春秋時少習也。《左氏傳》曰：將通於少習以聽命。注：少習，商縣武關是也。《三國志》：樹栅連營七百餘里。

〔七〕《史記》：趙王成安君陳餘，聞漢且襲之也，聚兵井陘口，號稱二十萬。廣武君李左車説成安君曰：「願足下假臣奇兵三萬人，從間路絶其輜重，足下深溝高壘，堅營勿與戰，不至十日，而兩將之頭可致於戲下。」成安君不聽。韓信引兵出井陘口，斬成安君泜水上，禽趙王歇。信乃令軍中毋殺廣武君，有能生得者，購千金。於是有縛廣武君而致戲下者，信乃解其縛，東鄉坐，西鄉對，師事之。

〔八〕魯連事，見二卷注。

〔九〕《國語》：穆公横雕戈出見使者。韋昭注：雕，鏤也。戈，戟也。《莊子·説劍篇》：垂冠縵胡之纓。司馬彪曰：縵胡之纓，謂粗纓無文理也。

〔一〇〕會稽恥，見十卷注。

〔一一〕亞夫、劇孟事，見三卷注。

〔一二〕楊齊賢曰：吴京，建康也。

〔一三〕《十六國春秋》：宋繇每聞儒士在門，常倒屣出迎，停寢政事，引談經籍。

〔一四〕《漢書》：丞相爲祖道。顔師古注：祖者，送行之祭，因宴飲焉。《左傳》：鄭六卿餞宣子於郊。杜預注：餞，送行飲酒也。

〔一五〕《太平寰宇記》：臨滄觀，在勞勞山上，有亭七間，名曰新亭。吴所築，宋改爲臨滄觀。周顗與王導等當春日登之會宴，顗曰：「風景不殊，舉目有江山之異。」即此處也。謂之勞勞亭，古送别之所。胡三省曰：臨滄觀，在江寧縣南十五里。

〔一六〕《世説注》：《丹陽記》曰：征虜亭，太安中，征虜將軍謝石立此亭，因以爲名。胡三省《通鑑注》：征虜亭，在方山南。自玄武湖頭大路北出至征虜亭。

〔一七〕《史記》：斗爲帝車，運於中央，臨置四方。《晉書》：斗爲帝車，取乎運動之義也。

〔一八〕魏文帝詩：天漢迴西流，三五正縱横。

〔一九〕《漢書》：焦明已翔於寥廓。顔師古注：寥廓，天上寬廣之處。

别韋少府

西出蒼龍門〔一〕，南登白鹿原〔二〕。欲尋商（一作「南」）山皓〔三〕，猶戀漢皇恩。水國遠行邁，仙經深討論。洗心句溪（蕭本作「向秋」）月〔四〕，清耳敬亭猿〔五〕。築室在人境，閉關無世諠〔六〕。多君枉高駕〔七〕，贈我以微言〔八〕。交乃意氣合，道因風雅存。別離有相思，瑶瑟與金樽〔九〕。

〔一〕《史記集解》：《關中記》曰：東有蒼龍闕，北有玄武闕。吴均詩：已蔽蒼龍門。

〔二〕《元和郡縣志》：白鹿原，在京兆府萬年縣東二十里，亦謂之霸上。漢文帝葬其上，謂之霸陵。王仲宣詩曰「南登霸陵岸，回首望長安」，即此也。《太平寰宇記》：白鹿原，在藍田縣西六里。按《三秦記》云：周平王東遷之後，有白鹿游此原，是以得名。《長安志》：白鹿原，在萬年縣東南二十里。自藍田縣界，至滻水川，盡東西一十五里。南接終南，北至灞川，盡南北一十里，亦謂之灞上。《雍録》：白鹿原者，自南山分支而下，行乎藍田縣，以及漢城之東。古志云：原接南山，西北入萬年界，抵滻水。其東西可十五里，南北可二十里也。

〔三〕商山四皓，見四卷注。

〔四〕《江南通志》：句溪在寧國府城東五里，溪流迴曲，形如句字。源出籠叢、天目諸山，東北流二百餘里，合衆流入江。李白詩「洗心句溪月」，蓋謂其清也。

〔五〕《隋書》：宣城郡宣城縣有敬亭山。

〔六〕陶潛詩：結廬在人境，而無車馬喧。

〔七〕章懷太子《後漢書注》：多，重也。

〔八〕《漢書》：仲尼没而微言絶。

〔九〕江淹詩：瑶瑟詎能開。

南陵别兒童入京一作《古意》

白酒新（一作「初」）熟山中歸〔一〕，黄雞啄黍秋正肥〔二〕。呼童烹雞酌白酒，兒女嬉（繆本作「歌」）笑牽人衣。高歌取醉欲自慰，起舞落日爭光輝。游説萬乘苦不早，著鞭跨馬涉遠道。會稽愚婦輕買臣〔三〕，余亦辭家西（一作「方」）入秦。仰天大笑出門去〔四〕，我輩豈是蓬蒿人。

〔一〕陶潛詩：歸去來山中，山中酒應熟。

〔二〕《詩・小雅》：無啄我黍。

〔三〕《漢書》：朱買臣家貧，好讀書，不治産業。常刈薪樵，賣以給食。擔束薪行且誦書，其妻亦負擔相隨。數止買臣毋歌謳道中，買臣愈益疾歌，妻羞之，求去。買臣笑曰：「我年五十當富貴，今已四十餘矣，汝苦日久，待我富貴報汝功。」妻恚怒曰：「如公等，終餓死溝中耳，何能富貴！」買臣不能留，即聽去。

〔四〕《史記》：淳于髡仰天大笑，冠纓索絶。

别山僧

何處名僧到水西，乘舟（一作「杯」）弄月宿涇溪〔一〕。平明别我上山去，手攜金策踏雲梯〔二〕。騰身轉覺三天近，舉足迴看萬嶺低。誰浪肯居支遁下〔三〕，風流還與遠公齊〔四〕。此度别離何日見，相思一夜暝猿啼。

〔一〕《江南通志》：水西山，在寧國府涇縣西五里，林壑邃密，下臨涇溪。舊建寶勝、崇慶、白雲三寺，浮屠對峙，樓閣參差，碧水浮烟，咫尺萬狀。晉葛洪、劉遺民，唐李白、杜牧之皆常游憩於此。寶勝寺即水西寺，白雲寺即水西首寺，崇慶寺即天宫水西寺也。涇溪，在涇縣西南一里，下流至蕪湖入江。

〔二〕孫綽《天台山賦》：振金策之鈴鈴。李善注：金策，錫杖也。雲梯，謂山中磴道，梯之而上，如入雲中，故曰雲梯。

〔三〕《法苑珠林》：沙門支遁，字道林，陳留人也。神宇儁發，爲老、釋風流之宗。

〔四〕《神僧傳》：釋慧遠，本姓賈氏，雁門樓煩人也。少爲諸生，博綜六經，尤善老、莊。性度弘偉，風鑒朗拔，雖宿儒英達，莫不服其深致。後聞沙門釋道安講《波若經》，豁然而悟，投簪落髮，委命受業。既入乎道，厲然不群。常欲總攝綱維，以大法爲己任。

《唐詩品彙》云：七言排律，唐人不多見，如太白《別山僧》、高適《宿田家》等作，雖聯對精密，而律調未純，終是古詩體段。

贈別王山人歸布山

王子析道論，微言破秋毫〔一〕。還歸布山隱，興入天雲高。爾去安可遲，瑶草恐衰歇。我心亦懷歸〔二〕，屢夢松上月（許本作「衣」）。傲然遂獨往，長嘯閑巖扉。林壑久已蕪，石道生薔薇。願言弄笙鶴，歲晚來相依。

〔一〕《三國志注》：《管輅別傳》曰：何尚書神明精微，言皆巧妙，巧妙之至，殆破秋毫。孫綽《太尉庾亮碑》：微言散於秋毫，玄風暢乎德音。

〔二〕《詩·小雅》：豈不懷歸。

江夏別宋之悌

楚水清若空〔一〕，遥將碧海通。人分千里外，興在一杯中。谷鳥吟晴日，江猿嘯晚風。平生不下淚，於此泣無窮。

〔一〕劉楨詩：烟峰晦如畫，寒水清若空。陸放翁《入蜀記》：自鸚鵡洲以南爲漢水，水色澄澈可鑑。太白云「楚水清若空」，蓋言此也。

李太白全集卷之十六

錢塘王琦琢崖輯注
趙樹元石堂較

古近體詩共二十一首

南陽送客

斗酒勿爲（一作「與」）薄〔一〕，寸心貴不忘。坐惜故人去〔二〕，偏令游子傷。離顔怨芳草，春思結垂楊。揮手再三别〔三〕，臨歧空斷腸。

〔一〕《古詩》：斗酒相娱樂，聊厚不爲薄。

〔二〕謝朓詩：坐惜紅妝變。

〔三〕劉鑠詩：揮手從此辭。張銑注：揮手，舉手。辭，别也。

送張舍人之江東

張翰江東去，正值秋風時〔一〕。天清（一作「晴」）一雁遠，海闊孤帆遲。白日行欲暮，滄波杳難期（一作「白日行已晚，欲暮杳難期」）。吴洲如（一作「好」）見月，千里幸相思〔二〕。

〔一〕《晉書》：張翰爲大司馬東曹掾，因見秋風起，乃思吴中菰菜、蓴羹、鱸魚膾，曰：「人生貴得適意，何能羈宦數千里，以要名爵乎？」遂命駕而歸。

〔二〕楊素詩：千里悲無駕，一見杳難期。顔延年詩：振楫發吴洲。謝莊《月賦》：隔千里兮共明月。

送王屋山人魏萬還王屋

《唐詩紀事》：魏萬，後名顥。上元初登第，始見李白於廣陵。白曰：「爾後必著大名於天下，無忘老夫與明月奴。」因盡出其文，命顥集之。詳見三十一卷魏顥序中。

王屋山人魏萬，云自嵩、宋沿吴相訪（繆本作「送」），數千里不遇。乘興游台、越，經永嘉，觀謝公石門。後於廣陵相見。美其（蕭本作「而」）愛文好古，浪跡方外，因述其行而贈是詩。（一作「見王屋山人魏萬，云自嵩歷兗，游梁入吴，計程三千里，相訪不遇。因下江東尋諸名山，往復百越。後於廣陵一面，遂乘興共過金陵。此公愛奇好古，獨往物表，因述其行李，遂有此作」）

仙人東方生，浩蕩弄雲海。沛然乘天游，獨往失所在（一作「東方不辭家，獨訪紫泥海。時人少相逢，往往失所在」）〔一〕。魏侯繼大名〔二〕，本家聊、攝城〔三〕。卷舒入元化（一作「雜仙隱」），跡與古賢并。十三弄文史，揮筆如振綺。辯折田巴生，心齊魯連子〔四〕。西涉清洛源〔五〕，頗驚人世喧。採秀卧王屋，因窺洞天門〔六〕。（以上美萬之愛文好古，而隱居王屋之事。）

〔一〕《漢武内傳》：東方朔一旦乘龍飛去，同時衆人見從西北上冉冉，仰望良久，大霧覆之，不知所適。

〔二〕《左傳》：晉侯賜畢萬魏，以爲大夫。卜偃曰：「畢萬之後必大。萬，盈數也。魏，大名也。以是始賞，天啟之矣。」

〔三〕又《左傳》：聊、攝以東，姑、尤以西。杜預注：聊、攝，齊西界也。平原聊城縣東北有攝城。《路史》：聊、攝，故博平是。今聊城東北三十里，有故攝城，或以聊、攝爲一城，誤。《一統志》：聊城在東昌府城西北十五里，攝城在博平縣西南二十里。

〔四〕《太平御覽》：《魯連子》曰：齊之辯士田巴，辯於徂丘，議於稷下。毁五帝，罪三王，訾五伯，離堅白，合同異，一日而服千人。有徐劫者，其弟子曰魯連，謂徐劫曰：「臣願得當田子，使之不敢復談。」徐劫言之田巴曰：「走弟子年十二耳，然千里駒也。願得侍議於前可乎？」田巴曰：「可。」於是魯連往見曰：「臣聞堂上之糞不除，郊草不芸；白刃交前，不救流矢。何者？急者不救，緩者非務。今楚軍南陽，趙伐高唐，燕人十萬之衆在聊城而不去，國亡在旦暮，先生將奈何？」田巴曰：「無可奈何。」魯連曰：「危不能爲安，亡不能爲存，則無貴學士矣。今臣將罷南陽之師，還高唐之兵，卻聊城之衆，所貴談説者爲若此也。若不能者，如先生之言，有似梟鳴出聲，而人皆惡之，願先生勿復談也。」田巴曰：「謹受教。」明日，見徐劫曰：「先生之駒，乃飛兔、騕褭也，豈特千里哉。」於是杜口易業，終身不復談。

〔五〕潘岳《藉田賦》：清洛濁渠，引流激水。《史記正義》：《括地志》云：洛水出商州洛南縣西冢嶺山，東北流入河。

〔六〕《楚辭》：采三秀兮山間。王逸注：三秀，謂芝草也。《元和郡縣志》：王屋山，在河南府王屋縣北十五里，周圍一百三十里，高三十里。《尚書·禹貢》「底柱、析城，至於王屋」是也。《太平寰宇記》：王屋山，在澤州陽城縣南五十里。《仙經》云：王屋山有仙宫洞天，廣三千步，號小有清虚洞天。山高八千丈，廣數百里。太行、析山爲佐命，中條、古鍾爲輔翼。三十六洞，小有爲群洞之尊。四十九山，王屋爲衆山之最。實不死之靈鄉，真人之洞境也。《名山洞天福地記》：王屋洞，周圍一萬里，名小有清虚之天，在東都。

朅來游嵩峰〔一〕，羽客何雙雙。朝攜月光子〔二〕，暮宿玉女窗〔三〕。鬼谷上窈窕〔四〕，龍潭下奔潀（音叢）〔五〕。東浮汴河水〔六〕，訪我三千里。逸興滿吴雲，飄颻浙江汜〔七〕。揮手杭、越間〔八〕，樟（蕭本作「章」）亭望潮還〔九〕。濤卷海門石〔一〇〕，雲（繆本作「雪」）横天際山。白馬走素車，雷奔駭心顔〔一一〕。（以上叙其自嵩、宋沿吴相訪之事。）

〔一〕《大人賦》：回車朅來兮絶道不周。《通雅》：朅來，猶何來也。《元和郡縣志》：嵩高山，在河南府登封縣北八里，亦名方外山。東曰太室，西曰少室，嵩高其總名，即中岳也。山高二十里，周圍一百三十里。

〔二〕《藝文類聚》：《仙經》云：嵩高山東南大巖下石孔，方圓一丈，西方北入五六里，有大室，高三十餘丈，周圍三百步，自然明燭，相見如日月無異。中有十六仙人。云月光童子常在天台，時亦往來此中，人非有道，不得望見。

〔三〕《五色線》：圖經云：嵩山有玉女窗，漢武帝於窗中見玉女。謝絳《游嵩山書》云：進窺玉女窗，擣衣石。石誠異，窗則亡。是玉女窗在宋時已無之矣。

〔四〕《元和郡縣志》：鬼谷，在河南府告成縣北五里，即六國時鬼谷先生所居也。《一統志》：鬼谷，在河南府登封縣北五里。《史記》：蘇秦，洛陽人，師事於齊，而習於鬼谷。即此。《史記集解》：徐廣曰：潁川陽城有鬼谷。

〔五〕尉遲汾《狀嵩高靈勝》詩自注：九龍潭在寺側，崇崖對聳，壁立千仞，九曲分蓄，碱黑不測。《一統志》：龍潭，在登封縣東二十五里，嵩頂之東。九潭相接，其深莫測。《登封縣志》：九龍潭，在太室東巖，山巔有水流下，激衝成潭，盈坎而出，復作一潭，共有九潭，遞相灌輸，水色洞黑，其深無際。崖崿險峻，波濤怒激，登臨者至此，輒凜然生畏焉。有石記戒人游龍潭者，勿語笑以黷龍神，神怒則有雷恐。

〔六〕《玉海》：汴河，蓋古莨蕩渠也。首受黄河水，隋開浚以通江、淮漕運，兼引汴水，亦曰通濟渠。《一統志》：汴河源出滎陽縣大周山，合東、溹、須、鄭四水，東南至中牟縣北入於黄河。毛萇《詩傳》：潨，水會也。《説文》：小水入大水曰潨。

〔七〕聶心湯《錢塘縣志》：錢塘江，在縣之東南，本名浙江。虞喜云：潮水投浙江，下折而曲。一云江有反濤，水勢折歸，故云浙江。盧肇曰：浙者，折也。蓋取其潮出海屈折而倒流也。一名折河。《山海經》云：禹治水至於折河。又名曲江。枚乘《七發》曰：觀濤於廣陵之曲江。今名錢塘江。其源發黟縣，曲折而東，以入於海。潮水晝夜再上，奔騰衝擊，聲撼地軸。陸機詩：願假歸鴻翼，翻飛浙江汜。

〔八〕揮手，以手指畫也。杭謂杭州餘杭郡，古時爲越國西境。越謂越州會稽郡，古時爲越國都城。二郡中隔浙江，江之北爲杭州，江之南爲越州。

〔九〕《咸淳臨安志》：樟亭驛，晏公《輿地志》云在錢唐縣舊治之南五里，今爲浙江亭。

〔一〇〕《西溪叢語》：浙江夾岸有山，南曰龕，北曰赭，二山相對，謂之海門。岸狹勢逼，湧而爲濤。

〔一〕枚乘《七發》：觀濤於廣陵之曲江。其始起也，淋淋焉若白鷺之下翔。其少進也，浩浩溰溰，如素車、白馬、帷蓋之張。凌赤岸，篲扶桑，橫奔似雷行。

遥聞會稽美，一弄（一作「且度」）耶溪水〔一〕。萬壑與千巖，崢嶸鏡湖裏〔二〕。秀色不可名，清輝滿江城。人游月邊去，舟在空中行。此中久延佇〔三〕，入剡尋王、許〔四〕。笑讀曹娥碑，沉吟黄絹語〔五〕。天台連四明〔六〕，日入向國清。五峰轉月色，百里行松聲。靈溪恣（蕭本作「咨」）沿越，華頂殊超忽〔七〕。石梁橫青天，側足履半月〔八〕。（以上叙其乘興游台、越之事。）

〔一〕《太平寰宇記》：若耶溪，在越州會稽縣東南二十八里。

〔二〕《世説》：顧長康從會稽還，人問山川之美，顧云：「千巖競秀，萬壑爭流，草木蒙籠其上，若雲興霞蔚。」施宿《會稽志》：鏡湖，在會稽縣東二里，故南湖也。一名長湖，又名大湖。《通典》云：東漢永和五年，太守馬臻始築塘立湖，周三百一十里，溉田九千餘頃，人獲其利。王逸少有云：山陰路上行，如在鏡中游。鏡湖之得名以此。《輿地志》云：山陰南湖，縈帶郊郭，白水翠巖，互相映發，若鏡若圖。

〔三〕延佇，遷延企望之意。《楚辭》：延佇乎吾將返。

〔四〕《元和郡縣志》：剡縣，西北去越州一百八十五里。《晉書》：會稽有佳山水，名士多居之。孫綽、李充、許詢、支遁等皆以文義冠世，並築室東土，與王羲之同好。

〔五〕《太平寰宇記》：曹娥碑，地志云餘姚有孝女曹娥，父泝濤而死，娥年十四，號痛入水，因抱父屍出而死。縣令度尚，使門生邯鄲子禮爲碑文。後蔡邕過，讀碑，乃題八字曰「黄絹幼婦，外孫虀臼」。此碑今在上虞縣水濱。《世説》：魏武嘗過曹娥碑下，楊修從碑背上見題作「黄絹幼婦，外孫虀臼」八字，魏武謂修曰：「解否？」答曰：「解。」魏武曰：「卿未可言，待我思之。」行三十里，魏武乃曰：「吾已得。」令修别記所知。修曰：「黄絹，色絲也，於字爲絶；幼婦，少女也，於字爲妙；外孫，女子也，於字爲好；虀臼，受辛也，於字爲辭；所謂絶妙好辭也。」魏武亦記之，與修同。

〔六〕《太平寰宇記》：天台山，在台州西一百一十里。《臨海記》云：天台山，超然秀出，山有八重，視之如一，凡高一萬八千丈，周圍八百里。又有飛泉，懸流十仞似布。《登真隱訣》注云：此山在桐柏山後，四明山東南三百里。《啟蒙記》注云：天台山去天不遠，路經油溪水，深險清泠。前有石橋，路徑不盈尺，長數十丈，下臨絶冥之澗。惟忘其身，然後能躋。躋者梯巖壁，援蘿葛之莖，度得平路，見天台山蔚然綺秀，列雙嶺於青霄上，有瓊樓、玉闕、天堂、碧林、醴泉，仙物畢具也。晉隱士白道猷得過之，獲醴泉、紫芝、靈藥。今石橋名相山。又道書所謂玉堂，天台山，其山八重，視之如一，中有金庭不死之鄉。許邁《與王逸少書》云：自山陰至臨海，多有金庭、玉堂、仙人、芝草也。四明山，在越州餘姚縣西南一百里。《會稽記》云：縣南有四明山，高峰軼雲，連岫蔽日。孫綽《天台賦》序云：涉海則有方丈、蓬萊，登陸則有四明、天台。《寧波府志》：四明山發自天台，屹峙於郡治之坤隅。上有二百八十峰，綿亘明、越、台三州之境，爲三十六洞天之一。

〔七〕《九域志》：景德寺，舊名國清寺。隋煬帝在藩日，爲智顗禪師所建。唐會昌五年廢，大中五年再建，柳公權書額。時以齊州靈巖、荆州玉泉、潤州棲霞、台州國清爲四絶。《天台山志》：國清寺在天台縣北十里，舊名天台寺。昔智者大師初入天台，游歷山水，宿石橋。有一老僧謂之曰：「仁者若欲造寺，山下有皇太子寺基，捨以仰給。」智者曰：「正如今日草舍尚難，當於何時能辦此寺？」老僧曰：「今非其時，三國成一，大勢力人能起此寺。寺若成，國即清，當呼爲國清寺。」後將滅時，復標杙山下。又畫殿堂爲圖，以作樣式。後晉王命司馬王弘，依圖造寺，高敞秀麗，方之釋宫，呼爲國清寺。五峰在國清寺側，其峰有五：正北曰八桂，東北曰靈禽，東南曰祥雲，西南曰靈芝，西北曰映霞。前有雙澗合流，南注大溪。鑿字巖在縣北三里，巖上有萬松徑三字。相傳昔時由巖至國清寺，大松成列，今無矣。靈溪在縣北十五里福聖觀前。今縣東三十里亦有靈溪，蓋其名適類也。孫綽賦云：「過靈溪而一濯，疏煩想於心胸。」華頂峰在縣東北六十里，乃天台第八重最高處，高一萬八千丈，周圍一百里。少晴多晦，夏有積雪，中有黄金洞，石色光明，登降魔塔東望滄海，瀰漫無際，號望海尖，可觀日之出没，下瞰衆山如龍虎蟠踞，旗鼓布列之狀。草木薰郁，殆非人世。天台九峰，崒嵂猶如蓮花，此爲華心之頂，故名華頂。

鮑照詩：明澗子沿越，飛蘿予縈牽。王屮《頭陀寺碑文》：東望平皋，千里超忽。吕向注：超忽，遠貌。

〔八〕「側足」者，言石橋險狹，僅可側足而行。「半月」喻石橋彎環之狀。

眷（一作「忽」）然思永嘉〔一〕，不憚海路賒。挂席歷海嶠〔二〕，迴瞻赤城霞〔三〕。赤城漸微没，孤嶼（音序）前嶢兀〔四〕。水續萬古流，亭空千霜月。縉雲川谷難〔五〕，石門最可觀。瀑布挂北斗，莫窮此水端。噴壁灑素雪，空濛生晝寒〔六〕。卻思（繆本作「尋」）惡溪去，寧懼惡溪惡。咆哮七十灘，水石相噴薄〔七〕。路創李北海〔八〕，巖開謝康樂（一作「嶺路始北海，巖詩題康樂」。楊升庵引此詩作「遠尋惡溪去，不憚惡溪惡。途傳李北海，灘聞謝康樂」。以「巖」字爲誤）〔九〕。松風和猿聲，搜索連洞壑〔一〇〕。徑出（一作「岸接」）梅花橋，雙溪納歸潮〔一一〕。落帆金華岸，赤松若可招〔一二〕。沈約八咏樓〔一三〕，城西孤岧嶤。岧嶤四荒外，曠望群川會。雲卷天地（繆本作「池」）開〔一四〕，波連浙西大〔一五〕。亂流新安口，北指嚴光瀨。釣臺碧雲中〔一六〕，邈與蒼嶺（繆本作「梧」）對〔一七〕。（以上叙其自台州泛海至永嘉，徧游縉雲、金華諸名勝之事。）

〔一〕唐之永嘉郡，即温州也，隸江南東道。

〔二〕謝靈運詩：挂席拾海月。

〔三〕《太平寰宇記》：赤城山，在天台縣北六里。孔靈符《會稽記》云：赤城山土色皆赤，狀似雲霞。《登真隱訣》云：此山下有洞，在三十六小洞天數。其山是赤城，丹洞周迴三百里，名上玉清平天也。孫綽《天台賦》云：赤城霞起以建標，瀑布飛流而界道。又《述異記》云：赤城山一峰特高，可三百丈，丹壁爍日。

〔四〕《一統志》：孤嶼山，在温州府城北，有東西二峰，峰上各有塔。薛方山《浙江通志》：永嘉縣北曰孤嶼山，在永寧江中，東西兩峰相峙。

〔五〕唐之縉雲郡，即處州也，隸江南東道。《太平寰宇記》：處州縉雲縣有縉雲山。《名山記》云：孤石干雲，高可三百丈，黄帝煉丹於此。《郡國志》云：縉雲有瀑布，日照如晴虹，風吹如細雨，即此山。

〔六〕《方輿勝覽》：石門洞，在處州青田縣西七十五里，兩峰壁立，高數十丈，相對如門，因名。有瀑布直瀉至天壁，凡三百尺，自天壁飛洒至下潭，凡四百尺，有亭曰噴雪。道書載青田山元鶴洞天即此。薛方山《浙江通志》：處州青田縣有石門山，在石蓋山之西十里，兩峰對峙如門，中有洞曰石門洞。道書所謂元鶴洞天，乃三十六洞天之第三十也。西南高谷有瀑布，泉自上潭奔流至天壁三十餘丈，自天壁至下潭四十餘丈。舊在榛莽間，至劉宋時，永嘉守謝靈運性好游覽，始覓此洞。《説文》：濛，微雨也。

〔七〕《元和郡縣志》：處州麗水縣有麗水，本名惡溪，以其湍流岨嶮，九十里間五十九瀨，名爲大惡。

開皇中改爲麗水，皇朝因之以爲縣名。《太平寰宇記》：惡溪出處州麗水縣東北大麓山，西南二百一十五里至括州城下。謝靈運《與從弟惠連書》云：出惡溪至大江，水清如鏡。《輿地志》云：惡溪道間九十里，而有五十九瀨。兩岸連雲，高巖壁立。諸書皆云五十九灘，而此云七十灘，所未詳也。

〔八〕太白自注：李公邕昔爲括州，開此嶺路。《唐書·李邕傳》：開元二十三年，起爲括州刺史，後歷淄、滑二州刺史。上計京師，出爲汲郡北海太守，時稱李北海。

〔九〕又太白自注：惡谿有謝康樂題詩處。《方輿勝覽》：謝公巖，在好溪上，亦名康樂巖。《一統志》：謝公巖在縉雲縣南十里，一名康樂巖，謝靈運游宴之地。

〔一〇〕王褒《洞簫賦》：玄猿悲嘯，搜索乎其間。李善注：搜索，往來貌。

〔一一〕梅花橋今無考，當在梅花溪之上。薛方山《浙江通志》：金華縣東石碕巖，高十餘丈，俯瞰大溪，巖下有洞曰梅花洞，又名梅花溪。雙溪在金華縣南，一曰東港，一曰南港。東港之源出東陽之大盆山，過義烏合衆流西行入縣境，又合杭慈溪、白溪、東溪、西溪、坦溪、玉泉溪、赤松溪之水，經馬鋪嶺、石碕巖下，與南港會。南港之源出縉雲之黄碧山，過永康、武義入縣境，又合松溪、梅溪之水，經屏山西北行，與東港會於城下，故曰雙溪，又名瀔溪。西行受白沙溪、桐溪、盤溪之水，入於蘭溪，會衢水北折於桐江，同新安之水東流於浙江，放於海。

〔一二〕《元和郡縣志》：金華山，在婺州金華縣北二十里，赤松子得道處。《太平寰宇記》：金華縣有赤松澗，赤松子游金華山，以火自燒而化，故山上有赤松之祠。澗自山而出，故曰赤松澗。薛方山《浙江通志》：金華縣北有赤松山。相傳黄初平叱石成羊處，初平號赤松，故山以是名，後人爲之立祠，名赤松宫。

〔一三〕《一統志》：八咏樓，在金華府治西南隅，舊名玄暢樓，南齊太守沈約建，有「登臺望秋月」、「會圃臨春風」、「秋至愍衰草」、「寒來悲落桐」、「夕行聞夜鶴」、「晨征聽曉鴻」、「解珮去朝市」、「被褐守山東」（《八詠》詩）。《金華府志》：南齊隆昌元年，沈約以吏部郎出爲東陽太守，題八詩於玄暢樓，後人更爲八咏樓云。《方輿勝覽》：八咏樓，在婺州子城西，即沈隱侯玄暢樓。至道間，郡守馮伉更今名。琦按：自太白詩外，崔顥有《題沈隱侯八詠樓》詩及嚴維「明月雙溪水，清風八咏樓」之句。八咏之名，蓋不始於宋矣。

〔一四〕《莊子》：南溟者，天池也。

〔一五〕《唐六典》注：浙江水有三源：一出歙州，一出衢州，一出婺州。歷睦、杭、越三州界，入海。

〔一六〕薛方山《浙江通志》：新安江，一名清溪，出徽州，自歙經淳安縣界至嚴州府城南，合婺港東入浙江。富春山，在嚴州桐廬縣西三十五里，一名嚴陵山，清麗奇絶，號錦峰繡嶺。前臨大江，乃漢嚴子陵釣處也，人稱爲嚴陵瀨。有東西二釣臺，各高數百丈。《西征記》云：自桐君而西，群山蜿蜒，如兩蛇對走於平野之上，三江之水並流於其間，驚波間馳，秀壁雙峙，上有嚴子陵釣臺，孤峰特操，聳立千仞。奔走名利、汩没塵埃者，一過其下，清風襲人，毛髮竪立，使人有遺世獨立之意。又西曰七里灘。《太平寰宇記》：嚴子陵釣臺在桐廬縣南大江側，壇下連七里瀨。按《東觀漢記》云：光武與子陵有舊，及登位忘之。陵隱於孤亭山，垂釣爲業。時主天文者奏，每日出常有客星同流。帝曰：「嚴子陵耳。」訪得之，陵不受封。今郡有臺并壇，亦謂嚴陵瀨。《一統志》：釣臺，在嚴州府城東五十里。東西二臺，各高數百丈，漢嚴子陵垂釣處。《避暑録話》：嚴陵灘東西二釣臺，各在山巔，與灘不相及，突然石出峰外，略如臺，上平可坐數十人，因以名耳。

〔一七〕薛方山《浙江通志》：蒼嶺，在台州仙居縣西北九十里，高五千丈，周迴八十里，界於縉雲。重岡複徑，隨勢高下，其險峭峻絶，爲東浙之最，行者病焉。又云：處州縉雲縣有括蒼山，一名蒼嶺。圖經載十六洞天，括蒼爲第十，名成德隱真洞天。周三百里，東跨仙居，南控臨海。《吴録》云：括蒼山，登之俯視雷雨。高一萬六千丈。棠溪、赤溪、管溪三水分流，環遶其下。

稍稍來吴都〔一〕，徘徊上姑蘇〔二〕。烟綿横九疑〔三〕，漭蕩（一作「蕩漭」。繆本作「漭蕩」）見五湖〔四〕。目極心更遠，悲歌但長吁。迴橈（音饒）楚江濱〔五〕，揮策揚子津〔六〕。身著日本裘〔七〕，昂藏出風塵〔八〕。五月造我語〔九〕，知非佁（繆本作「儓」）儗（佁儗，音熾義。儓儗，音貸礙）人〔一〇〕。相逢樂無限，水石日在眼。徒干五諸侯，不致百金産。吾友揚子雲〔一一〕，絃歌播清芬〔三〕。雖爲江寧宰，好與山公群〔三〕。乘興但一行，且知我愛君。（以上叙其自姑蘇至廣陵相見之事。）

〔一〕劉淵林《三都賦注》：吴都者，蘇州是也。《通典》：蘇州，春秋吴國之都也。自闔閭後，並都於此。

〔二〕《藝文類聚》：《吴地記》曰：吴王闔閭十一年，起臺於姑蘇山，因山爲名。西南去國三十五里，春夏游焉。後夫差復高而飾之。越伐吴，遂見焚。太史公云：余登姑蘇望五湖，五湖去此臺二十餘里。《吴地記》：姑蘇臺，在吴縣西南三十五里，闔閭造，經營九年始成。其臺高三百丈，望見三百里外，作九曲路以登之。宋范至能曰：與客登蘇臺，山頂正平，有坳堂蘚石可列坐，相傳爲吴故宫閑臺、别館。其前湖光接松陵，獨見孤塔之尖，少北點墨一螺爲崑山。其後西山競秀，攢青叢碧，與洞庭、林屋相賓，大約目力踰百里，具登高臨遠之勝。

〔三〕琦按：登姑蘇以望五湖，自是實景。若九疑遠在湖廣南垂，相去數千里，豈目力所能及？或者是設爲想像之辭耳。否則是其所望見之山，其時亦冒九疑之名者，因指而入咏，亦未可定。陸羽《慧山寺記》曰：慧山，古華山也。顧歡《吴地記》云：在吴城西北一百里，其山有九隴，俗謂之九隴山，或云九龍山，或曰鬬龍山。九龍者，言山隴之形若蒼虬縹螭合沓然。鬬龍者，相傳隋大業末，山上有龍鬬六十日，因名此山。當太湖之西北隅，縈竦四十餘里，惟中峰有叢篁灌木，餘盡古石嵌崒而已。凡烟嵐所集，發於蘿薜，今石山横亘，濃翠可掬。周柱史伯陽謂之神山，豈虚言哉。九疑或是指此耳。

〔四〕《江南通志》：五湖，在吴郡西南三十餘里。《禹貢》謂之震澤，《周禮》謂之具區，《左氏》謂之笠澤，《史記》謂之五湖，今之太湖也。其大三萬六千頃，東西二百餘里，南北一百二十里，延袤五百餘里。湖中有七十二山，跨蘇、湖、常三州。北有百瀆，納建康、常、潤數郡之水，南有諸漊，納宣、歙、臨安、苕、霅諸溪之水。東南巨浸，無大於此。

〔五〕《廣韻》：橈，楫也。《韻會》：櫂之短者，吴越人呼爲橈。

〔六〕《江南通志》：揚子津，在揚州府城南十五里，一名揚子渡。唐高宗永淳間揚子縣也。舊時建康有四津，横江爲建康之西津，揚子爲建康之東津。

〔七〕太白自注：裘則朝卿所贈，日本布爲之。朝卿事詳見後二十五卷注。《史記正義》：倭國，武皇后改曰日本國，在百濟國隔海，依島而居，凡百餘小國。《太平寰宇記》：倭又名日本，自云國在日邊，因以爲稱，蓋惡舊名也。

〔八〕陸機《周孝侯碑》：昂藏儫采之上。

〔九〕五月雖紀時節，亦是暗用披裘公事耳。

〔一〇〕《廣韻》：佁儗，不前也。儓儗，痴貌。《韻會》：佁儗，固滯貌。田汝成曰：言人進退不果曰佁儗。

〔一一〕揚子雲謂楊利物，太白有《江寧宰楊利物畫贊》，即是此人。

〔一二〕陸機《文賦》：誦先人之清芬。

〔三〕《世説》：山季倫爲荆州，時出酣暢，人爲之歌曰：「山公時一醉，徑造高陽池。日暮倒載歸，酩酊無所知。復能乘駿馬，倒著白接䍦。舉手問葛彊：何如并州兒？」

君來幾何時？仙臺應有期〔一〕。東窗緑玉樹，定長三五枝。至（一作「如」）今天壇人，當笑爾歸遲。我苦惜遠別，茫然使心悲。黄河若不斷，白首長相思（以上叙其還山而相别也）〔二〕。

〔一〕《一統志》：天壇山，在懷慶府濟源縣西一百二十里，王屋山北。山峰突兀，其東曰日精，西曰月華，絶頂有石壇，名清虚小有洞天。旦有五色影，夜有仙燈。按：天壇山即王屋山中之一峰也。

〔二〕「黄河若不斷，白首長相思」，此是倒裝句法，謂白首相思，若黄河之水，終無斷絶時耳。

金陵酬翰林謫仙子

王屋山人魏萬附

君抱碧海珠，我懷藍田玉〔一〕。各稱希代寶，萬里遥相燭。長卿慕藺久〔二〕，子猷意已深〔三〕。平生風雲人，暗合江海心。去秋忽乘興，命駕來東土。謫仙游梁園，愛子在鄒、魯。二處一不見，拂衣向江東。五兩挂淮月〔四〕，扁舟隨海風〔五〕。南游吴、越徧，高揖二千石。雪上天台山，春逢翰林伯。宣父敬項橐（一作「託」）〔六〕，林宗重黄生〔七〕。一長復一少，相看如弟兄。惕然意不盡，更逐西南去。同舟入秦淮〔八〕，建業龍盤處〔九〕。楚歌對吴酒，借問承恩初。宫買《長門賦》〔一〇〕，天迎駟馬車〔一一〕。才高世難容，道廢可推命。安石重攜妓〔一二〕，子房空謝病〔一三〕。金陵百萬户，六代帝王都。虎石踞西江〔一四〕，鍾山臨北湖〔一五〕。湖山信爲美，王屋人相待。應爲歧路多，不知歲寒在。君游早晚還，勿久風塵間。此别未遠别，秋期到仙山。

〔一〕《後漢書》：藍田出美玉。《長安志》：藍田山，在長安縣東南三十里，其山産玉，亦名玉山。

〔二〕《漢書》：司馬相如，字長卿，少時名犬子。既學，慕藺相如之爲人也，更名相如。

〔三〕《世説》：王子猷居山陰，夜大雪，眠覺開室，命酌酒，四望皎然。忽憶戴安道，即便夜乘小船就之，經宿方至，造門不前而返。人問其故，王曰：「吾本乘興而行，興盡而返，何必見戴？」

〔四〕郭璞《江賦》：覘五兩之動靜。李善注：許慎《淮南子注》曰：綄，候風也，楚人謂之五兩。

〔五〕《漢書》：范蠡乃乘扁舟浮江湖。孟康注：扁舟，特舟也。

〔六〕《唐書》：貞觀十一年，詔尊孔子爲宣父。《史記》：項橐生七歲爲孔子師。

〔七〕《後漢書》：郭林宗少游汝南，先過袁閬，不宿而退。後往從黄憲，累日方還。或以問林宗，林宗曰：「奉高之器，譬諸氿濫，雖清而易挹。叔度汪汪若千頃陂，澄之不清，淆之不濁，不可量也。」

〔八〕《方輿勝覽》：秦淮，在上元縣南三里。始皇時，望氣者言金陵有天子氣。使朱衣鑿山爲瀆，以斷地脈。以秦開，故曰秦淮。或曰淮水發源屈曲，不類人工。

〔九〕《一統志》：秦始皇以金陵有都邑之氣，改曰秣陵。吴自京口徙都於此，改爲建業。晉平吴，改建業爲秣陵。尋分秣陵北爲建業。建興初，改爲建康。

〔一〇〕漢陳皇后退居長門宫，奉黄金百斤爲司馬相如取酒，相如爲作《長門賦》。詳見四卷注。

〔一一〕《漢書》：朱買臣拜會稽太守，長安廐吏乘駟馬車來迎，買臣遂乘傳去。

〔一二〕《晉書》：謝安雖放情丘壑，然每游賞，必以妓女從。

〔一三〕《史記》：留侯性多病，即道引不食穀，杜門不出。

〔一四〕《太平御覽》：《丹陽記》曰：石頭城，吴時悉土塢。義熙初，始加磚甓，因山以爲城，因江以爲池。地形險固，尤有奇勢，故諸葛亮云「鍾山龍蟠，石城虎踞」，良有之矣。《六朝事跡》：吴孫權於江岸必爭之地築城，名曰石頭，常以腹心大臣鎮守之。今石城故基，乃楊行密稍遷近南，夾淮帶江，以盡地利，其形勢與長干山連接。《輿地志》云：環七里一百步，在縣西五里，去臺城九里，南抵秦淮口，今清涼寺之西是也。諸葛亮論金陵地形云：「鍾阜龍蟠，石城虎踞，真帝王之宅。」正謂此也。

〔一五〕《太平廣記》：鍾山，今江寧東北蔣山是也。《江南通志》：玄武湖，在江寧府太平門外，一名蔣陵湖。晉元帝改名北湖，宋武帝改名習武湖。元嘉中，因黑龍見，改名玄武湖。

此詩楊、蕭本不載，今從繆本補録。

送當塗趙少府赴長蘆

唐時有二長蘆：一是長蘆縣，隸河北道之滄州；一是長蘆鎮，在淮南道揚州之六合縣南二十五里。陸放翁《入蜀記》曰：發真州，過瓜步山，望長蘆寺，樓塔重複，江面渺瀰無際，殊可畏。李太白詩云「維舟至長蘆，目送烟雲高」是也。則謂是六合之長蘆也。

我來揚都市〔一〕，送客迴輕舠〔二〕。因誇楚（繆本作「吴」）太子，便覩廣陵濤〔三〕。仙尉趙家玉〔四〕，英風凌四豪〔五〕。維舟至長蘆，目送烟雲高。摇扇對酒樓，持袂把蟹螯〔六〕。前途儻相思，登嶽一長謡。

〔一〕《唐書·地理志》：揚州廣陵郡，隸淮南道。

〔二〕《廣韻》：舠，小船也。

〔三〕枚乘《七發》：楚太子有疾，吴客往問之。客曰：「將以八月之望，與諸侯遠方交游兄弟，並往觀濤乎廣陵之曲江。」

〔四〕陶弘景《瘞鶴銘》：丹陽仙尉，江陰真宰。漢梅福爲南昌尉，人傳以爲仙去，稱尉曰仙尉，本此。

〔五〕《漢書》以信陵、平原、孟嘗、春申四君爲四豪。詳見十二卷注。

〔六〕《世説》：畢茂世云：「一手持蟹螯，一手持酒杯，拍浮酒池中，便足了一生。」趙景真《與嵇茂齊書》：昔李叟入秦，及關而嘆；梁生適越，登岳長謡。夫以嘉遁之舉，猶懷戀恨，況乎不得已者哉。李善注：老子之嘆，不爲入秦；梁鴻長謡，不由適越。且復以至郊爲及關，升邙爲登岳，斯蓋取意而略文也。太白引用，取義又異於此，可窺古人用事之法。

送友人尋越中山水

聞道稽山去〔一〕，偏宜謝客才〔二〕。千巖泉灑落，萬壑樹縈迴〔三〕。東海横秦望〔四〕，西陵遶越臺〔五〕。湖清霜（許本作「雙」，誤）鏡曉〔六〕，濤白雪山來。八月枚乘筆〔七〕，三吴張翰杯〔八〕。此中多逸興，早晚向天台。

〔一〕《晉書·夏統傳》：先公惟寓稽山，朝會萬國。《周書·齊王憲傳》：興稽山之會，總盟津之師。稱會稽山爲稽山，本此。

〔二〕鍾嶸《詩品》：錢塘杜明師，夜夢東南有人來入其館。是夕謝靈運生于會稽。旬日而謝玄亡，家以子孫難得，送靈運於杜治養之。十五方還都，故名客兒。

〔三〕《世説》：顧長康從會稽還，人問山川之美。顧曰：「千巖競秀，萬壑爭流。」鮑照詩：千巖盛阻積，萬壑勢縈迴。

〔四〕《水經注》：秦望山，在州城正南，爲衆峰之傑，陟境便見。《史記》云秦始皇登之以望南海。自平地以取山頂七里，懸磴孤危，徑路險絶，攀蘿捫葛，然後能升。山上無草木，當由地迴多風所致。施宿《會稽志》：秦望山，在會稽縣東南四十里，舊經云衆嶺最高者。

〔五〕《水經注》：浙江又徑固陵城北。昔范蠡築城於浙江之濱，言可以固守，謂之固陵，今之西陵也。有西陵湖，亦謂之西城湖。湖西有湖城山，東有夏架山，湖水上承妖皋谿而下注浙江。《嘉泰會稽志》：西陵城，在蕭山縣西一十二里。《方輿勝覽》：西興渡在蕭山縣西十二里，本名西陵。吴越武肅王以非吉語，改曰西興。《述異記》：勾踐延四方之士，作臺於外而館之。今會稽山有越王臺。《一統志》：越王臺舊在種山東北，越王勾踐登眺之所。宋汪綱復建在山之西麓。

〔六〕《太平御覽》：王羲之云：每行山陰道上，如鏡中游。王獻之望鏡湖澄澈，清流瀉注，乃云：「山川之美，使人應接不暇。」

〔七〕「八月枚乘筆」，用《七發》中八月觀濤事，已見前首注。

〔八〕《晉書》：張翰，吴郡吴人也。任心自適，不求當世，曰：「使我有身後名，不如即時一杯酒。」

送族弟凝之滁求婚崔氏

唐時滁州，隸淮南道。

與爾情不淺，忘筌（音詮）已得魚〔一〕。玉臺挂寶鏡〔二〕，持此意何如？坦腹東牀下〔三〕，由來志氣疏。遥知向前路，擲果定盈車〔四〕。

〔一〕「筌」與「荃」同。《莊子》：荃者所以在魚，得魚而忘荃；蹄者所以在兔，得兔而忘蹄；言者所以在意，得意而忘言。吾安得夫忘言之人而與之言哉！陸德明注：荃，七全反。崔音孫，香草也，可以餌魚。或云積柴水中，使魚依而食焉。一云魚笱也。

〔二〕《世説》：温公喪婦，從姑劉氏家，值亂離散，唯有一女，甚有姿慧，姑以屬公覓婚。公密有自婚意，答曰：「佳壻難得，但如嶠比云何？」姑曰：「喪亂之餘，乞粗存活，便足慰吾餘年，何敢希汝比。」卻後少日，公報姑曰：「已覓得婚處，門第粗可，壻身名宦，盡不減嶠。」因下玉鏡臺一枚，姑大喜。既婚交禮，女以手披紗扇，拊掌笑曰：「我固疑是老奴。」玉鏡臺是公爲劉越石長史北征劉聰所得。

〔三〕《晉書》：太尉郗鑒使門生求女壻於王導，導令就東廂偏觀子弟。門生歸，謂鑒曰：「王氏諸少並佳，然聞信至，咸自矜持，惟一人在東牀，坦腹食，獨若不聞。」鑒曰：「此正佳壻耳。」訪之，乃羲之也，遂以女妻之。

〔四〕《世説注》：《語林》曰：潘安仁至美。每行，老嫗以果擲之滿車。

送友人游梅湖

《初學記》：始興有梅湖。《北堂書鈔》：《地理志》云：梅湖者，昔有梅筏沉於此湖。有時浮出，至春則開花流滿湖矣。玩詩内「新林浦」、「金陵月」之句，此地當與金陵相近。

送君游梅湖，應見梅花發。有使寄我來〔一〕，無令紅芳歇。暫行新林浦〔二〕，定醉金陵月。莫惜一雁書〔三〕，音塵坐胡、越〔四〕。

〔一〕《太平御覽》：《荆州記》曰：陸凱與范曄友善，自江南寄梅花一枝詣長安與曄，并贈詩曰：「折梅逢驛使，寄與隴頭人。江南無所有，聊贈一枝春。」

〔二〕胡三省《通鑑注》：新林浦去今建康城二十里，西值白鷺洲。

〔三〕詩人用「雁書」，悉本《漢書·蘇武傳》中誑匈奴事，非實有其事也。

〔四〕「胡、越」者，胡在北，越在南，以喻間隔而不相聞之意。

送崔十二游天竺寺

《咸淳臨安志》：天竺寺者，餘杭之勝刹也。飛來峰者，武林之奇巘也。晉時梵僧慧理，指此山乃靈鷲之一小嶺，不知何年飛來至此。挂錫置院，初曰翻經。隋開皇中，法師真觀廣之，改爲天竺寺。琦按：杭州天竺寺有三：上天竺寺，創自石晉天福間，道翊禪師得異木，刻以爲大士像，吴越忠懿王即其地創佛廬奉之，號天竺觀音看經院者是也。中天竺寺，創自宋太平興國元年，吴越王即寶掌禪師道場舊址改建，號崇壽院者是也。下天竺寺創自隋開皇中，真觀法師即慧理之翻經院改建，號南天竺寺者是也。上中二寺皆唐以後所建，其始亦無天竺寺之名，唐之天竺寺，乃今之下天竺也。

還聞天竺寺，夢想懷東越〔一〕。每年海樹霜，桂子落秋月〔二〕。送君游此地，已屬流芳歇〔三〕。待我來歲行，相隨浮溟、渤〔四〕。

〔一〕杭州，春秋時爲越地，而在東方，故曰「東越」。與《史》、《漢》稱東甌爲東越者不同。

〔二〕《咸淳臨安志》：舊俗所傳月墜桂子，惟天竺素有之。唐天寶中，寺前一子成樹，今月桂峰在焉。刺史白居易詩云：「宿因月桂落，醉爲海榴開。」注云：天竺嘗有月中桂子落。又《東城桂》詩云：「子墮本從天竺寺，根盤今在闔閭城。」注云：舊説杭州天竺寺，每歲秋中，有月桂子墮。又刺史盧公輔詩云：「遠客偏求月桂子，老僧不誌石蓮花。」

〔三〕劉鑠詩：屢見流芳歇。

〔四〕鮑照詩：穿池類溟、渤。溟，溟海。渤，渤海也。

送楊山人歸天台

客有思天台，東行路超忽〔一〕。濤落浙江秋，沙明浦陽月〔二〕。今游方厭楚，昨夢先歸越。且盡秉燭歡〔三〕，無辭凌晨發。我家小阮賢，剖竹赤城邊〔四〕。詩人多見重，官燭未曾然〔五〕。興引登山屐〔六〕，情催汎海船〔七〕。石橋如可度〔八〕，攜手弄雲煙。

〔一〕王屮《頭陀寺碑文》：東望平皋，千里超忽。吕向注：超忽，遠貌。

〔二〕《元和郡縣志》：浙江，在杭州錢塘縣南一十二里。《莊子》云浙河，即謂浙江，蓋取其曲折爲名。江濤每日晝夜再上，常以月十日、二十五日最小，月三日、十八日最大。小則水漸漲，不過數尺。大則濤湧，高至數丈。每年八月十八日，數百里士女共觀，舟人、漁子泝濤觸浪，謂之弄濤。浦陽江，在婺州浦陽縣西北四十里。出桑溪山嶺，東入越州諸暨縣。施宿《會稽志》：浦陽江源出婺州浦陽，北流一百二十里入諸暨縣。溪又東北流，由峽山直入臨浦灣以至海。俗名小江，一名錢清江。

〔三〕《古詩》：晝短苦夜長，何不秉燭游？

〔四〕小阮，謂阮籍之姪阮咸也。後人謂姪曰小阮，本此。謝靈運詩：剖竹守滄海。《太平寰宇記》：

赤城山，在台州天台縣北六里。《文獻通考》：唐李嘉祐別名從一，趙州人。天寶七載進士，爲秘書正字，袁、台二州刺史。善爲詩，綺靡婉麗，有齊、梁之風，時以比吴均、何遜云。《唐詩紀事》：李嘉祐，上元中嘗爲台州刺史，大曆間刺袁州，與嚴維、劉長卿、冷朝陽友善。嘉祐有《送從叔陽冰》、《寄從弟紓及姪端》詩，蓋三子之族也。

〔五〕《藝文類聚》：謝承《後漢書》曰：巴祗爲揚州刺史，與客坐暗暝之中，不燃官燭。《太平御覽》：《會稽典録》曰：陳修字奉遷，烏傷人也，爲豫章太守。修性清潔，履約恭儉，十日一炊，不燃官燭。

〔六〕《南史》：謝靈運尋山陟嶺，必造幽峻。登躡嘗著木屐，上山則去其前齒，下山則去其後齒。

〔七〕《晉書》：謝安嘗與孫綽等汎海，風起浪湧，諸人並懼，安吟嘯自若。舟人以安爲悦，猶去不止。風轉急，安徐曰：「如此將何歸耶？」舟人承言即回，衆咸服其雅量。

〔八〕《法苑珠林》：天台懸崖峻峙，峰嶺切天。古老相傳云，上有往時精舍，得道者居之。雖有石橋跨澗，而横石斷人，且莓苔青滑，自終古以來，無得至者。

送温處士歸黄山白鵝峰舊居

《方輿勝覽》：黄山舊名黟山，在徽州歙縣西北一百二十八里，高一千一百八十仞。郡志：其山有摩天戛日之高，宣、歙、池、饒、江等州山，並是此山之支脈矣。諸峰有如削成，烟嵐無際，雷雨在下。其霞城、洞室、巖竇、瀑泉，則無峰不有，信靈仙之窟宅。山勢西北中坼，望之類太華山，有峰三十六，其水源亦三十六，溪二十四，洞十有二，巖八。水流而下，合揚之水爲浙江之源。第四峰有泉沸如湯，常湧硃砂。世傳黄帝嘗命駕與容成子、浮丘公同游，合丹於此。其後又有仙人曹、阮之屬。琦按《黄山圖》：白鵝峰在石門峰、烏泥嶺之間，志云吟嘯橋在白鵝嶺下，名最著。錢百川曰：李白有《送温處士歸黄山白鵝峰》詩，今白鵝峰不在三十六峰之列，蓋三十六峰皆高七百仞以上，其外諸峰高二三百仞者不與焉，白鵝峰亦諸峰之一也。

黄山四千仞，三十二蓮峰〔一〕。丹崖夾石柱〔二〕，菡（音憾）萏（談上聲）金芙蓉〔三〕。伊昔昇絶頂，下窺天目松〔四〕。仙人煉玉處〔五〕，羽化留餘蹤〔六〕。亦聞温伯雪（一作「雲」）〔七〕，獨往今相逢。採秀辭五岳〔八〕，攀巖歷萬重。歸休白鵝嶺〔九〕，渴飲丹沙井〔一〇〕。鳳吹我時來〔一一〕，雲車爾當整〔一二〕。去去陵陽東〔一三〕，行行芳桂叢〔一四〕。迴谿十六度〔一五〕，碧嶂盡晴空。他日還相訪，乘橋躡彩虹〔一六〕。

〔一〕《黄山志》：江以南諸山最黄山，其高四千仞。按：黄山諸峰最高者，志稱九百仞止矣，四千仞者大抵自山麓平地而准擬之。諸書皆言黄山之峰三十有六，而白詩只言三十有二，蓋四峰唐以前未有名也。《山志》云：群峰聳秀，羅列當前。曰青鸞、曰朱砂、曰天都、曰老人、曰鉢盂，盡作蓮花、蓮蕊狀。

〔二〕嵇康《琴賦》：丹崖嶮巇，青壁萬尋。

〔三〕《廣韻》：菡萏，荷花未舒也。邢昺《爾雅疏》：今江東人呼荷花爲芙蓉。《説文》：未發爲菡萏，已發芙蓉。《埤雅》：荂曰爲芙蓉，秀曰菡萏。樂府《子夜歌》：玉藕金芙蓉。按《山志》，蓮花峰在硃砂峰北，高九百仞，石蕊中尊，千葉簇簇如瓣。並峙諸山，皆及肩而止，無敢爭高者。汪晉穀云：峰巍然中立，環視萬峰，面面皆蓮，而此峰爲衆蓮母。石柱峰在棊石峰西北，高七百九十仞。亭亭獨上，剌日撑霄，其形儼如天幹。芙蓉峰在松林峰西，高七百五十仞，巃嵸峭拔，如菡萏一枝，向天而開，青天削出芙蓉，惟此足當之。是蓮花、石柱、芙蓉皆黄山峰名。而詩意則謂黄山三十二峰，皆如蓮花，丹崖夾峙中，植立若柱。然其頂之圓平者，如菡萏之未舒；其頂之開敷者，如芙蓉之已秀。未嘗專指三峰而言也。

〔四〕《太平寰宇記》：杭州於潛縣有天目山，上有兩湖，若左右目，故名天目也。山極高峻，上多美石、泉水、名茶。《咸淳臨安志》：天目山，在臨安縣西五十里，高三千九百丈，周迴八百里，有三十六洞，爲仙靈所居。《水經注》：於潛縣北天目山，山極高峻，崖嶺竦疊，西臨後澗。山上有霜木，皆是數百年樹，謂之翔鳳林。《山志》引《郡國志》云：浙江天目山，高一萬八千丈，僅及黄山之麓。蓋地勢自高而下，有如建瓴。黄山上峙於高原，天目峭拔乎卑壤，以卑擬高，則天目之頂僅及黄山之趾。太白所謂「昇絶頂」而「下窺天目松」者，良有以也。

〔五〕鮑照詩：至哉煉玉人，處此長自畢。《山志》：煉丹峰高八百七十仞，相傳浮丘公煉丹峰頂，經八甲子丹始成。黄帝服七粒，不藉雲靄，昇空游戲。石室内丹竈杵臼，儼然尚存。峰前有晒藥臺，臺下深黝不可測。

〔六〕羽化，謂仙人解形而去也。

〔七〕《莊子》：温伯雪子適齊，反，舍於魯，仲尼見之而不言。子路曰：「吾子欲見温伯雪子久矣，見之而不言何耶？」仲尼曰：「若夫人者，目擊而道存矣，亦不可以容聲矣。」太白借其名以喻温處士，若所謂「河東郭有道」、「吾友揚子雲」、「洛陽蘇季子」、「笑對劉公榮」之類，集中甚多，皆借古人之名以謂今人，而《黄山志》遽以伯雪爲温處士之名，失其解矣。

〔八〕《楚辭》：採三秀兮山間。王逸注：三秀，芝草也。

〔九〕《莊子》：歸休乎君，予無所用天下爲。

〔一〇〕《苕溪漁隱叢話》：湯泉多作硫黄氣，浴之則襲人肌膚。惟新安之黄山是硃砂泉。《圖經》云：黄山東峰下，有硃砂湯泉，熱可點茗，春時即色微紅。《江南通志》：黄山硃砂泉，自硃砂峰來，依巖連二小池上。池瑩澈，廣可七尺，深半之，毫髮可鑒。泉出石底，纍纍如貫珠不絶。氣馝馞若湯，酌之甘芳，蓋非他硫黄泉比也。浴者垢旋流出，纖塵不留，令人心境清廓，氣爽體舒。相傳沉疴者，澡雪立差。

〔一一〕丘遲詩：馳道聞鳳吹。

〔二〕《水經注》：中山衛叔卿居華山中，嘗乘雲車，駕白鹿，見漢武帝。

〔三〕《元和郡縣志》：陵陽山，在宣州涇縣西南百三十里，陵陽子明得仙處。

〔四〕謝惠連詩：行行道轉遠，去去情彌遲。

〔五〕枚乘《七發》：依絶區兮臨迴溪。李周翰注：回溪，曲澗也。

〔六〕《山志》：天橋在鍊丹臺，一名仙人橋，一名仙石橋，爲黄山最險。兩峰絶處，各出峭石，彼此相抵，有若筍接。接而不合，似續若斷，登者莫不嘆爲奇絶。若圖經載唐開元中見於鍊丹峰側，長三十餘丈；近代謂見於蓮花峰西南；又謂有採藥人宿橋下，聞橋上笙歌聲，天明覓橋不見，皆虚誕不信。石橋固真境，非幻境也。方拱乾《游黄山記》：過獅子峰，登清涼臺，瞰天橋如長虹亘於巖上，下而親至橋側，三石合成，兩石如橋柱，一石覆之，柱下無所著，可以繩度，上脊不盈五寸，下大闃如都城闉，俯視鳴絃泉恰覆之，不知去此四十里也。「乘橋躡彩虹」，蓋指天橋如彩虹耳。又《武夷山記》：武夷君於八月十五日大會村人於武夷山上，置幔亭，化虹橋通山下。是以彩虹爲橋，可以乘躡者，又一説也。

送方士趙叟之東平

方士，謂方術之人。《史記·封禪書》：燕、齊海上之方士傳其術。《唐書·地理志》，河南道有鄆州東平郡。

長桑晚洞視，五藏無全牛〔一〕。趙叟得祕訣，還從方士游。西過獲麟臺，爲我弔孔丘〔二〕。念别復懷古，潸然空淚流。

〔一〕《史記》：扁鵲者，渤海郡鄭人也，姓秦氏，名越人。少時爲人舍長。舍客長桑君過，扁鵲獨奇之，常謹遇之。長桑君亦知扁鵲非常人也。出入十餘年，乃呼扁鵲私坐，間與語曰：「我有禁方，年老，欲傳與公，公毋泄。」扁鵲曰：「敬諾。」乃出其懷中藥與扁鵲：「飲是以上池之水，三十日當知物矣。」乃悉取其禁方書盡與扁鵲。忽然不見，殆非人也。扁鵲以其言飲藥三十日，視見垣一方人。以此視病，盡見五臟癥結，特以診脈爲名耳。《索隱》曰：長桑君，隱者，蓋神人也。《正義》曰：五藏謂心、肝、脾、肺、腎也。《莊子》：庖丁曰：「始臣解牛之時，所見無非牛者。三年之後，未嘗見全牛也。方今之時，臣以神遇，而不以目視。」

〔二〕《左傳》：西狩於大野，叔孫氏之車子鉏商獲麟，以爲不祥，以賜虞人。仲尼觀之曰：「麟也。」然後取之。《史記正義》：《括地志》云：獲麟堆，在鄆州鉅野縣東十二里。《春秋》哀十四年經云：西狩獲麟。《國都城記》云：鉅野故城東十里澤中，有土臺，廣輪四五十步，俗云獲麟堆，去魯城可三百餘里。《一統志》：獲麟臺，在鉅野縣東南五十里，即西狩獲麟之所，後人於此築臺。

送韓準裴政一作「正」孔巢父還山

《舊唐書》：孔巢父，冀州人，字弱翁。早勤文史，少時與韓準、裴政、李白、張叔明、陶沔隱於徂徠山，時號竹溪六逸。永王璘起兵江、淮，聞其賢，以從事辟之。巢父知其必敗，側身潛遁，由是知名。德宗幸奉天，遷給事中，河中、陝、華等州招討使，尋兼御史大夫，充魏博宣慰使，遇害。

獵客張兔罝〔一〕，不能掛龍虎。所以青雲人，高歌（一作「卧」）在巖户。韓生信英（一作「豪」）彦，裴子含清真，孔侯復秀出，俱與雲霞親。峻節凌遠松，同衾卧盤石〔二〕。斧冰潄寒泉〔三〕，三子同（一作「傳」）二屐。時時或乘興，往往（一作「去去」）雲無心〔四〕。出山揖牧伯〔五〕，長嘯輕衣簪。昨宵夢裏還，云弄竹溪月。今晨魯東門，帳飲與君别〔六〕。雪崖滑去馬，蘿徑迷歸人〔七〕。相思若烟草，歷亂無冬春〔八〕。

〔一〕《詩·國風》：肅肅兔罝。毛傳曰：兔罝，兔罟也。

〔二〕成公綏《嘯賦》：坐盤石，潄清泉。李善注：《聲類》云：盤，大石也。

〔三〕魏武帝《苦寒行》：擔囊行取薪，斧冰持作糜。

〔四〕陶淵明《歸去來辭》：雲無心以出岫。

〔五〕《尚書正義》：《曲禮》曰：九州之長曰牧。《王制》曰：千里之外設方伯，八州八伯。然則牧、伯一也。伯者，言一州之長；牧者，言牧養下民。鄭玄曰：殷之州牧曰伯，虞夏及周曰牧。後人稱太守曰牧伯，本此。

〔六〕帳飲，謂於曠地張帳而飲也。《別賦》：帳飲東都，送客金谷。

〔七〕王融詩：雪崖似留月，蘿徑若披雲。

〔八〕鮑照詩：憂來無行伍，歷亂如覃葛。

送楊少府赴選

大國置衡鏡〔一〕，準平天地心。群賢無邪人，朗鑒窮清（蕭本作「情」）深〔二〕。吾君詠《南風》〔三〕，袞冕彈鳴琴〔四〕。時泰多美士〔五〕，京國會纓簪。山苗落澗底，幽松出高岑〔六〕。夫子有盛才，主司得球琳〔七〕。流水非鄭曲〔八〕，前行遇知音。衣工剪綺繡，一誤傷千金。何惜刀尺餘，不裁寒女衾？我非彈冠者〔九〕，感別但開襟。空谷無白駒〔一〇〕，賢人豈悲吟。大道安棄物，時來或招尋。爾見山吏部〔一一〕，當應無陸沉〔一二〕。

〔一〕庾信《代人乞致仕表》：出擁干旄，入參衡鏡。

〔二〕陸機詩：朗鑒豈遠假。吕延濟注：朗，明也。鑒，鏡也。

〔三〕《淮南子》：舜爲天子，彈五絃之琴，歌《南風》之詩，而天下治。

〔四〕《儀禮》：天子袞冕負斧依。《左傳》：袞冕黻珽。杜預注：袞，畫衣也。冕，冠也。孔穎達《正義》：畫衣，謂畫龍於衣也。毛萇《詩傳》：袞冕者，君之上服也。

〔五〕任昉詩：時泰玉階平。

〔六〕左思《咏史》詩：「鬱鬱澗底松，離離山上苗。」以興起「世冑躡高位，英俊沉下僚」之意。太白反而用之，以喻因才器使，高下各得其宜也。陸機詩：長秀被高岑。

〔七〕《淮南子》：西北方之美者，有崑崙之球、琳、琅玕焉。高誘注：球、琳、琅玕，皆美玉也。

〔八〕《吕氏春秋》：伯牙鼓琴，鍾子期聽之，志在流水。鍾子期曰：「善哉乎鼓琴，湯湯乎若流水。」《史記》：鄭、衛之曲，動而心淫。

〔九〕《漢書》：王吉與貢禹爲友，世稱「王陽在位，貢禹彈冠」，言其取舍同也。

〔一〇〕毛萇《詩傳》：白駒，大夫刺宣王也。宣王之末，不能用賢，賢人有乘白駒而去者。其末章云：「皎皎白駒，在彼空谷。生芻一束，其人如玉。毋金玉爾音，而有遐心。」傳云：空，大也。

〔一一〕《晉書》：山濤爲吏部尚書，前後選舉，周徧内外，而並得其才。濤所奏甄拔人物，各爲題目，時稱山公啟事。

〔三〕《莊子》：是陸沉者也。郭象注：人中隱者，譬無水而沉也。

對雪奉餞任城六父秩滿歸京

鄭康成《毛詩箋》：餞，送行飲酒也。《唐書·地理志》，河南道兖州魯郡有任城縣。

龍虎謝鞭策，鵷鸞不司晨〔一〕。君看海上鶴，何似籠中鶉？獨用天地心，浮雲乃吾身〔二〕。雖將簪組狎〔三〕，若與烟霞親。季父有英風，白眉超常倫〔四〕。一官即夢寐，脱屣歸西秦〔五〕。竇公敞華筵〔六〕，墨客盡來臻。燕歌落胡雁，郢曲迴陽春〔七〕。征馬百度嘶，游車動行塵〔八〕。躊躇未忍去，戀此四座人。餞離駐高駕，惜别空慇懃。何時竹林下，更與步兵鄰〔九〕。

〔一〕《抱朴子》：麟不吠守，鳳不司晨。

〔二〕《維摩詰經》：是身如浮雲，須臾變滅。

〔三〕《韻會》：將，與也。

〔四〕《蜀志》：馬良，字季常。兄弟五人，並有才名。鄉里爲之諺曰：「馬氏五常，白眉最良。」良眉中有白毛，故以稱之。

〔五〕《魏志》：崔林爲幽州刺史，曰：「刺史視去此州如脱屣，寧當相累耶？」胡三省曰：屨不躡跟曰屣，言脱之易耳。

〔六〕《韻會》：敞，開也。

〔七〕古樂府有《燕歌行》，李善《文選注》：《歌録》曰：燕，地名。猶楚、宛之類。《樂府古題要解》：《燕歌行》，晉樂奏魏文帝「秋風蕭瑟天氣涼」、「别日何易會日難」二篇。言時序遷换，而行役不歸，佳人怨曠無所訴也。客有歌於郢中者，其曲彌高，其和彌寡。詳見二卷注。「落胡雁」，謂其聲之精妙，能令飛鳥感之而下集。「迴陽春」，謂其音之美善，能令陽氣應之而潛動。

〔八〕江淹《别賦》：驅征馬而不顧，見行塵之時起。

〔九〕《晉書》：阮咸任達不拘，與叔父籍爲竹林之游。

魯郡堯祠送吴五之琅琊

《太平寰宇記》：堯祠，在兖州瑕丘縣東南七里。《通典》：魯郡，今兖州。琅琊郡，今沂州。

堯没三千歲，青松古廟存。送行奠桂酒〔一〕，拜舞清心魂〔二〕。日色促歸人，連歌倒芳樽〔三〕。馬嘶俱醉起，分手（繆本作「首」）更何言〔四〕。

〔一〕《楚辭》：奠桂酒兮椒漿。王逸注：桂酒，切桂置酒中也。

〔二〕江淹詩：何用苦心魂。

〔三〕劉孝綽詩：芳樽散緒寒。

〔四〕謝瞻詩：分手東城闉。

魯郡堯祠送竇明府薄華還西京時久病初起作

朝策犁眉騧〔一〕，舉鞭力不堪。强扶愁疾向何處？角巾微服（一作「步」）堯祠南〔二〕。長楊掃地不見日〔三〕，石門噴作金沙潭。笑誇故人（一作「笑謔伯明」）指絶境，山光水色青於藍〔四〕。廟中往往來擊鼓，堯本無心爾何苦？門前長跪雙石人，有女如花日歌舞。銀鞍（繆本作「鞭」）繡轂往復迴〔五〕，簸林蹶石鳴風雷〔六〕。遠烟空翠時明滅〔七〕，白鷗歷亂長飛雪。紅泥亭子赤（一作「朱」）欄干，碧流環轉青錦湍。深沉百丈洞海底，那知不有蛟龍蟠（繆本作「盤」）。

〔一〕《十六國春秋》：姚襄所乘駿馬曰黧眉騧，日行千里。《説文》：騧，黄馬黑喙也。黧，黑也。黧眉騧，則黄馬而黑眉者矣。古犂、黧字通用。

〔二〕胡三省《通鑑注》：幅巾，以横幅爲之。角巾，則巾之有角者。郭林宗遇雨，巾一角墊，則角巾也。

〔三〕梁簡文帝詩：枝中水上春併歸，長楊掃地桃花飛。

〔四〕《荀子》：青出於藍，而青於藍。

〔五〕王勃詩：銀鞍繡轂盛繁華。

〔六〕《西京賦》：蕩川瀆，簸林薄。李周翰注：蕩、簸，謂摇動。張協《七命》：鼿林蹶石，扣拔幽叢。李善注：蹶，動摇之貌。

〔七〕謝靈運詩：空翠難爲名。

君不見緑珠潭水流東海，緑珠紅粉沉光彩（一作「白首同歸翳光彩」）。緑珠樓下花滿園〔一〕，今日曾無一枝在。昨夜秋聲閶闔來〔二〕，洞庭木落騷人哀〔三〕。遂將三五少年輩，登高遠望（繆本作「送遠」）形神開〔四〕。生前一笑輕九鼎，魏武何悲銅雀臺〔五〕。

〔一〕《洛陽伽藍記》：昭儀寺有池，京師學徒謂之翟泉。後隱士趙逸云：「此地是晉侍中石崇家池。」池南有緑珠樓，於是學徒始悟。經過者想見緑珠之容也。《太平寰宇記》：洛陽縣石崇宅有緑珠樓，今謂之狄泉是也。

〔二〕孔穎達《春秋正義》：《易緯通卦驗》云：秋分，閶闔風至。陳叔齊《籟紀》：閶闔風一曰盲風，又曰飂風，亦曰泰風。起自成天之閶闔門，從西方來。

〔三〕《楚辭》：洞庭波兮木葉下。

〔四〕《高唐賦》：登高望遠，使人心悴。

〔五〕《魏志》：建安十五年冬作銅雀臺。陸機《弔魏武帝文》：魏武帝遺令曰：「吾婕妤妓人，皆著銅雀臺。於臺堂上施八尺牀，張繐帳，朝晡上脯糒之屬，月朝十五，輒向帳作伎。汝等時時登銅雀臺，望吾西陵墓田。」

我歌白雲倚窗牖（一作「大開口」），爾聞其聲但揮手。長風吹月渡海來，遥勸仙人一杯酒。酒中樂酣宵向分〔一〕，舉觴酹堯堯可聞？何不令皋繇（一作「陶」）擁篲（音遂）横八極〔二〕，直上青天掃（一作「揮」）浮雲。高陽小飲真瑣瑣，山公酩酊何如我〔三〕？竹林七子去道賒〔四〕，蘭亭雄筆安足誇〔五〕。堯祠笑殺五（一作「鏡」）湖水，至今憔悴空荷花。爾向西秦我東越〔六〕，暫向瀛洲訪金闕〔七〕。藍田太白若可期〔八〕，爲余掃灑石上月。

〔一〕《上林賦》：於是酒中樂酣。顔師古注：酒中，飲酒中半也。樂酣，奏樂洽也。沈約詩：月落宵向分，紫烟鬱氛氲。

〔二〕皋繇，即皋陶，字異音同，本《漢書·古今人表》。《漢書》：太公擁篲。顔師古注：篲者，所以掃也。

〔三〕《水經注》：襄陽侯習郁依范蠡養魚法作大陂，陂長六十步，廣四十步。又作石伏逗引大池水，於宅北作小魚池，池長七十步，廣十二步，西枕大道東，二邊限以高堤。楸竹夾植，蓮芡覆水，是游宴之名處也。山季倫之鎮襄陽，每臨此池，未嘗不大醉而還，恒言此是我高陽池。故時人爲之歌曰：「山公出何去，往至高陽池。日暮倒載歸，酩酊無所知。」《爾雅》：瑣瑣，小也。《玉篇》：酩酊，醉甚也。

〔四〕《群輔録》：魏步兵校尉陳留阮籍，字嗣宗。中散大夫譙嵇康，字叔夜。晉司徒河内山濤，字巨源。建威參軍沛劉伶，字伯倫。始平太守陳留阮咸，字仲容。散騎常侍河内向秀，字子期。司徒琅邪王戎，字濬沖。魏嘉平中，並居河南山陽，共爲竹林之游，世號竹林七賢。

〔五〕何延之《蘭亭始末記》：蘭亭者，晉右將軍會稽内史瑯琊王羲之所書之序也。右軍聯綿美胄，蕭散名賢，雅好山水，尤善草隸。以晉穆帝永和九年暮春三月三日，宦游山陰，與太原孫統、孫綽，廣漢王彬之，陳郡謝安，高平郗曇，太原王藴，釋支遁，并其子凝之、徽之、操之等四十有二人，修祓禊之禮於山陰之蘭亭。揮毫製序，興樂而書。用蠶繭紙，鼠鬚筆，遒媚勁健，絶代更無。凡二十八行，三百二十四字，字有重者，皆搆别體，就中之字最多乃有二十許箇，變轉悉異，遂無同者。其時乃有神助，及醒後他日更書數十百本，終無及者。右軍亦自珍愛寶重此書，留付子孫。

〔六〕楊齊賢曰：五湖，太湖也。東越，會稽也。

〔七〕瀛洲、金闕事，詳見四卷《登高丘而望遠海》注。

〔八〕《太平寰宇記》：藍田山，在藍田縣西三十里，一名玉山，一名覆車山。郭緣生《述征記》云：山形如覆車之象也。按《後魏風土記》云：山巔方二里，仙聖游集之所。劉雄鳴學道於此，下有祠甚嚴。灞水之源出於此。《圖書編》：太白山，在郿縣東南。關中諸山，莫高於此。上有鐵鑄山神牌三，有湫池，雖三伏亦凝冰。山巔常有積雪不消，盛夏視之猶爛然，故以太白名。有鬼谷，即鬼谷子授蘇秦捭闔術處。

金鄉送韋八之西京

按《唐書·地理志》，河南道兗州魯郡有金鄉縣。

客自長安來，還歸長安去。狂（一作「秋」）風吹我心，西挂咸陽樹。此情不可道（一作「論」），
此別何時遇？望望不見君，連山起烟霧〔一〕。

〔一〕鮑照詩：連山渺烟霧，長波迴難依。

送薛九被讒去魯

宋人不辨玉〔一〕，魯賤東家丘〔二〕。我笑薛（一作「而我笑」）夫子，胡爲兩地游？黄金消衆口〔三〕，白璧竟難投〔四〕。梧桐生蒺藜，緑竹乏佳實。鳳凰宿誰家〔五〕？遂與群雞匹。田（一作「方」）家養老馬，窮士歸其門〔六〕。蛾眉笑躄（音碧）者，賓客去平原。卻斬美人首，三千還駿奔〔七〕。毛公一挺劍，楚、趙兩相存〔八〕。孟嘗習（一作「悦」）狡兔，三窟賴馮諼〔九〕。信陵奪兵符，爲用侯生言（一作「朱生擊晉鄙，爲感信陵恩」）〔一〇〕。春申一何愚，刎首爲李園〔一一〕。賢哉四公子，撫掌黄泉裏〔一二〕。借問笑何人？笑人不好士。爾去且勿諠（一作「論」），桃李竟何言〔一三〕。沙丘無漂母，誰肯飯王孫〔一四〕？

〔一〕宋人得燕石，以爲玉而藏之，詳見二卷注。

〔二〕沈約《辯聖論》：當仲尼在世之時，世人不言爲聖人也。伐樹削跡，干七十君而不一值。或以爲東家丘，或以爲喪家犬。五臣《文選注》：魯人不識孔子聖人，乃曰：「彼東家丘者，吾知之矣。」言輕孔子也。

〔三〕《國語》：衆口鑠金。韋昭注：鑠，消也。衆口所毁，雖金石猶可消之也。《太平御覽》：《風俗通》曰：衆口鑠金，俗説有美金於此，衆人咸共詆訾，言其不純。賣金者欲其售，因取煅燒以見真，此爲衆口鑠金。

〔四〕《史記》：明月之珠，夜光之璧，以暗投人於道路，人無不按劍相眄者，何則？無因而至前也。

〔五〕鄭康成《毛詩箋》：鳳凰之性，非梧桐不棲，非竹實不食。

〔六〕《淮南子》：田子方見老馬於道，喟然有志焉。以問其御曰：「此何馬也？」其御曰：「此故公家畜也，老罷而不爲用，出而鬻之。」曰：「少而貪其力，老而棄其身，仁者弗爲也。」束帛以贖之。罷武聞之，知所歸心矣。

〔七〕《史記》：平原君家樓臨民家。民家有躄者，盤散行汲。平原君美人居樓上，臨見，大笑之。躄者至門請曰：「臣不幸有罷癃之病，而君之後宫臨而笑臣，臣願得笑臣者頭。」平原君笑應曰：「諾。」躄者去，平原君曰：「豎子乃欲以一笑之故，殺吾美人，不亦甚乎？」終不殺。居歲餘，賓客門下舍人引去者過半。平原君怪之，曰：「勝所以待諸君者未嘗敢失禮，而去者何多也？」門下一人前對曰：「以君之不殺笑躄者，以君爲愛色而賤士，士即去耳。」於是平原君斬笑躄者美人頭，自造門進躄者，因謝焉。門下乃復稍稍來。《詩·周頌》：駿奔走在廟。鄭箋曰：駿，大也。孔穎達曰：大者，多而疾來之意。《後漢書》：駿奔郊畤。章懷太子注：駿，疾也。

〔八〕《史記》：秦之圍邯鄲，趙使平原君求救，合從於楚，約與食客門下有勇力文武備具者二十人偕，得十九人。門下有毛遂者，前，自贊於平原君曰：「願君即以遂備員而行矣。」平原君至楚，與楚合從，日出而言之，日中不決。毛遂按劍歷階而上，謂平原君曰：「從之利害，兩言而決耳。今日出而言從，日中不決，何也？」楚王叱曰：「胡不下，吾乃與而君言，汝何爲者也？」毛遂按劍而前曰：「王之所以叱遂者，以楚國之衆也。今十步之内，王不得恃楚國之衆也，王之命懸於遂手。吾君在前，叱者何也？楚地方五千里，持戟百萬，此霸王之資也。以楚之强，天下弗能當。白起小豎子耳，率數萬之衆，興師以與楚戰，一戰而舉鄢、郢，再戰而燒夷陵，三戰而辱王之先人。此百世之怨而趙之所羞，而王勿知惡焉。合從者爲楚，非爲趙也。」楚王曰：「唯唯，誠若先生之言，謹奉社稷以從。」毛遂謂楚王之左右曰：「取雞狗馬之血來。」毛遂奉銅盤而跪進之楚王曰：「王當歃血而定從，次者吾君，次者遂。」遂定從於殿上。楚使春申君將兵赴救趙。

〔九〕《戰國策》：馮諼爲孟嘗君收債於薛，矯命以債賜諸民，因燒其券，長驅到齊。孟嘗君見之曰：「債畢收乎？」曰：「收畢矣。」「以何市而反？」諼曰：「君云視吾家所寡有者。臣竊計君所寡有者以義耳，竊以爲君市義。」孟嘗君不悦。期年，孟嘗君就國於薛，民扶老攜幼迎君道中。孟嘗君顧馮諼曰：「先生所爲文市義者，乃今日見之。」馮諼曰：「狡兔有三窟，僅得免其死耳！今有一窟，未得高枕而卧也，請爲君復鑿二窟。」西游梁，謂梁王曰：「齊放其大臣孟嘗君，諸侯先迎之者國富而兵强。」於是梁王遣使者聘孟嘗君。梁使三反，齊王聞之，遣太傅謝君曰：「寡人不祥，沉於諂諛之臣，開罪於君。寡人不足爲也，願君顧先王之宗廟，反國統萬人乎！」馮諼戒孟嘗君曰：「願請先王之祭器，立宗廟於薛。」廟成，還報君曰：「三窟已就，君始高枕爲樂矣。」孟嘗君爲相數十年，無纖芥之禍，馮諼之計也。

〔一〇〕信陵君用侯生計竊兵符，奪晉鄙兵救趙，詳見三卷注。

〔一一〕《史記》：李園陰養死士，欲殺春申君，國人頗有知之者。朱英謂春申君曰：「世有無望之福，又有無望之禍，今君處無望之世，事無望之主，安可以無無望之人乎？」春申君曰：「何謂無望之福？」曰：「君相楚二十餘年矣，雖名相國，實楚王也。今楚王病，旦暮且卒，而君相少主，因而代立當國，如伊尹、周公，王長而反政，不即遂南面稱孤而有楚國，此所謂無望之福也。」春申君曰：「何謂無望之禍？」曰：「李園不治國而君之仇也，不爲兵而養死士之日久矣，楚王卒，李園必先入據權，而殺君以滅口。此所謂無望之禍也。」春申君曰：「何謂無望之人？」曰：「君置臣郎中，楚王卒，李園必先入，臣爲君殺李園。此所謂無望之人也。」春申君曰：「李園，弱人也，僕又善之，且又何至此。」朱英知言不用，恐禍及身，乃亡去。後十七日，考烈王卒，李園果先入，伏死士於棘門之內。春申君入棘門，死士夾刺春申君，斬其頭，投之棘門外。

〔一二〕李善《文選注》：服虔《左氏傳注》曰：天玄地黄，泉在地中，故言黄泉。《論衡》：其死也，葬之黄泉之下。

〔一三〕《史記》：桃李不言，下自成蹊。

〔一四〕沙丘，在魯地，詳見十三卷注。漂母，事見六卷注。

琦按：「田家養老馬」以下十四句，蓋歷言古人好士之美。而雜以「春申一何愚，刎首爲李園」，似非倫類。下文又接以「賢哉四公子」云云，譬之李家娘子纔入墨池，忽登雪嶺矣。太白斗酒百篇，信筆疾書，不無疵纇。然不應數句之間，黑白不分明至此，苟非缺文，則爲訛筆，蓋無疑矣。

單父音善甫東樓秋夜送族弟沈繆本作「況」之秦一作「西京」。太白自注：時凝弟在席。

單父，縣名。唐時屬河南道宋州睢陽郡。

爾從咸陽來，問我何勞苦。沐猴而冠不足言〔一〕，身騎土牛滯東魯〔二〕。沈弟欲行凝弟留，孤飛一雁秦雲秋。坐來黃葉落四五，北斗已（一作「稍」）挂西城樓。絲桐感人絃亦（一作「已」）絶〔三〕，滿堂送客（蕭本作「君」）皆惜別。卷簾見月清興來，疑是山陰夜中雪〔四〕。明日斗酒別，惆悵清路塵〔五〕。遥望長安日，不見長安人。長安宫闕九天上，此地曾經爲近臣。一朝復一朝，髮白心不改。屈平憔悴滯江潭〔六〕，亭伯流離放遼海〔七〕。折翮翻飛隨轉蓬（一作「翼短天長去不窮」）〔八〕，聞弦虚墜下霜空〔九〕。聖朝久棄青雲士，他日誰憐（一作「誰肯相思」）張長公〔一〇〕？

〔一〕《史記》：説者曰：「人言楚人沐猴而冠耳。」張晏曰：沐猴，獼猴也。《漢書》：蓼太子以爲漢廷公卿列侯，皆如沐猴而冠耳。言其雖著衣冠，但微似人形，無他才能也。

〔二〕獮猴騎土牛，又何遲也。是州泰答鍾繇語，詳見十二卷《贈宣城趙太守》詩注。

〔三〕王粲詩：絲桐感人情，爲我發悲音。

〔四〕《世説》：王子猷居山陰，夜大雪，眠覺開室，命酌酒，四望皎然。

〔五〕曹植詩：君若清路塵。

〔六〕《楚辭》：屈原既放，游於江潭，行吟澤畔，顔色憔悴。

〔七〕《後漢書》：崔駰，字亭伯，爲竇憲主簿。前後奏記數十，切指長短，憲不能容，稍疏之。因察駰高第，出爲長岑長，駰自以遠去不得意，遂不之官而歸。章懷太子注：長岑縣，屬樂浪郡，其地在遼東。

〔八〕曹植詩：轉蓬離本根，飄颻隨長風。何意迴飈舉，吹我入雲中。高高上無極，天路安可窮？類此游客子，捐軀遠從戎。

〔九〕聞絃虚墜，用《戰國策》更嬴引弓虚發而下鳥事，詳見《大獵賦》注。

〔一〇〕《史記·張釋之傳》：其子曰張摯，字長公，官至大夫，免。以不能取容當世，故終身不仕。

送族弟凝至晏堌單父三十里

雪滿原野白〔一〕，戎裝出盤游〔二〕。揮鞭布獵騎，四顧登高丘。兔起馬足間，蒼鷹下平疇。

喧呼相馳逐，取樂銷人憂。捨此戒禽荒〔三〕，徵（蕭本作「微」）聲列齊謳〔四〕。鳴雞發晏堌，別雁驚淶溝〔五〕。西行有東音〔六〕，寄與長河流。

〔一〕《淮南子》：周視原野。高誘注：廣平曰原，郊外曰野。

〔二〕《書·五子之歌》：盤游無度。孔安國傳：盤樂游逸也。

〔三〕又《五子之歌》：外作禽荒。

〔四〕鮑照詩：選色徧齊、岱，徵聲匝邛、越。《説文》：謳，齊歌也。

〔五〕《魏書》：東平郡范縣有淶溝。《山東通志》：單縣東門外有淶河，源出汴水，晉時所開，北抵濟河，南通徐、沛。元以後漸湮，惟下流入沛者，僅存水道。

〔六〕《吕氏春秋》：夏后氏孔甲作《破斧之歌》，實始爲東音。

魯城北郭曲腰桑下送張子還嵩陽

送別枯桑下，凋葉落半空。我行懵（音夢）道遠，爾獨知天風〔一〕。誰念張仲蔚，還依蒿與蓬〔二〕。何時一杯酒，更與李膺同。

〔一〕古樂府：枯桑知天風。李善注：枯桑無枝，尚知天風。《説文》：懵，不明也。

〔二〕《高士傳》：張仲蔚者，平陵人也。與同郡魏景卿俱修道德，隱身不仕。明天官博物，善屬文，好詩賦，常居窮素，所處蓬蒿没人，閉門養性，不治榮名。時人莫識，惟劉龔知之。

李太白全集卷之十七

錢塘王琦琢崖輯注
王縉端臣王思謙蘊山較

古近體詩共四十四首

送魯郡劉長史遷弘農長史

魯郡即兖州，弘農郡即虢州，俱屬河南道，爲上州。上州刺史、别駕之下，有長史一人，從五品。

魯國一杯水，難容横海鱗〔一〕。仲尼且不敬，況乃尋常人。白玉换斗粟，黄金買尺薪。閉（繆本作「閑」）門木葉下，始覺秋非春。聞君向西遷，地即鼎湖鄰〔二〕。寶鏡匣蒼蘚〔三〕，丹經埋素塵〔四〕。軒后上天時，攀龍遺（一作「唯」）小臣。及此留惠愛，庶幾風化淳。魯縞如白烟，五縑不成束〔五〕。臨行贈貧交，一尺重山岳〔六〕。相國齊晏子，贈行不及言〔七〕。託陰當樹李〔八〕，忘憂當樹萱〔九〕。他日見張禄，綈袍懷舊恩〔一〇〕。

〔一〕《抱朴子》：寸鮒游牛跡之水，不貴横海之巨鱗。謝世基詩：偉哉横海鱗，壯矣垂天翼。

〔二〕《史記》：黄帝採首山銅，鑄鼎於荆山下。鼎既成，有龍垂胡髯下迎黄帝。黄帝上騎，群臣、後宫從上者七十餘人，龍乃上去。餘小臣不得上，乃悉持龍髯。龍髯拔，墮，墮黄帝之弓。百姓仰望黄帝既上天，乃抱其弓與龍髯號，故後世因名其處曰鼎湖，其弓曰烏號。《通典》：弘農郡湖城縣，故曰胡，漢武帝更爲湖縣。有荆山，黄帝鑄鼎於荆山，其下曰鼎湖，即此也。

〔三〕《太平廣記》：黄帝鑄十五鏡，其第一，横徑一尺五寸，法滿月之數也，以其相差各校一寸。《路史》：黄帝范十有二鏡，六乳四獸，變異得以占焉。羅苹注：應十有二次，隨有得者，以占日蝕，刻分無差。

〔四〕《抱朴子》：黄帝陟王屋而授丹經。《路史》：黄帝回駕王屋，啟石函，發玉笈，得九鼎飛靈神丹訣。

〔五〕《漢書》：强弩之末，力不能入魯縞。顔師古注：縞，素也。曲阜之地，俗善作之，尤爲輕細。《説文》：縑，并絲繒也。琦按：二句相承而言，上句既用縞字，則下句不當又用縑字，疑縑乃兼字之譌也。《六書故》：二丈爲端，二端爲匹、爲兩、爲兼，兼、匹、兩之義一也。今人猶以匹爲兼，是五兼者爲五匹歟？鄭玄《周禮注》：十箇爲束。又《儀禮注》：凡物十曰束。胡三省《通鑑注》：

唐制，帛以十端爲束。今止五匹，故不成束也。

〔六〕《後漢書》：德重山岳，澤深河海。

〔七〕《晏子春秋》：曾子將行，晏子送之曰：「君子贈人以軒，不若以言。吾請以言乎？以軒乎？」曾子曰：「請以言。」晏子曰：「嬰聞之，君子居必擇居，游必就士。擇居所以求士，求士所以避患也。嬰聞汩常移質，習俗移性，不可不慎也。」

〔八〕《説苑》：樹桃李者，夏得休息，秋得其實焉。樹蒺藜者，夏不得休息，秋得其刺焉。

〔九〕《詩·國風》：焉得諼草，言樹之背。毛傳曰：諼草，令人忘憂。徐勉《萱草賦》：惟平章之萱草，欲忘憂而樹之。上言長史以魯縞五匹見贈，下言己無所答，而效晏子以言贈行。「託陰當樹李」二句，即所贈之言，蓋勉以樹人之義。李以喻人之有德能，可以庇蔭者。萱以喻人之有才華，可以欣賞者也。

〔一〇〕《史記》：范睢既相秦，秦號曰張禄，而魏不知。魏聞秦且東伐韓、魏，使須賈於秦。范睢聞之，爲微行，敝衣間步至邸，見須賈。須賈意哀之，留與坐飲食，曰：「范叔一寒至此哉！」乃取一綈袍以賜之。《索隱》曰：綈，厚繒也，音啼，蓋今之絁也。《正義》曰：綈袍，今之粗袍。

送族弟單父音善甫主簿凝攝宋城主簿至郭南月橋卻回棲霞山留飲贈之

唐河南道宋州睢陽郡有宋城縣，在郭下。有單父縣，在州之東北一百四十九里。《一統志》：棲霞山，在兗州單縣東四里。單縣，即舊時單父縣也。

吾家青萍劍，操割有餘閑〔一〕。往來糾二邑〔二〕，此去何時還？鞍馬月橋南，光輝歧路間。賢豪相追餞，卻到棲霞山。群花散芳園，斗酒開離顔〔三〕。樂酣相顧起，征馬無由攀〔四〕。

〔一〕青萍，劍名。操割，用子産未能操刀而使割語，俱詳九卷注。

〔二〕《韻會》：糾，督也，又察也。《周禮》：大司徒糾萬民。音與九同。

〔三〕陶潛詩：斗酒開芳顔。

〔四〕江淹《别賦》：軀征馬而不顧。

魯郡東石門送杜二甫

《居易録》：孔博士東塘言：曲阜縣東北有石門山，即杜子美詩《題張氏隱居》所謂「春山無伴獨相求」，《劉九法曹鄭瑕丘石門宴集》所謂「秋水清無底」者是也。李太白有《石門送杜二甫》詩「何時石門路，更有金樽開」，亦其地。山麓今尚有張氏莊，相傳爲唐隱士張叔明舊居。張蓋與太白、孔巢父輩同隱徂徠，稱竹溪六逸者也。山不甚高大，石峽對峙如門，故名。中有石門寺，寺後曰涵峰，峰頂有泉，流入溪澗，往往成瀑布。

醉别復幾日，登臨徧池臺。何時（繆本作「言」）石門路（一作「下」），重有金樽開？秋波落泗水〔一〕，海色明徂徠〔二〕。飛蓬各自遠〔三〕，且盡手（繆本作「林」）中杯。

〔一〕《元和郡縣志》：泗水，源出兗州泗水縣東陪尾山，其源有四，四泉俱導，因以爲名。《一統志》：泗水源發陪尾山，四泉並發，循泗水縣北八里始合爲一，西經曲阜縣，貫兗州府城下，至濟寧分流南北。南流入徐州境，北流入會通河。

〔二〕《水經注》：《鄒山記》曰：徂徠山，在梁甫、奉高、博三縣界，猶有美松。亦曰尤來之山。《一統志》：徂徠山，在泰安州東南四十里，上有紫原池、玲瓏山、獨秀峰、天平東西三寨。

〔三〕《商子》：飛蓬遇飄風而行千里。

魯郡堯祠送張十四游河北

《唐書·地理志》：河北道，蓋古幽、冀二州之境。有孟、懷、魏、博、相、衛、貝、澶、邢、洺、惠、鎮、冀、深、趙、滄、景、德、定、易、幽、涿、瀛、莫、平、嬀、檀、薊、營二十九州。

猛虎伏尺草，雖藏難蔽身。有如張公子，骯髒在風塵〔一〕。豈無横腰劍？屈彼淮陰人〔二〕。擊筑向北燕，燕歌易水濱〔三〕。歸來太山上，當與爾爲鄰〔四〕。

〔一〕《後漢書注》：骯髒，高亢倖直之貌。

〔二〕淮陰，用韓信爲淮陰少年所辱，詳見三卷注。

〔三〕《水經注》：太子丹遣荆軻刺秦王，賓客知謀者，皆素衣冠送之於易水之上。荆軻起爲壽，歌曰：「風蕭蕭兮易水寒，壯士一去兮不復還。」高漸離擊筑，宋如意和之。爲壯聲，士皆髮沖冠；爲哀聲，士皆流涕。

〔四〕陶潛詩：老夫有所愛，思與爾爲鄰。

杭州送裴大澤時赴廬州長史

唐時杭州餘杭郡，屬江南東道。廬州廬江郡，屬淮南道。

西江天柱遠〔一〕，東越海門深〔二〕。去割辭（許本作「慈」）親戀，行憂報國心。好風吹落日，流水引長吟。五月披裘者，應知不取金〔三〕。

〔一〕《漢書》：廬江郡灊縣，天柱山在南。《三國志》：灊中有天柱山，高峻二十餘里，道險狹，步徑裁通。《一統志》：霍山，在廬州府六安州西南九十里，一名衡山，一名天柱。漢武帝南巡至盛唐，以南岳衡山遠阻，乃移岳神於霍而祀焉。又名南岳山。山頂有天池、龍湫、風洞、岳井、試心崖、凌霄樹。

〔二〕《咸淳臨安志》：海門，在仁和縣東北六十五里，有山曰赭山，與龕山對峙，潮生出其間。《輟耕録》：浙江之口有兩山焉，其南曰龕山，其北曰赭山，蓋峙於江海之會，謂之海門。

〔三〕《論衡》：延陵季子出游，見路有遺金。當夏五月，有披裘而薪者。季子呼薪者曰：「取彼地金！」采薪者投鐮於地，瞋目拂手而言曰：「何子居之高，視之下；儀貌之壯，語言之野也。吾當夏五月，披裘而薪，豈取金者哉！」季子謝之，請問姓氏。薪者曰：「子皮相之士也，何足語姓氏。」遂去不顧。

灞陵行送别

送君灞陵亭，灞水流浩浩〔一〕。上有無花之古樹，下有傷心之春草。我向秦人問路歧，云是王粲南登之古道〔二〕。古道連綿走西京，紫闕（繆本作「關」）落日浮雲生。正當今夕斷腸處，驪（音離）歌（蕭本作「黄鸝」）愁絶不忍聽〔三〕。

〔一〕《太平寰宇記》：霸陵，在咸陽縣東北二十五里。《水經注》：灞水歷白鹿原東，即霸川西，故芷陽矣，是謂之霸上。漢文帝葬其上，謂之霸陵。上有四出道以瀉水。在長安東南三十里。故王仲宣賦詩云：「南登霸陵岸，迴首望長安。」

〔二〕王粲，字仲宣，以西京擾亂，乃之荆州依劉表，作《七哀》詩，即「南登霸陵岸，回首望長安」一首。

〔三〕《漢書》：王式曰：「客歌《驪駒》，主人歌《客無容歸》。」服虔曰：《驪駒》，逸詩篇名，見《大戴禮》。客欲去歌之，其辭曰：「驪駒在門，僕夫具存。驪駒在路，僕夫整駕。」

送賀監歸四明應制

《册府元龜》：賀知章爲秘書監，授銀青光禄大夫。天寶三載，因老疾，怳惚不醒，若神游洞天三清上，數日方覺，遂有志入道，乃上疏請度爲道士，歸捨本鄉宅爲觀。玄宗許之，仍拜其子典設郎曾爲會稽郡司馬，使侍養。御製詩以贈行，皇太子以下咸就執别。御製詩并序云：「天寶三年，太子賓客賀知章，鑒止足之分，抗歸老之疏，解組辭榮，志期入道。朕以其夙有微尚，年在遲暮，用循挂冠之事，俾遂赤松之游。正月五日，將歸會稽，遂餞東路，乃命六卿、庶尹、大夫，供帳青門，寵行邁也。豈惟崇德尚齒，抑亦勵俗勸人，無令二疏獨光漢册，乃賦詩贈行云：『遺榮期入道，辭老竟抽簪。豈不惜賢達？其如高尚心。環中得秘要，方外散幽襟。獨有青門餞，群英悵别深。』又云：『筵開百壺餞，詔許二疏歸。仙記題金籙，朝章换羽衣。悄然承睿藻，行路滿光輝。』」按：詩紀載知章之歸越也，詔令供帳東門外，百僚祖餞於長樂坡，自李適以下作詩送之。今詩存者三十七首，太白其一也。

久辭榮禄遂初衣〔一〕，曾向長生説息機。真訣自從茅氏得〔二〕，恩波寧（蕭本作「應」）阻洞庭歸〔三〕。瑶臺含霧星辰滿〔四〕，仙嶠（音轎）浮空島嶼微〔五〕。借問欲（繆本作「候」）棲珠樹鶴〔六〕，何年却向帝城飛？

〔一〕《楚辭》：進不入以離尤兮，退將復修吾初服。製芰荷以爲衣兮，集芙蓉以爲裳。王逸注：初服，初始潔清之服也。

〔二〕《太玄真人傳》：茅盈仙去，與家人及親戚辭，歸句曲。二弟聞之，棄官還家。漢元帝永光元年，渡江求兄於東山，遂與相見。兄曰：「卿已老矣，欲難可補，縱得真訣，適可成地上主者耳。」

〔三〕《水經注》：太湖中有大雷、小雷三山，亦謂之三山湖，又謂之洞庭湖。《吴地記》：《揚州記》曰：太湖一名震澤，一名洞庭。

〔四〕《拾遺記》：須彌山旁有瑶臺十二，各廣千步，皆五色玉爲臺基。梁武帝詩：瑶臺含碧霧，羅幕生紫烟。

〔五〕《列子》：海渤之東，中有五山，其根無所連著，常隨潮波上下往還，詳見四卷注。「仙嶠浮空」蓋用其事。

〔六〕《淮南子》：崑崙中有珠樹、玉樹、璇樹，不死樹在其西。《論衡》：海外西南有珠樹焉。《神仙傳》：蘇仙公得道，數歲之後，昇雲而去。後有白鶴來，止郡城東北樓上，或挾彈彈之，鶴以爪攫樓板，似漆書，曰：「城郭是，人民非，三百甲子一來歸，我是蘇公，彈我何爲？」

送竇司馬貶宜春

按唐時宜春郡即袁州也，隸江南西道，爲上州。上州刺史、長史之下，有司馬一人，從五品。

天馬白銀鞍〔一〕，親承明主歡。鬬雞金宫（一作「闈」）裏，射雁碧雲端。堂上羅中（繆本作「巾」）貴，歌鐘清夜闌〔二〕。何言謫南國，拂劍坐長嘆。趙璧爲誰點〔三〕？隨珠枉被彈〔四〕。聖朝多雨露，莫厭此行難。

〔一〕陳後主詩：照耀白銀鞍。

〔二〕鬬雞、中貴，俱見二卷注。歌鐘，見《擬恨賦》注。

〔三〕《史記》：趙惠文王時，得楚和氏璧。陳子昂詩：青蠅一相點，白璧遂成冤。

〔四〕《搜神記》：隨侯出行，見大蛇被傷中斷，疑其靈異，使人以藥封之，蛇乃能去，因號其處爲斷蛇丘。歲餘，蛇銜明珠以報之。珠盈徑寸，純白而夜有光明，如月之照，可以燭室，故謂之隨侯珠，亦曰靈蛇珠，又曰明月珠。《莊子》：今且有人於此，以隨侯之珠，彈千仞之雀，世必笑之。是何也？則其所用者重，而所要者輕也。

送羽林陶將軍

《唐書·百官志》：左右羽林軍大將軍各一人，正三品。將軍各三人，從三品。掌統北衙禁兵，督攝左右廂飛騎儀仗。

將軍出使擁樓船〔一〕，江上旌旗拂紫烟〔二〕。萬里横戈探虎穴，三杯拔劍舞龍泉〔三〕。莫道詞人無膽氣，臨行將贈繞朝鞭〔四〕。

〔一〕樓船，水軍所載之船也，詳見四卷注。

〔二〕《東都賦》：羽旄掃霓，旌旗拂天。

〔三〕不探虎穴，安得虎子？用吕蒙語，詳見十五卷注。龍泉，劍名，即龍淵也。見十一卷注。

〔四〕繞朝鞭，見十二卷注。

唐仲言曰：此篇全是律體，疑龍泉下脱一聯。方弘静曰：此篇當是近體八句，而逸其五六也。今以爲古詩，或以爲六句律。琦按：六句近體，唐人時有之，本於六朝人，或號爲小律。

送程劉二侍御蕭本作「郎」兼獨孤判官赴安西幕府

按《舊唐書·封常清傳》，開元末，安西四鎮節度使夫蒙靈詧，判官有劉眺、獨孤峻，蓋其人也。程則無考。《通鑑·唐紀》：安西節度撫寧西域，統龜兹、焉耆、于闐、疏勒四鎮，治龜兹城，兵二萬四千。《册府元龜》：《周禮》六官、六軍並有吏屬，大則命於朝廷，次則皆自辟除。春秋諸國有軍司馬、尉、候之職，而未有幕府之名。戰國之際，始謂將帥所治爲幕府。唐節度使之屬，有副使一人，行軍司馬一人，判官二人，掌書記一人，參謀無員，隨軍四人。自是正爲幕府之職，皆奏請有出身人及六品以下正員官爲之。

安西幕府多才雄，喧喧唯道三數公。繡衣貂裘明積雪〔一〕，飛書走檄如飄風〔二〕。朝辭明主出紫宫〔三〕，銀鞍送別金城空〔四〕。天外飛霜下葱海〔五〕，火旗雲馬生光彩〔六〕。胡塞塵清計日歸（蕭本作「清塵幾日歸」）〔七〕，漢家草緑遥相待。

〔一〕《漢書》：侍御史有繡衣直指。顔師古注：衣以繡者，尊寵之也。

〔二〕《西京雜記》：枚皋文章敏疾。揚子雲曰：軍旅之際，戎馬之間，飛書馳檄，用枚皋。

〔三〕紫宫，即紫微宫，天子所居也。見二卷注。

〔四〕金城，長安城也。見五卷注。

〔五〕《通典》：安西郡，西至疏勒鎮守使軍三千里，去葱嶺七百里。《涼州異物志》：葱嶺水分流東西，西入大海，東爲河源。

〔六〕火旗，謂旗之赤似火。雲馬，謂馬之多似雲。

〔七〕梁簡文帝詩：悲笳動胡塞。

送姪良攜二妓赴會稽戲有此贈

攜妓東山去〔一〕，春光半道催。遥看若（繆本作「二」）桃李〔二〕，雙入鏡中開〔三〕。

〔一〕《一統志》：東山，在紹興府上虞縣西南四十五里。晉太傅謝安居此，今絶頂有謝公調馬路，白雲、明月二亭遺跡。

〔二〕曹植詩：南國有佳人，容華若桃李。

〔三〕王逸少云：山陰路上行，如在鏡中游。詳見十一卷注。

送賀賓客歸越

《舊唐書》：天寶二年十二月乙酉，太子賓客賀知章，請度爲道士還鄉。三載正月庚子，遣左右相以下，祖別賀知章於長樂坡，賦詩贈之。《法書要録》：賀知章，字維摩，會稽永興人，太子洗馬德仁之孫。少以文辭知名，工草隸書，進士及第，歷官禮部侍郎、集賢學士、太子右庶子兼皇子侍讀、檢校工部侍郎，遷秘書監、太子賓客、慶王侍讀。知章性放善謔，晚年尤縱，無復規檢。年八十六，自號四明狂客。每興酣命筆，好書大字，或三百言，或五百言，詩筆惟命。問有幾紙，報十紙，紙盡語亦盡。二十紙、三十紙，紙盡語亦盡。忽有好處，與造化相爭，非人工所可到也。天寶二年，以年老上表請入道，歸鄉里，特詔許之。重令入閣，儲皇以下拜辭。上親製詩序，令所司供帳，百僚餞送，賜詩叙別。知章表謝，手詔答曰：「卿儒才舊業，德著老成，方欲乞言以光東序，而乃高蹈世表，歸心妙門。雖雅意難違，良深耿嘆。眷言離祖，是用贈詩。宜保松喬、慎行李也。兒子輩常所執經，故令親別，尊師之義，何以謝爲？仍拜其子典設郎曾爲朝散大夫、本郡司馬，以伸侍養。」《通典》：皇太子賓客四人，掌調護、侍從、規諫，凡太子有賓客之事，則爲上齒，蓋取象於四皓焉。資位閑重，其流不雜。

鏡湖流水漾清（一作「春始」）波〔一〕，狂客歸舟逸興多。山陰道士如相見，應寫《黄庭》換白鵝〔二〕。

〔一〕《通典》：越州會稽縣有鏡湖。

〔二〕《野客叢書》：《西清詩話》曰：太白詩：「山陰道士如相見，應寫《黄庭》換白鵝。」按《晉書》，右軍寫《道德經》換道士鵝，非《黄庭》也。僕觀陶穀跋《黄庭經》曰：「山陰道士劉君以鵝群獻右軍，乞書《黄庭經》，此是也。」穀亦謂《黄庭》，得非承太白之誤乎？黄魯直詩：「爲君寫就《黄庭》了，不博山陰道士鵝。」梅聖俞詩：「道士難换《黄庭經》。」又曰：「《黄庭》换白鵝。」皆承此謬。或謂晉史但言道士、鵝群，不如穀何以知其爲道士劉君也？僕考《晉帖》，獻之有「劉道士鵝群亦復歸也」，無乃據此乎？米元章《書史》：黄素《黄庭經》一卷，是六朝人書。陶穀跋云：「山陰道士劉君以鵝群獻右軍，乞書《黄庭經》，此即是也。」晉史載「爲寫《道德經》，當舉群相贈」。因李白詩送賀監云「山陰道士如相見，應寫《黄庭》换白鵝」，世人遂以《黄庭經》爲换鵝經，甚可笑也。黄伯思《東觀餘論》：世傳《黄庭》真帖爲逸少書，僕嘗考之，非也。按陶隱居《真誥》，《翼真撿》論《上清真經》始末云：晉哀帝興寧二年，南岳魏夫人所授弟子司徒公府長史楊君，使作隸字寫出，以傳護軍長史許君及子上計掾，掾以付子黄民，民以傳孔默，後爲王興先竊寫之。始濟浙江，遇風淪漂，惟《黄庭》一篇得存，蓋此經也。僕按：逸少以晉穆帝昇平五年卒，是年歲在辛酉，後二年歲在甲子，即哀帝興寧二年，始降《黄庭》於世，安得逸少預書之？ 又按：梁虞龢《論書表》云：山陰曇礦村養鵝道士謂羲之曰：「久欲寫河上公《老子》，縑素早辦，而無人能書，府君若能自屈，書《道德經》兩章，便合群以奉。」於是，羲之便停半日，爲寫畢，攏鵝去。《晉書》本傳亦著道士云「爲寫《道德經》，當舉群相贈耳」，初未嘗言寫《黄庭》也。以二書考之，則《黄庭》非逸少書無疑。然陶隱居《與梁武帝啟》云：「逸少有名之蹟，不過數首，《黄庭》、《勸進》、《告誓》等，不審猶有存否？」蓋此啟在著《真誥》前，故未之考證耳。至唐張懷瓘作《書估》云：「《樂毅》、《黄庭》，但得幾篇，即爲國寶。」遂誤以爲逸少書。李太白承之，作詩「山陰道士如相見，應寫《黄庭》换白鵝」，苟欲隨之耳，初未嘗考之。而韓退之第云「數紙尚可博白鵝」，而不云《黄庭》，豈非覺其謬與？《王氏法書苑》：伯思之論，似若詳悉。以予考之，其説非也。蓋書《黄庭經》换鵝，與書《道德經》换鵝，自是兩事。伯思謂《黄庭》之傳，在右軍死後，此最失於詳審也。道家有《黄庭内景經》、《黄庭外景經》及《黄庭遁甲緣身經》、《黄庭玉軸經》，世俗例稱爲《黄庭經》。《内景經》乃大道玉晨君所作，扶桑大帝君命暘谷神王傳魏夫人，凡三十六章，即《真誥》所言者。《外景經》三篇，乃老君所作，即右軍所書者，與魏夫人所傳，初不同。予家舊藏右軍所書《外景經》石刻一卷，凡六十行，末云永和十三年五月二十五日，在山陰縣寫。與小歐陽《集古録目》校之，與文忠所藏本同，則右軍之寫《黄庭》甚曉然，緣諸公考之未詳，故未免紛紜如此。伯思謂《與梁武啟》在著《真誥》之前，此又曲爲之辨也。予又嘗於《道藏》中得務成子注《外景經》一卷，有序云：「晉有道士好《黄庭》之術，意專書寫，常求於人。聞王右軍精於草隸，而性復愛白鵝，遂以數頭贈之，得其妙翰。右軍逸興自縱，未免脱漏，但美其書耳。」張君房所進《雲笈七籤》亦載此序，此最爲的據也。蓋《道德經》是偶悦道士之鵝，因爲之寫。若《黄庭》是道士聞其善書且喜鵝，故以是爲贈，以求其書，此是兩事，頗分明。緣俱以寫經得鵝，遂使後人指爲一事，而妄起異論。唯李太白知其爲二事，故其書右軍一篇云：「右軍本清真，瀟洒出風塵。山陰過羽客，要此好鵝賓。掃素寫《道經》，筆精妙入神。書罷籠鵝去，何曾别主人。」此言書《道德經》得鵝也。《送賀賓客歸越》一篇云：「山陰道士如相見，應寫《黄庭》换白鵝。」此言書《黄庭經》得鵝也。太白於兩詩亦各言之，都未嘗誤，乃後人自誤也。又程文簡《演繁露》云：王羲之本傳以書换鵝者，《道德經》也。文士用作《黄庭》，人皆以爲誤。張彦遠《法書要録》載褚遂良《右軍書目》正書第二卷有《黄庭經》六十行與山陰道士，其時真蹟故在，既可以見其爲《黄庭》無疑。又武平一《徐氏法書記》：親在禁中，見武后曝太宗時法書六十餘函，所記憶者：《扇書》、《樂毅》、《告誓》、《黄庭》。又徐浩《古蹟記》：玄宗時，大王正書三卷，以《黄庭》爲第一，不聞《道德經》，則傳之所云卻誤。程云《晉書》傳誤者，蓋未詳太白之詩，故不知爲二事也。琦按：《白氏六帖》：右軍王羲之，嘗見山陰道士有群鵝，求之，乃邀右軍書《黄庭經》以换，遂書之。《太平御覽》：何法盛《晉中興書》曰：山陰有道士養群鵝，羲之意甚悦。道士云：「爲寫《黄庭經》，當舉群相贈。」乃爲寫訖，籠鵝而去。《仙傳拾遺》：山陰道士管霄霞籠紅鵝一雙遺羲之，請書《黄庭經》。太白所用似非誤記。即謂《仙傳拾遺》或出於僞撰，《白氏六帖》所引又不著本自何書，自當以《晉書》所載爲信。然《太平御覽》所引何法盛《晉中興書》，則又晉史之先鞭也，豈亦不足信乎？夫一經也，或以爲《黄庭》，或以爲《道德》；一道士也，或以爲劉，或以爲管；一鵝也，或以爲舉群，或以爲一雙，蓋所謂傳聞異辭之故。遐考一事兩傳者，載籍固多有也。乃取其一説而以訾其餘，或以爲太白之誤，或以爲《晉書》之誤，或以爲右軍换鵝本有二事，或以爲右軍初未嘗書《黄庭經》，皆失之執矣。又洪容齋《四筆》謂太白眼高四海，衝口成章，必不規規然檢閲晉史，看逸少傳，然後落筆，正使誤以《道德》爲《黄庭》，於理正自無害。夫詩之美劣，原不關乎用事之誤與否，然白璧微瑕，不能不受後人之指摘。若太白此詩，則固未嘗有瑕者也。故歷引昔人之論而辯晰之，且以見考古者之不易也。

送張遥之壽陽幕府

《唐書·地理志》，淮南道有壽州壽春郡，中都督府。本淮南郡，天寶元年更名。琦按：壽春之名，本自戰國。《史記·楚世家》：考烈王徙都壽春。《正義》曰：壽春在南壽州壽春縣是也。壽陽之名，起自東晉。《通典》：東晉以鄭皇后諱，改壽春曰壽陽，宜春曰宜陽，富春曰富陽。凡名春者，悉改之。唐時名壽春，而太白用壽陽，蓋襲用舊名耳。《史記索隱》：凡將軍謂之幕府者，蓋兵門合施帷帳，故稱幕府。崔浩曰：古者出征爲將帥，軍還則罷，理無常處，以幕帟爲府署，故曰幕府。

壽陽信天險，天險横荆關。苻堅百萬衆，遥阻八公山〔一〕。不假築長城，大賢在其間。戰夫若熊虎〔二〕，破敵有餘閑。張子勇且英，少輕衛、霍孱（士連切，音近殘）〔三〕。投軀紫髯將〔四〕，千里望風顔。勖爾效才略，功成衣錦還〔五〕。

〔一〕《太平寰宇記》：壽陽城臨淝水，北有八公山，山北即淮水，自東晉至今常爲要害之地。《十六國春秋》：苻堅鋭意欲取江東，遣征南大將軍陽平公融，督驃騎將軍張蚝、撫軍大將軍苻方、衛軍將軍梁成等，率步騎二十五萬，號稱三十萬，爲前鋒。堅發長安戎卒六十餘萬，騎二十七萬。前後千里，旗鼓相望，衆號百萬。晉遣謝石爲征虜將軍、征討大都督，與前鋒都督謝玄、西中郎將桓伊、輔國將軍謝琰等，水陸七萬，相繼來拒。堅與融登壽春城望之，見晉兵部陣嚴整，將士精鋭。又望見八公山上草木，皆以爲晉兵。顧謂融曰：「此亦勁敵，何謂弱也？」憮然始有懼色。謝玄、謝琰、桓伊等，以精卒八千涉渡淝水擊之，仍進決戰於淮水南。融馳騎略陣，馬倒，爲晉軍所殺，軍遂大敗。《江南通志》：八公山，在壽州城北五里，淝水之北，淮水之南，漢淮南王安與其賓客八公，俱登此山學仙。今山有淮南王廟，圖安及八士像。山以八公名，蓋本於此。苻堅望晉兵，見八公山草木皆旌旗狀，即此山也。

〔二〕《三國志》：劉備以梟雄之姿，而有關羽、張飛熊虎之將。《江表傳》：戰如熊虎，不惜軀命。蓋本於《牧誓》「如虎如貔，如熊如羆」之義。

〔三〕《漢書·張耳傳》：吾王，孱王也。孟康注：冀州人謂懦弱爲孱。

〔四〕鮑照詩：投軀報明主。紫髯將軍是孫會稽，詳見四卷注。

〔五〕《南史》：柳慶遠出爲雍州刺史，帝餞於新亭，謂曰：「卿衣錦還鄉，朕無西顧憂矣。」

送裴十八圖南歸嵩山二首

《地理今釋》：嵩山，在河南府登封縣北十里，西接洛陽縣，北接鞏縣，東接開封府密縣界，綿亘一百五十里。

何處可爲别？長安青綺門〔一〕。胡姬招素手，延（一作「留」）客醉金樽。臨當上馬時，我獨（一作「因」）與君言。風吹（一作「驚」）芳蘭折，日没鳥雀喧〔二〕。舉手指飛鴻〔三〕，此情難具論〔四〕。同歸無早晚，潁水有清源〔五〕。

〔一〕《三輔黄圖》：長安城東出南頭第一門曰霸城門，民見門色青，名曰青城門。《廟記》曰：霸城門亦曰青綺門。《洞冥記》：有青雀群飛於霸城門，乃改爲青雀門。乃更修飾，刻木爲綺橑。雀去，因名青綺門。

〔二〕風吹芳蘭折，喻君子被抑不得伸其志也。「日没鳥雀喧」，喻君暗而讒言競作也。

〔三〕《晉書》：郭瑀隱於臨松薤谷，張天錫遣使者孟公明持節以蒲車、玄纁，備禮徵之。公明至山，瑀指翔鴻以示之曰：「此鳥安可籠哉！」遂深逃絶跡。「舉手指飛鴻」，蓋用其事，以明己將去之意。

〔四〕謝靈運詩：風潮難具論。

〔五〕潁水出嵩岳之少室山，詳見七卷注。吴均詩：濟水有清源，桂樹多芳根。劉履注：清源，水初出清淺處也。

其二

君思潁水緑，忽復歸嵩岑。歸時莫洗耳〔一〕，爲我洗其心。洗心得真情，洗耳徒買名。謝公終一起，相與濟蒼生〔二〕。

〔一〕《高士傳》：許由，堯召爲九州長，由不欲聞之，洗耳於潁濱。

〔二〕《世説》：謝公屢違朝旨，高卧東山，諸人每相與言：「安石不肯出，將如蒼生何！」

同王昌齡送族弟襄歸桂陽一作《同王昌齡崔國輔送李舟歸郴州》二首

唐時桂陽郡，即郴州也，隸江南西道。

秦地見碧草，楚謡對清樽。把酒爾何思？鷓鴣啼南園。予欲羅浮隱〔一〕，猶懷明主恩。躊躇紫宫戀〔二〕，孤負滄洲言。終然無心雲，海上同飛翻。相期乃不淺，幽桂有芳根〔三〕。

〔一〕《名山洞天福地記》：羅浮洞，周圍五百里，名朱明耀真之天，在惠州博羅縣八十里。《太平寰宇記》：羅浮山本是蓬萊山之一峰，浮在海中，與羅山合，因名之。山有洞通勾曲，又有璇房、瑶室七十二所。裴淵《廣州記》云：羅、浮二山隱天，惟石樓一路可登矣。

〔二〕《增韻》：躊躇，猶豫也。紫宫，天子所居之宫，以比天之紫微垣，故曰紫宫。

〔三〕吴均詩：桂樹多芳根。太白雖用其句，然詩意則用淮南《招隱士》「桂樹叢生山之幽」也。

其二

爾家何在瀟湘川〔一〕，青莎（音梭）白石長江邊〔二〕。昨夢江花照江日（蕭本作「國」），幾枝正發東窗前。覺來欲往心悠然，魂隨越鳥飛南天。秦雲連山海相接，桂水橫烟不可涉〔三〕。送君此去令人愁，風帆茫茫隔河洲。春潭瓊草緑可折〔四〕，西寄長安明月樓。

〔一〕瀟水出湖廣道州之九疑山，湘水出廣西桂林之海陽山，至永州城西而合流焉。自湖而南，二水所經之地甚廣，至長沙湘陰縣始達青草湖，注洞庭，與岷江之流合。故湖之北，漢、沔是主，不得謂之瀟湘。若湖之南，皆可以瀟湘名之。此詩送人歸桂陽，而言「爾家何在瀟湘川」，止是約略所近之地而言之耳。其實瀟湘之水，在桂陽之下，不能逆流而經桂陽也。

〔二〕《楚辭》：青莎雜樹兮薠草靃靡。按莎草有二：一是雀頭香，其葉似幽蘭而絶細，耐水旱，樂蔓延，雖拔心隕葉，弗之能絶，今之香附子是也。一是夫須，可爲衣以遇雨，今謂之蓑衣。《詩》云：南山有臺。臺即此草是也。

〔三〕《水經注》：桂水出桂陽縣北界山，山壁高聳，三面特峻，石泉懸注瀑布而下，北逕南平縣而東北流，届鍾亭右會鍾水，通爲桂水也。故應劭曰：「桂水出桂陽東北入湘。」按桂水出彬州桂東縣之小桂山，下流合於來水，來水至衡州府城北，始與瀟湘合。

〔四〕徐彦伯詩：雲生陰海没，花落春潭空。自傷瓊草緑，詎惜鉛粉紅。

送外甥鄭灌從軍三首

六博爭雄好彩來〔一〕，金盤一擲萬人開〔二〕。丈夫賭命報天子，當斬胡頭衣錦迴。

〔一〕《演繁露》：博用六子，《楚辭》謂之六博。采本是采色之采，指其文而言也。如黑、白之以色别，雉、犢之以物别，皆采也。投得何色，其中程者勝，因遂名之爲采。今俗語凡事小而幸得者，皆以采名之，義蓋起此也。

〔二〕《宋書》：劉毅家無擔石之儲，樗蒲一擲百萬。

其二

丈八蛇矛出隴西〔一〕，彎弧拂箭白猿啼〔二〕。破胡必用《龍韜》策〔三〕，積甲應將熊耳齊〔四〕。

〔一〕《十六國春秋》：隴上人作《壯士之歌》曰：「丈八蛇矛左右盤，十盪十決無當前。」

〔二〕《説文》：弧，木弓也。《淮南子》：楚王有白猿，王自射之，則搏矢而熙；使項由基射之，始調弓矯矢，未發而猿擁柱號矣。

〔三〕《太公六韜》有《龍韜》。

〔四〕《後漢書》：赤眉忽遇大軍，驚震不知所爲，乃遣劉恭乞降，積兵甲宜陽城西，與熊耳山齊。

其三

月蝕西方破敵時，及瓜歸日未應遲〔一〕。斬胡血變黄河水，梟首當懸白鵲旗〔二〕。

〔一〕《左傳》：齊侯使連稱、管至父戍葵丘，瓜時而往。曰：「及瓜而代。」

〔二〕《漢書》：梟故塞王欣頭櫟陽市。顔師古注：梟，懸首於木上也。《史記》：武王以黄鉞斬紂頭，懸太白之旗。白鵲旗未詳。

送于十八應四子舉落第還嵩山

《通典》：開元二十九年，始於京師置崇玄館，諸州置道學生徒有差，謂之道舉。舉送課試，與明經等。京都各百人，諸州無常員，習《老》、《莊》、《文》、《列》，謂之四子。蔭第與國子監同。《唐會要》：開元二十九年正月十五日，於玄元皇帝廟置崇玄學，令習《道德經》、《莊子》、《文子》、《列子》，待習成後，每年隨舉人例送名至省，准明經考試，通者准及第人處分。

吾祖吹橐籥〔一〕，天人信森羅。歸根復太素，群動熙元和〔二〕。炎炎四真人〔三〕，摛（音痴）辯若濤波〔四〕。交流無時寂，楊、墨日成科。夫子聞洛誦〔五〕，誇才才故多。爲金好踊躍〔六〕，久客方蹉跎。道可束（繆本作「東」）賣之，五寶溢山河。勸君還嵩丘，開酌盼庭柯〔七〕。三花如未落〔八〕，乘興一來過。

〔一〕楊齊賢曰：吾祖，老子也。《老子》云：天地之間，其猶橐籥乎！

〔二〕又云：萬物芸芸，各復歸其根。歸根曰靜。《列子》：太素者，質之始也。《白虎通》：始起先有太初，後有太始，形兆既成，名曰太素。混沌相連，視之不見，聽之不聞。《潛夫論》：太素之時，元氣窈冥，形兆未成。《淮南子》：偃其聰明，抱其太素。

〔三〕《舊唐書》：天寶元年，莊子號爲南華真人，文子號爲通玄真人，列子號爲沖虛真人，庚桑子號爲洞虛真人。其四子所著書，改爲真經。

〔四〕班固《答賓戲》：馳辯如濤波，摛藻如春華。顔師古注：大波曰濤。摛，布也。

〔五〕《莊子》：副墨之子聞諸洛誦之孫。陸德明《音義》：李云副墨，可以副貳玄墨也。洛誦，誦，通也，苞洛無所不通也。崔云：皆古人姓名，或寓之耳，無其人也。

〔六〕《莊子》：大冶鑄金，金踴躍曰：「我必爲鏌鋣。」大冶必以爲不祥之金。

〔七〕《歸去來辭》：引壺觴以自酌，盼庭柯以怡顔。呂向注：柯，樹枝也。

〔八〕《初學記》：漢世有道士，從外國將貝多子來，於嵩高西腳下種之，有四樹，與衆木有異，一年三花，白色香異。

送別

尋陽五溪水，沿洄直入巫山裏〔一〕。勝境由來人共傳，君到南中自稱美。送君别有八月秋，颯颯蘆花復益愁。雲帆望遠不相見，日暮長江空自流〔二〕。

〔一〕蕭士贇曰：巫山介乎夔、峽二州之間。峽有青溪、赤溪、緑蘿溪、滄茫溪、姜詩溪，爲峽之五溪。蓋謂别者由尋陽上五溪而入巫山也。乃子見指爲武陵五溪，恐失詩意。武陵五溪，由沅合湘，瀦於洞庭，至岳陽而後入江，與巫峽地勢不相聯屬，所引非武陵五溪明矣。琦按：詩句五溪，當在尋陽，然無所考據。按《一統志》，五溪水在池州青陽縣西二十里，源出九華山。五溪，龍溪、池溪、漂溪、雙溪、瀾溪，合流北入大江。尋陽或是青陽之誤未可知。楊氏以武陵之五溪，蕭氏以巫峽之五溪當之，恐皆非是。沿，謂順水而下也。洄，謂逆水而上也。

〔二〕王勃詩：檻外長江空自流。

送族弟綰（一作「琯」）從軍安西

《通典》：安西都護府本龜兹國也，大唐明慶中置。東接焉耆，西連疏勒，南鄰吐蕃，北拒突厥。

漢家兵馬乘北風，鼓行而（一作「向」）西破犬戎〔一〕。爾隨漢將（一作「揮長劍」）出門去，剪虜若草收奇功。君王按劍望邊色，旄頭已落胡天空〔二〕。匈奴繫頸數應盡〔三〕，明年應（一作「驅」）入蒲桃宫〔四〕。

〔一〕《漢書·項籍傳》：我引兵鼓行而西，必舉秦矣。顔師古注：鼓行，謂擊鼓而行，無畏懼也。《國語》：穆王將征犬戎。韋昭注：犬戎，西戎也。《文獻通考》：犬戎，西戎之别名，在荒服。

〔二〕《漢書》：昴曰旄頭，胡星也。

〔三〕《賈誼傳》：陛下何不試以臣爲屬國之官以主匈奴，行臣之計，請必係單于之頸而制其命。吴均詩：匈奴數欲盡，僕在鴈門關。

〔四〕《三輔黄圖》：蒲桃宫，在上林苑西。漢哀帝元壽三年，單于來朝，以太歲厭勝所在舍之，即此宫也。

送梁公昌從信安王蕭本缺「王」字北征

《册府元龜》：開元二十年正月，以朔方節度副大使、禮部尚書信安郡王禕，爲河東、河北兩道行軍副大總管，知節度事，率兵討契丹。率户部侍郎裴耀卿諸副將，分道統兵出范陽之北，大破兩蕃之衆，擒其酋長，餘黨竄入山谷。

入幕推英選〔一〕，捐書事遠戎。高談百戰術〔二〕，鬱作萬夫雄。起舞蓮花劍〔三〕，行歌明月宫。將飛天地陣〔四〕，兵出塞垣通〔五〕。祖席留丹景〔六〕，征麾拂綵虹〔七〕。旋應獻凱入〔八〕，麟閣佇深功〔九〕。

〔一〕《世説》：郗生可謂入幕賓也。

〔二〕《史記》：外黄徐子謂太子曰：「臣有百戰百勝之術。」

〔三〕《漢書音義》：晉灼曰：古長劍首，以玉作井鹿盧形，上刻木作山形，如蓮花初生未敷時。吴均詩：玉鞭蓮花劍。

〔四〕《六韜》：武王問太公曰：「凡用兵爲天陣、地陣奈何？」太公曰：「日月、星辰、斗柄，一左一右，一向一背，此謂天陣。丘陵、水泉，亦有前後左右之利，此謂地陣。」

〔五〕塞垣，邊牆也。《後漢書》：秦築長城，漢起塞垣。

〔六〕楊齊賢曰：丹景，日也。

〔七〕張衡《思玄賦》：前祝融使舉麾兮。自注：《尚書》曰：右秉白旄以麾。案：執旄以指麾也。秦、漢以來，即以所執之旄名曰麾，謂麾幢曲蓋者也。范甯《穀梁傳注》：麾，旌幡也。《古今注》：麾，所以指麾。武王右執白旄以麾是也。乘輿以黄，諸公以朱，刺史二千石以纁。沈佺期詩：天人開祖席，朝寀候征麾。

〔八〕劉子玄詩：將軍獻凱入，歌舞溢重城。

〔九〕《通鑑·漢紀》：甘露三年，上以戎、狄賓服，思股肱之美，乃圖畫其人於麒麟閣，法其容貌，署其官爵、姓氏。霍光、張安世、韓增、趙充國、魏相、丙吉、杜延年、劉德、梁丘賀、蕭望之、蘇武，凡十一人，皆有功德，知名當世，是以表而揚之，明著中興輔佐，列於方叔、召虎、仲山甫焉。陳子昂詩：單于不敢射，天子佇深功。

送白利從金吾董將軍西征

《唐書·百官志》：左右金吾衛上將軍各一人，大將軍各一人，將軍各二人。

西羌延國討〔一〕，白起佐軍威〔二〕。劍決浮雲氣〔三〕，弓彎明月輝。馬行邊草緑，旌卷曙霜飛。抗手凜相顧〔四〕，寒風生鐵衣〔五〕。

〔一〕《後漢書》：西羌之本，出自三苗，姜姓之别也。其國近南岳。及舜流四凶，徙之三危，河關之西南羌地是也。濱於賜支，至於河首，綿地千里。南接蜀漢徼外蠻夷，西北鄯善、車師諸國。所居無常，依隨水草。地少五穀，以産牧爲業。唐時則概指吐蕃爲西羌。延，遷延也。

〔二〕《史記》：白起者，郿人也。善用兵，料敵合變，出奇無窮，聲震天下。

〔三〕《莊子》：天子之劍，上決浮雲，下絶地紀。

〔四〕《孔叢子》：子高游趙，平原君客有鄒文、李節者，與子高相善。及將還魯，諸故人訣既畢，文、節送行，三宿臨别，文、節流涕交頤，子高徒抗手而已，分背就路。李善《文選注》：抗手，舉手而拜也。

〔五〕古《木蘭辭》：朔氣傳金柝，寒光照鐵衣。

送張秀才從軍

《國史補》：進士通稱謂之秀才。

六駮食猛武〔一〕，恥從駑馬群〔二〕。一朝長鳴去，矯若龍行雲。壯士懷遠略，志存解世紛〔三〕。周粟猶不顧〔四〕，齊珪安肯分〔五〕。抱劍辭高堂〔六〕，將投霍（蕭本作「崔」）冠軍〔七〕。長策掃河、洛，寧親歸汝墳〔八〕。當令千古後，麟閣著奇勳〔九〕。

〔一〕《詩·國風》：隰有六駮。毛萇傳：駮，如馬。鋸牙，食虎豹。孔穎達《正義》：《釋畜》云：駮，如馬。鋸牙，食虎豹。郭璞引《山海經》云：有獸名駮，如白馬，黑尾，鋸牙，音如鼓，食虎豹。然則此獸名駮而已。言六駮者，王肅曰：言六，據所見而言也。《北史》：張華原爲兗州刺史，先是州境數有猛獸爲暴，自華原臨政，州東北七十里甑山中，忽有六駮食猛獸，咸以爲化感所致。蕭士贇曰：猛武，當作猛虎。唐國諱虎，故以武易之。

〔二〕《楚辭》：將隨駑馬之跡乎？《楚辭章句》：駑，鈍馬也。

〔三〕《後漢書》：情存遠略，志闢四方。

〔四〕《史記》：伯夷、叔齊，義不食周粟。

〔五〕謝靈運詩：弦高犒晉師，仲連卻秦軍。臨組乍不緤，對珪寧肯分。李善注：《史記》曰：平原君欲封魯連，連不肯受。左太沖《詠史》詩曰：臨組不肯緤，對珪不肯分。據仲連文，雖不見分珪之事，古者分爵，皆隨其爵之輕重而賜之珪璧，執以爲瑞信，今仲連不受齊、趙之封爵，明其不肯分珪也。

〔六〕吴均詩：僕本幽并兒，抱劍事邊陲。

〔七〕《史記》：霍去病爲剽姚校尉，斬首虜二千二十八級，及相國當户，斬單于大父行籍若侯産，生捕季父羅姑比，再冠軍，以千六百户封去病爲冠軍侯。

〔八〕揚子《法言》：孝莫大於寧親。《詩·國風》：遵彼汝墳。鄭康成《周禮注》：水涯曰墳。汝墳，謂汝水之涯也。《後漢書·郡國志》：汝陰本胡國。注曰：詩所謂汝墳也。又《應奉傳贊》：二應克聰，亦表汝墳。蓋凡汝水之濱，皆可謂之汝墳矣。

〔九〕麟閣，已見前注。

此詩當作於禄山寇陷洛陽之後。

送崔度還吴度故人禮部員外國輔（蕭本作「輔國」，誤）之子

《唐書·藝文志》：崔國輔，應縣令，舉授許昌令、集賢直學士、禮部員外郎。坐王鉷近親，貶竟陵郡司馬。《唐詩品彙》：崔國輔，吴郡人。

幽燕沙雪地，萬里盡黄雲。朝吹歸秋雁，南飛日幾群。中有孤鳳雛，哀鳴九天聞。我乃重此鳥，綵章五色分。胡爲雜凡禽，雞鶩輕賤君。舉手捧爾足，疾心若火焚。拂羽淚滿面，送之吴江濆（音焚）〔一〕。去影忽不見，躊躇日將曛。

〔一〕孫萬壽詩：被甲吴江濆。

送祝八之江東賦得浣紗石

《太平御覽》：孔曄《會稽記》曰：句踐索美女以獻吴王，得諸暨苧羅山賣薪女西施、鄭旦，先教習於土城山，山邊有石，云是西施浣紗石。《太平寰宇記》：諸暨縣有苧羅山，山下有石跡，云是西施浣紗之所，浣紗石猶在。

西施越溪女，明豔光雲海。未（一作「來」）入吴王宫殿時，浣紗古石（一作「石古」）今猶在。桃李新開映古（一作「杏」）查〔一〕，菖蒲猶短出平沙〔二〕。昔時紅粉照流水，今日青苔覆落花。君去西秦適東越，碧山清江幾超忽〔三〕。若到天涯思故人，浣紗石上窺明月。

〔一〕《廣韻》：楂，水中浮木也。江總詩：古查横近澗，危石聳前洲。

〔二〕何遜詩：野岸平沙合，連山遠霧浮。

〔三〕王屮《頭陀寺碑文》：東望平臯，千里超忽。吕向注：超忽，遠貌。

送侯十一

朱亥已擊晉，侯嬴尚隱身〔一〕。時無魏公子，豈貴抱關人。余亦不火食〔二〕，游梁同在陳。空餘湛盧劍〔三〕，贈爾託交親。

〔一〕朱亥、侯嬴，事詳三卷注。

〔二〕《莊子》：孔子窮於陳、蔡之間，七日不火食。

〔三〕《吴越春秋》：楚昭王卧而寤，得吴王湛盧之劍於牀，不知其故。乃召風胡子而問曰：「寡人卧覺而得寶劍，不知其名，是何劍也？」風胡子曰：「此謂湛盧之劍。五金之英，太陽之精，寄氣託靈，出之有神，服之有威，可以折衝拒敵。然人君有逆理之謀，其劍即出，故去無道，以就有道。今吴王無道，殺君謀楚，故湛盧入楚。」

魯中送二從弟赴舉之西京 一作《送族弟錞》

魯客向西笑〔一〕，君門若夢中。霜凋逐臣髮，日憶明光宫〔二〕。復羨二龍去〔三〕，才華冠世雄。平衢騁高足〔四〕，逸翰凌長風。舞袖拂秋月，歌筵聞早鴻。送君日千里〔五〕，良會何由同〔六〕。

〔一〕《桓譚新論》：人聞長安樂，則出門向西而笑。

〔二〕《雍録》：漢有明光宫三：一在北宫，與長樂宫相連者，武帝太初四年起，即王商之所指借欲以避暑者也。别有明光宫在甘泉宫中，亦武帝所起，發燕、趙美女三千人充之。至尚書郎主作文書起草，更直於建禮門内，則近明光殿矣。建禮門内得神仙門，神仙門内得明光殿。省中皆胡粉塗壁，以丹漆地，謂之丹墀。尚書郎握蘭含雞舌香奏事。此明光殿約其方向必在未央正宫殿中，不與北宫甘泉設爲奇玩者比，則臣下奏事之地也。琦按：太白所用，正指明光殿，而借用宫字以趁韻耳。

〔三〕《世説》：謝子微見許子將兄弟曰：「平輿之淵，有二龍焉。」

〔四〕謝靈運詩：平衢修且直。《古詩》：何不策高足。李善注：高，上也，亦謂逸足也。《漢書·高祖紀》：乘傳詣洛陽。如淳注：律，四馬高足爲置傳，四馬中足爲馳傳，四馬下足爲乘傳。

〔五〕江淹詩：桂水日千里，因之平生懷。

〔六〕陳子昂詩：蜀山余方隱，良會何時同。

奉餞高尊師如貴道士傳道籙畢歸北海

道籙，詳見十卷注。唐時北海郡即青州也，隸河南道。

道隱不可見〔一〕，靈書藏洞天。吾師四萬劫，歷世遞相傳〔二〕。别杖留青竹〔三〕，行歌躡紫烟。離心無遠近，長在玉京懸〔四〕。

〔一〕《老子》：道隱無名。河上公注：道潛隱使人無能指名也。《莊子》：道不可聞，聞而非也。道不可見，見而非也。

〔二〕《太平御覽》：《後聖道君列記》曰：刻以紫玉爲簡，青金爲文。龜母按筆，真童拂筵，玉童結編，名曰《靈書》、《度人經》。此二章並是諸天上帝及至靈魔王隱秘之音，皆是大梵之言，非世上常辭，言無韻麗，曲無華宛，上天所寶，秘於玄都紫微上宫，依玄科四萬劫一傳。

〔三〕《後漢書》：費長房隨從壺公入深山，長房辭歸，翁與一竹杖曰：「騎此任所之，則自至矣。既至，可以杖投葛陂中。」長房乘杖須臾來歸。以杖投陂，顧視則龍也。

〔四〕玉京，詳見五卷注。

金陵送張十一再游東吴

張翰黄花句〔一〕，風流五百年。誰人今繼作？夫子世稱賢。再動游吴棹，還浮入海船。春光白門柳〔二〕，霞色赤城天〔三〕。去國難爲别，思歸各未旋。空餘賈生淚〔四〕，相顧共悽然。

〔一〕張翰詩：青條若總翠，黄花如散金。

〔二〕胡三省《通鑑注》：白門，建康城西門也。西方色白，故以爲稱。古《楊叛曲》：暫出白門前，楊柳可藏鴉。

〔三〕《台州府志》：赤城山，在天台縣北六里，一名燒山。石皆霞色，望之如雉堞，因以爲名。孫綽賦所謂「赤城霞起而建標」是也。支遁《天台山銘序》曰：往天台山，當由赤城爲道。而《神邕山圖》亦以赤城山爲天台南門，石城山爲西門也。

〔四〕《漢書》：賈誼自傷爲傅無狀，常哭泣。

送紀秀才游越

海水不滿眼，觀濤難稱心。即知蓬萊石，卻是巨鼇簪〔一〕。送爾游華頂〔二〕，令余發舃吟〔三〕。仙人居射的〔四〕，道士住山陰〔五〕。禹穴尋溪入〔六〕，雲門隔嶺深〔七〕。緑蘿秋月夜，相憶在鳴琴。

〔一〕《初學記》：《玄中記》曰：東海之大者有巨鼇焉，以背負蓬萊山，周圍千里。巨鼇，巨龜也。

〔二〕《一統志》：華頂峰，在天台縣東北六十里，周圍百餘里，高萬丈。絶頂東望滄海，俗名望海尖。草木薰郁，都非人世，夏有積雪。

〔三〕王粲《登樓賦》：莊舃顯而越吟。見九卷注。

〔四〕《藝文類聚》：孔曄《會稽記》曰：縣東南十八里，有射的山。遠望的的有如射候，故謂之射的。射的之西，有石室，可方二丈，謂之射室。傳云羽客之所游憩，土人常以此占穀食貴賤。射的明，則米賤，暗則貴。諺曰：「射的白，斛一百；射的玄，斛一千。」又云：孔靈符《會稽山記》曰：射的山西南水中有白鶴，常爲仙人取箭，曾刮壤尋索，遂成此山也。

〔五〕《書斷》：王羲之性愛鵝，山陰曇壤村有一道士，養好者十餘，王清旦乘小船往看之，意大願樂，乃告求市易。道士不與，百方譬説，不能得之。道士言性好道，久欲寫河上公《老子》，縑素早辦而無人能書，府君若能自屈書《道德經》各兩章，便合群以奉。羲之停半日，爲寫畢，籠鵝而歸，大以爲樂。

〔六〕《方輿勝覽》：禹穴，在紹興府龍瑞宫之側，東萊云大石中斷成罅，殊不古。殆非司馬子長所探也。《輟耕録》：會稽陽明洞天，在秦望山後，禹廟之西南，云即古禹穴，越之勝境也。諸峰環聳，鬱盤空曲。施宿《會稽志》：會稽山與宛委相接，宛委山即禹穴，號陽明洞天。按舊經引《吴越春秋》：東南天柱，號宛委，乃禹藏書處，在會稽山南三里。則宛委别一山也。

〔七〕《水經注》：山陰縣南有玉笥、竹林、雲門、天柱精舍，並疏山創基，架林裁宇，割澗延流，盡泉石之好。施宿《會稽志》：雲門山，在會稽縣南三十里。舊經云：晉義熙二年，中書令王子敬居此，有五色雲見，詔建寺，號雲門。山有謝敷宅、何公井、好泉亭、王子敬山亭、永禪師臨書閣。

送長沙陳太守二首

唐長沙郡，即潭州也，隸江南西道。

長沙陳太守，逸氣凌青松〔一〕。英主賜五（繆本作「玉」）馬，本是天池龍〔二〕。湘水迴九曲〔三〕，衡山望五峰〔四〕。榮君按節去〔五〕，不及（一作「得」）遠相從。

〔一〕《十六國春秋》：張謐幼有逸氣，太守陸雲見而異之。

〔二〕庾信《春賦》：馬是天池之龍種。

〔三〕《水經注》：衡山東南二面，臨映湘川。自長沙至此，江湘七百里中，有九向九背。故漁者歌曰：「帆隨湘轉，望衡九面。」《藝文類聚》：《湘中記》曰：遥望衡山如陣雲，沿湘千里，九向九背，乃不復見。

〔四〕《通鑑地理通釋》：衡岳，在潭州衡山縣西三十里，衡州衡陽縣北七十里。有五峰，曰：紫蓋、天柱、芙蓉、石廩、祝融。

〔五〕《子虛賦》：案節未舒。《索隱》曰：郭璞云：言頓轡也。司馬彪云：按轡而行得節，故曰按節。

其二

七郡長沙國〔一〕，南連湘水濱。定王垂舞袖，地窄不迴身〔二〕。莫小二千石〔三〕，當安遠俗人。洞庭鄉路遠〔四〕，遥羡錦衣春。

〔一〕按唐時潭州長沙郡、衡州衡陽郡、永州零陵郡、連州連山郡、道州江華郡、郴州桂陽郡、邵州邵陽郡，此七郡者，在秦、漢時皆長沙故地。

〔二〕定王舞袖事，詳見十五卷注。

〔三〕漢時太守秩二千石。

〔四〕《通典》：岳州巴陵縣有洞庭湖。

送楊燕之東魯

關西楊伯起，漢日舊稱賢。四代三（一作「五」）公族〔一〕，清風播人天。夫子華陰居，開門對玉蓮〔二〕。何事歷衡霍〔三〕，雲帆今始還〔四〕。君坐稍解顏〔五〕，爲我（一作「君」）歌此篇。我固侯門士，謬登聖主筵。一辭金華殿〔六〕，蹭蹬長江邊。二子魯門東，別來已經年。因君此中去，不覺淚如泉〔七〕。

〔一〕《後漢書》：楊震，字伯起，弘農華陰人。少好學，明經博覽，無不窮究。諸儒爲之語曰：「關西孔子楊伯起。」永寧元年代劉愷爲司徒，延光二年代劉愷爲太尉。震子秉，延熹五年代劉矩爲太尉。秉子賜，熹平二年代唐珍爲司空，五年代袁隗爲司徒，光和五年拜太尉。賜子彪，中平六年代董卓爲司空，其冬代黄琬爲司徒，興平元年代朱儁爲太尉。自震至彪，四世太尉，德業相繼，與袁氏俱爲東京名族云。三公，舊本或有作五公者。楊注：以三公爲是。琦按：《後漢書》：諸袁事漢，四世五公。陳子昂《梓州司馬楊君神道碑》：逌震、秉、彪、賜，四代五公，光烈昭於漢室，盛德充於海内。李頎詩：漢家名臣楊德祖，四代五公享茅土。五公，謂太傅、太尉、司徒、司空、大將軍也。楊氏四世，但爲三公，未有登太傅、大將軍之位，不知諸書何以言之。然其語則已有所本，未可以爲誤也。

〔二〕《太平寰宇記》：華州華陰縣，以在太華山之陰，故名之。華山有蓮花峰，以形似蓮花，故名。玉蓮，蓋指此。或謂指玉女、蓮花二峰而言。或謂《華山記》云：山頂有池，生千葉蓮花，服之羽化。昌黎詩所謂「太華峰頭玉井蓮，花開十丈藕如船」，玉蓮似指玉井蓮也。

〔三〕《史記正義》：《括地志》云：衡山一名岣嶁山，在衡州湘潭縣西四十一里。《太平寰宇記》：霍山，一名衡山，一名天柱山，在壽州六安縣南五里。《爾雅》：霍山爲南岳。注云：即天柱也。漢武帝以衡山遼遠，讖緯皆以霍山爲南岳，故祭其神於此。今其土俗皆呼南岳大山。《黄庭内景玉經》曰：霍山下有洞房二百里，司命君之府也。有西北、東南二門，其中有五香芝、飛華、金瓶之寶、神瞻靈瓜，食之者至玄。《江南通志》：霍山在廬州府霍山縣西北五里。漢武帝南巡，以衡山遠阻，移祭此山，又名南岳山。

〔四〕馬融《廣成頌》：張雲帆，施蜺幬。

〔五〕《列子》：夫子始一解顔而笑。

〔六〕《三輔黄圖》：未央宫有金華殿。

〔七〕劉琨詩：據鞍長嘆息，淚下如流泉。

送蔡山人

我本不棄世，世人自棄我。一乘無倪（音涯）舟〔一〕，八極縱遠柂（徒可切，馱上聲）〔二〕。燕客期躍馬，唐生安敢譏〔三〕。採珠勿驚龍〔四〕，大道可暗歸。故山有松月，遲爾翫清暉〔五〕。

〔一〕《韻會》：倪，極際也。

〔二〕郭璞《江賦》：凌波縱柂。《釋名》：船，其尾曰柂。柂，拖也，後見拖曳也，且弼正船，使順流不使他戾也。《玉篇》：柁，正船木也。設於船尾，與舵同，一作柂。

〔三〕《戰國策》：燕客蔡澤，天下駿雄弘辯之士也。《史記》：蔡澤者，燕人也。游學干諸侯小大甚衆，不遇。而從唐舉相，曰：「若臣者何如？」唐舉孰視而笑曰：「先生曷鼻，巨肩，魋顔，蹙齃，膝攣。吾聞聖人不相，殆先生乎？」蔡澤知唐舉戲之，乃曰：「富貴吾所自有，吾所不知者壽也，願聞之。」唐舉曰：「先生之壽，從今以往者四十三歲。」蔡澤笑謝而去，謂其御者曰：「吾持粱刺齒肥，躍馬疾驅，懷黄金之印，結紫綬於腰，揖讓人主之前，食肉富貴，四十三年足矣。」

〔四〕《莊子》：千金之珠，必在九重之淵而驪龍頷下。詳見九卷注。

〔五〕曹植詩：遲奉聖顏。李善注：遲，猶思也。吕向注：遲，待也。

送蕭三十一之魯中兼問稚子伯禽

六月南風吹白沙〔一〕，吴牛喘月氣成霞〔二〕。水國鬱（一作「歊」）蒸不可處〔三〕，時炎道遠無行車〔四〕。夫子如何涉江路？雲帆嫋嫋金陵去。高堂倚門望伯魚〔五〕，魯中正是趨庭處。我家寄在沙丘旁〔六〕，三年不歸空斷腸。君行既識伯禽子，應駕小車騎白羊〔七〕。

〔一〕《晉書》：惠帝元康中，京洛童謡曰：「南風起，吹白沙，遥望魯國何嵯峨，千歲髑髏生齒牙。」

〔二〕《埤雅》：《風俗通》曰：吴牛望月而喘，言使之苦於日，是故見月而喘。蓋傷禽驚於虚絃，疲牛望月而喘，物之憚怯，見似而驚，有如此者。

〔三〕傅玄《苦熱》詩：呼吸氣鬱蒸。

〔四〕程曉詩：平生三伏時，道路無行車。

〔五〕《戰國策》：王孫賈之母曰：「汝朝出而晚來，則吾倚門而望。」《家語》：伯魚之生也，魯昭公以鯉魚賜孔子，榮君之貺，故因名鯉，而字伯魚。

〔六〕沙丘，詳見十三卷注。

〔七〕《世説注》：衛玠齠齔時，乘白羊車於洛陽，市上咸曰：「誰家璧人。」

送楊山人歸嵩山

《元和郡縣志》：嵩高山，在河南府告成縣西北二十三里，登封縣北八里，亦名外方山。東曰太室，西曰少室，嵩高總名，即中岳也。山高二十里，周迴一百三十里。

我有萬古宅，嵩陽玉女峰〔一〕。長留一片月，挂在東溪松。爾去掇仙草〔二〕，菖蒲花紫茸（一作「君行到此峰，餐霞駐衰容」）〔三〕。歲晚或相訪，青天騎白龍〔四〕。

〔一〕《登封縣志》：太室二十四峰，有玉女峰，峰北有石如女子，上有大篆七字，人莫能識。

〔二〕江淹《赤虹賦》：掇仙草於危峰，鐫神丹於崩石。

〔三〕《神仙傳》：嵩山石上菖蒲，一寸九節，服之長生。《抱朴子》：菖蒲須得生石上，一寸九節以上，紫花者尤善。謝靈運詩：新蒲含紫茸。李善注：《倉頡篇》曰：茸，草貌。然此茸謂蒲花也。

〔四〕《廣博物志》：瞿武，後漢人也。七歲絶粒，服黄精紫芝，入峨眉山，天竺真人授以真訣，乘白龍而去。

送殷淑三首

顏真卿《玄靜先生廣陵李君碑》，真卿與先生門人中林子殷淑、遺名子韋渠牟，嘗接采真之游，緒聞含一之德云云。是即此人也。

海水不可解，連江夜爲潮。俄然浦嶼闊〔一〕，岸去酒船遥。惜别耐取醉，鳴榔且長謡〔二〕。天明爾當去，應有便（蕭本作「便有」）風飄。

〔一〕《韻會》：浦，水濱也。嶼，海中洲也。劉淵林《吴都賦注》：嶼，海中洲，上有石山也。

〔二〕潘岳《西征賦》：鳴榔厲響。李善注：《説文》云：榔，高木也，以長木叩船爲聲，所以驚魚，令入網也。一説榔，船板也，船行則響，謂之鳴榔。駱賓王詩「鳴榔下貴洲」，沈佺期詩「鳴榔曉帳前」是也。若太白此篇，送客非觀漁，停舟飲酒，非挂帆長行，所謂鳴榔者，當是擊船以爲歌聲之節，猶叩舷而歌之義。

其二

白鷺洲前月〔一〕，天明送客迴。青龍山後日〔二〕，早出海雲來。流水無情去，征帆逐吹開。

相看不忍別，更進手中杯。

〔一〕《六朝事跡》：白鷺洲，《圖經》云在城西南八里，周迴十五里，對江寧之新林浦。

〔二〕《景定建康志》：青龍山在城東南三十五里，周迴二十里，高九十丈。又溧陽縣界別有青龍山。

其三

痛飲龍筇下，燈青月復寒。醉歌驚白鷺，半夜起沙灘。

送岑徵君歸鳴臯山

《唐書・地理志》，河南府陸渾縣有鳴臯山。

岑公相門子〔一〕，雅望歸安石〔二〕。奕世皆夔龍〔三〕，中台竟（一作「有」）三拆〔四〕。至人達機兆〔五〕，高揖九州伯〔六〕。奈何天地間，而作隱淪客〔七〕。貴道能（一作「皆」）全真〔八〕，潛輝臥幽鄰（一作「鱗」）。探元入窅（音杳）默〔九〕，觀化游無垠〔一〇〕。光武有天下，嚴陵爲故人。雖登洛陽殿，不屈巢、由身。余亦謝明主，今稱偃蹇臣〔一一〕。登高覽萬古，思與廣成鄰。蹈海寧受賞〔二〕，還山非問津。西來（一作「終期」）一摇扇，共拂元規塵〔三〕。

〔一〕琦按：岑參《感舊賦序》云：國家六葉，吾門三相矣。江陵公爲中書令，輔太宗；鄧國公爲文昌右相，輔高宗；汝南公爲侍中，輔睿宗。相承寵光，繼出輔弼。逮乎武后臨朝，鄧國公由是得罪。先天中，汝南公又得罪。朱輪翠轂如夢中矣。按《唐書》：岑文本，鄧州棘陽人。祖善方，後梁吏部尚書。父之象，隋邯鄲令。貞觀中，文本歷官中書令，封江陵縣子。從子長倩，永淳中累官兵部侍郎同中書門下平章事。垂拱中拜文昌右相，封鄧國公，爲來俊臣所誣陷，斬於市。文本孫羲，累官至同中書門下三品。景雲間進侍中，封南陽郡公。羲兄獻，爲國子司業；弟仲翔，陝州刺史；仲休，商州刺史。兄弟子姓在清要者數十人。羲嘆曰：「物極則反，可以懼矣。」然不能抑退，坐豫太平公主謀，誅，籍其家。

〔二〕《晉書》：謝安，字安石，自幼有公輔之望。

〔三〕楊齊賢曰：奕世，累世也。

〔四〕《晉書·天文志》：永康元年三月，中台星坼，占曰：「台星失常，三公憂。」趙王倫尋廢殺賈后，斬司空張華。

〔五〕歐陽建詩：古人達機兆。

〔六〕孔安國《尚書傳》：牧，牧民，九州之伯。《晉書》：桓玄曰：「父爲九州伯，兒爲五湖長。」

〔七〕《桓譚新論》：天下神人五：一曰神仙，二曰隱淪。謝靈運詩：既枉隱淪客。

〔八〕《莊子》：子之道，狂狂汲汲，詐巧虛僞事也，非可以全真也。

〔九〕又曰：至道之精，窈窈冥冥；至道之極，昏昏默默。

〔一〇〕《淮南子》：上游於霄雿之野，下出於無垠之門。高誘注：無垠，無形狀之貌。

〔一一〕袁宏《後漢紀》：伏見太原周黨，使者三聘，乃肯就車。陛下親見諸庭，黨伏而不謁，偃蹇自高，逡巡求退。《後漢書》：偃蹇反俗。章懷太子注：偃蹇，驕傲也。

〔一二〕嚴子陵、廣成子及魯仲連欲蹈東海事，俱見二卷注。

〔一三〕《晉書》：庾亮雖居外鎮，而執朝廷之權。既據上流，擁强兵，趣向者多歸之。王導内不能平，常遇西風塵起，舉扇自蔽，徐曰：「元規塵污人。」

送范山人歸太山

《地理今釋》：泰山在今山東濟南府泰安州北五里。

魯客抱白鶴（一作「雞」）〔一〕，别余往太山。初行若片雪（一作「雲」），杳在青崖間〔二〕。高高至天門，日觀（一作「海日」）近可攀〔三〕。雲生（蕭本作「山」）望不及，此去何時還？

〔一〕《抱朴子》：欲求芝草，入名山，帶靈寶符，牽白犬，抱白雞，以白鹽一斗及開山符檄著大石上。《續博物志》：陶隱居云：學道之士，居山宜養白雞、白犬，可以辟邪。

〔二〕《後漢書·祭祀志》：馬第伯《封禪儀記》曰：是朝上泰山，至中觀，去平地二十里，南向極望無不覩。仰望天關，如從谷底仰視抗峰，其爲高也，如視浮雲。其峻也，石壁窅窱，如無道徑。遥望其人，端如行杇兀，或如白石，或如雪。久之，白者移過樹，乃知是人也。

〔三〕《初學記》：《太山記》云：盤道屈曲而上，凡五十餘盤。經小天門、大天門，仰視天門，如從穴中視天窗矣。自下至古封禪處凡四十里。山頂西巖爲仙人石閭，東巖爲介丘，東南巖名日觀。日觀者，雞一鳴時，見日始欲出，長三丈所。

李太白全集卷之十八

錢塘王琦琢崖輯注
王濟魯川較

古近體詩共三十五首

送韓侍御之廣德繆本「德」字下多一「令」字

《唐書·地理志》：江南西道宣城郡有廣德縣，本綏安縣，至德二載更名廣德。

昔日繡衣何足榮〔一〕？今宵貰（始制切，音世，又神夜切，音射，義同）酒與君傾〔二〕。暫就東山賖月色，酣歌一夜送泉明〔三〕。

〔一〕《漢書》：侍御史有繡衣直指，出討奸猾，治大獄。顏師古注：衣以繡者，尊寵之也。

〔二〕《漢書·高帝紀》：嘗從王媼、武負貰酒。顏師古注：貰，賖也。陶淵明嘗爲彭澤令，故用之以擬韓侍御也。

〔三〕《野客叢書》：《海録碎事》謂淵明一字泉明，李白詩多用之，不知稱淵明爲泉明者，蓋避唐高祖諱耳。猶楊淵之稱楊泉，非一字泉明也。《齊東野語》：高祖諱淵，淵字盡改爲泉。楊升庵曰：今人改泉明爲泉聲，可笑。

白雲歌送友人

楚山秦山多白雲，白雲處處長隨君。君今還入楚山裏，雲亦隨君渡湘水。水上女蘿衣白雲，早卧早行君早起。

蕭士贇曰：此詩已見七卷，特首尾數語不同，而此則尾語差拙，恐是初本未經改定者，今兩存之。

送通禪師還南陵隱静寺

《太平府志》：隱静寺，在繁昌縣東南二十里。隱静山一名五峰寺山，有碧霄、桂月、鳴磬、紫氣、行道五峰，寺當五峰之會，巑岏拱合，林木幽奇，古澗委折，殷雷轟地。相傳寺爲杯度禪師所建，飛錫定基，江神送木，現諸神異。寺外有十里松徑，傳云禪師手植，或曰距寺二里許有雙松對峙，勢若虬龍者，即師手澤。又嘗取新羅五葉松種寺西，迄今尚存。舊誌又言，寺有朗公橘，杯度所攜頻伽鳥一雙，皆晉、宋遺跡。又有木、米、鹽、醬等池，言創寺時，諸物皆從此出云。舊額云「江東第二禪林」。按：繁昌縣，南唐時析南陵分置，在唐時尚屬南陵。

我聞隱靜寺，山水多奇蹤。巖種朗公橘，門深杯度松。道人制猛虎〔一〕，振錫還孤峰〔二〕。他日南陵下，相期谷口逢。

〔一〕《釋氏要覽》：《智度論》云：得道者名爲道人，餘出家未得道者，亦名道人。《法苑珠林》：晉沙門于法蘭，高陽人也。嘗夜坐禪，虎入其室，因蹲牀前，蘭以手摩其頭，虎奮耳而伏，數日乃去。

〔二〕沈約《法王寺碑》：振錫經行，衹林宴坐。錫，釋家所執錫杖，一名德杖，一名智杖，有金環繞之，作錫錫聲，行時以節步趨者。

送友人

青山横北郭，白水遶東城。此地一爲別，孤蓬萬里征〔一〕。浮雲游子意〔二〕，落日故人情。揮手自茲去，蕭蕭班馬鳴〔三〕。

〔一〕鮑照《蕪城賦》：孤蓬自振，驚砂坐飛。

〔二〕浮雲一往而無定跡，故以比游子之意；落日銜山而不遽去，故以比故人之情。

〔三〕《詩·小雅》：蕭蕭馬鳴。《左傳》：有班馬之聲。杜預注：班，别也。主客之馬將分道，而蕭蕭長鳴，亦若有離群之感，畜猶如此，人何以堪。

送别

斗酒渭城邊〔一〕，壚頭醉不眠〔二〕。梨花千樹雪，楊葉萬條烟。惜别傾壺醑〔三〕，臨分贈馬鞭。看君潁上去〔四〕，新月到應（繆本作「家」）圓。

〔一〕《水經注》：長安，故咸陽也。漢高帝更名新城，武帝元鼎三年别爲渭城，在長安西北渭水之陽。《史記正義》：《括地志》云：咸陽故城亦名渭城，在雍州北五里，今咸陽縣東十五里。《太平寰宇記》：故渭城，在今縣東北二十二里渭水北，即秦之杜郵。其城周八里，秦自孝公至始皇，皆都於此城。武帝元鼎三年，更名渭城，後漢省，併地入長安，故此城存。

〔二〕《史記集解》：韋昭曰：鑪，酒肆也。以土爲墮，邊高似鑪。《漢書注》：如淳曰：酒家開肆待客，設酒鑪，故以鑪名肆。臣瓚曰：盧，酒瓮也。師古曰：二説皆非也。盧者，賣酒之區也。以其一邊高，形如鍛家爐，故取名耳，非即謂火爐及酒瓮也。

〔三〕《初學記》：酭，旨酒也。《玉篇》：酭，美酒也。《正字通》：俗呼醨爲尾酒，酭爲頭酒。

〔四〕河南道潁川汝陰郡有潁上縣。《太平寰宇記》：潁上縣，以地枕潁水上游爲名。

《滄浪詩話》：太白詩「斗酒渭城邊，壚頭醉不眠」，乃岑參之詩，誤編入。琦按：《文苑英華》亦以此詩爲岑參作，題云《送楊子》，岑集亦載之。

江上送女道士褚三清游南岳

南岳，衡山也。在今湖廣衡州府衡山縣西北三十里，接衡陽縣及長沙府界。

吴江女道士，頭戴蓮花巾〔一〕。霓衣（繆本作「裳」）不濕雨，特異陽臺雲（繆本作「神」）〔二〕。足下遠游履，凌波生素塵〔三〕。尋仙（蕭本作「倦尋」）向南岳，應見魏夫人〔四〕。

〔一〕《太平御覽》：《登真隱訣》曰：太玄上丹靈玉女，戴紫華芙蓉巾。

〔二〕巫山神女，旦爲朝雲，暮爲行雨，朝朝暮暮，陽臺之下。詳見二卷注。

〔三〕《洛神賦》：踐遠游之文履，曳露綃之輕裾。凌波微步，羅韈生塵。吕向注：遠游，履名。步於水波之上，如生塵也。

〔四〕《南岳魏夫人傳》：魏夫人者，晉司徒劇陽文康公舒之女，名華存，字賢安。幼而好道，静默恭謹，志慕神仙，味真耽玄，欲求沖舉，吐納氣液，攝生夷靜，住世八十三年，以晉成帝咸和九年，歲在甲午，太乙元仙遺飇車來迎，夫人乃託劍化形而去。位爲紫虚元君，領上真司命南岳夫人，比秩仙公，使治天台大霍山洞臺中，主下訓奉道，教授當爲仙者，男曰真人，女曰元君。

送友人入蜀

見説蠶叢路〔一〕，崎嶇不易行。山從人面起，雲傍馬頭生。芳樹籠秦棧〔二〕，春流遶蜀城〔三〕。升沉應已定，不必問（繆本作「訪」）君平〔四〕。

〔一〕蠶叢，蜀王之先，詳見三卷《蜀道難》注。

〔二〕李善《文選注》：《通俗文》曰：板閣曰棧。《史記》：去輒燒絶棧道。《索隱》曰：棧道，閣道也。音士諫反。包愷音士版反。崔浩云：險絶之處，傍鑿山巖而施板梁爲閣。琦按：入蜀之道，山路懸險，不容坦行。架木而度，名曰棧道。以其自秦入蜀之道，故曰秦棧。

〔三〕《水經注》：成都縣有二江雙流郡下，故揚子雲《蜀都賦》曰「兩江珥其前」者也。

〔四〕《高士傳》：嚴遵，字君平，蜀人也。隱居不仕，嘗賣卜於成都市，日得百錢以自給，卜訖則閉肆下簾，以著書爲事。

徐而庵曰：「山從」二句，是承上「崎嶇不易行」五字，勿作好景會。

送趙雲卿

白玉一杯酒，緑楊三月時。春風餘幾日，兩鬢各成絲。秉燭唯須飲，投竿也未遲。如逢渭川獵，猶可帝王師。

此篇與十二卷内《贈錢徵君少陽》詩，無一字差異，蓋編者重入未删。

送李青歸華陽川

胡三省《通鑑注》：華陽川，在虢州華陽山南。《雍勝略》：華陽水，在漢中府褒城縣西二十五里，源出牛頭山，南流與漢水合。蕭本作「南葉陽川」，誤。

伯陽仙家子〔一〕，容色如青春。日月祕靈洞，雲霞辭世人。化心養精魄〔二〕，隱几窅天真〔三〕。莫作千年别，歸來城郭新〔四〕。

〔一〕《列仙傳》：老子姓李，名耳，字伯陽，陳人也。生於殷時，爲周柱下史，轉爲守藏史，積八十餘年。《史記》云二百餘年。時稱隱君子。

〔二〕江淹詩：隱淪駐精魄。

〔三〕《莊子》：南郭子綦隱几而坐。陸德明《音義》：隱，憑也。

〔四〕《丁令威歌》：去家千年今始歸，城郭如故人民非。

送舍弟

吾家白額（一作「馬」）駒〔一〕，遠別臨東道。他日相思一夢君，應得池塘生春草〔二〕。

〔一〕《魏志》：曹休間行北歸見太祖，太祖謂左右曰：「此吾家千里駒也。」吾家白額駒，即吾家千里駒之意，而改用李氏事耳。《晉書》：武昭王諱暠，字玄盛，姓李氏，漢前將軍廣之十六世孫也。嘗與太史令郭黁及其同母弟宗繇同宿，黁起謂繇曰：「君當位極人臣，李君有國土之分。家有騧草馬生白額駒，此其時也。」呂光末，京兆段業，自稱涼州牧，以燉煌太守孟敏爲沙州刺史，署玄盛效穀令。敏尋卒，護軍郭謙等以玄盛溫毅有惠政，推爲燉煌太守，玄盛初難之，宗繇言於玄盛曰：「君忘郭黁之言耶？白額駒今生矣！」玄盛乃從之。

〔二〕謝靈運夢見從弟惠連，得「池塘生春草」句，詳見十一卷注。

送别得書字

水色南天遠，舟行若在虚。遷人發佳興，吾子訪閑居。日落看歸鳥，潭澄羡（一作「憐」）躍魚。聖朝思賈誼〔一〕，應降紫泥書〔二〕。

〔一〕《漢書》：賈誼爲長沙王太傅，後歲餘，帝思誼，徵之。

〔二〕紫泥，用之以封璽書，見七卷注。

送鞠十少府

試發清秋興，因爲吴會吟。碧雲斂海色，流水折江心。我有延陵劍〔一〕，君無陸賈金〔二〕。艱難此爲别，惆悵一何深。

〔一〕《新序》：延陵季子將西聘晉，帶寶劍以過徐君。詳見十二卷注。

〔二〕《漢書》：陸賈有五男，出所使越槖中裝，賣千金，分其子，子二百金，令爲生産。

送張秀才謁高中丞并序

余時繫尋陽獄中，正讀《留侯傳》〔一〕。秀才張孟熊，藴滅胡之策，將之廣陵謁高中丞〔二〕。余喜子房之風，感激於斯人，因作是詩以送之。

〔一〕《史記》世家第二十五爲《留侯世家》。曰《留侯傳》，蓋變稱也。

〔二〕《舊唐書》：高適者，渤海蓨人也。爲諫議大夫，負氣敢言，上皇以諸王分鎮，適切諫不可。及永王叛，肅宗聞其論諫有素，召而謀之。適因陳江東利害，永王必敗。上奇其對，以適兼御史大夫、揚州大都督府長史、淮南節度使。詔與江東節度來瑱，率本部兵，平江、淮之亂。會於安州，師將渡，而永王敗。適喜言王霸大略，務功名，尚節義，逢時多難，以安危爲己任，然言過其實，爲大臣所輕。

秦帝淪玉鏡（一作「六雄滅金虎」）〔一〕，留侯降氛氲。感激黄石老〔二〕，經過倉海君〔三〕。壯士揮金槌〔四〕，報讎六國（繆本作「合」）聞。智勇冠終古〔五〕，蕭、陳難與群。兩龍爭鬬時〔六〕，天地動風雲。酒酣（一作「縱横」）舞長劍〔七〕，倉卒解漢紛〔八〕。宇宙初倒懸，鴻（繆本作「洪」）溝勢將分。英謀信奇絶，夫子揚清芬（一作「夫子稱卓絶，超然繼清芬」）。胡月入紫微〔九〕，三光亂天文。高公鎮淮海，談笑卻（繆本作「廓」）妖氛〔一〇〕。採爾幕中畫〔一一〕，戡（音堪）難光殊勳〔一二〕。我無燕霜感〔一三〕，玉石俱燒焚〔一四〕。但灑一行淚，臨歧竟何云。

〔一〕《尚書帝命驗》：桀失玉鏡，用其噬虎。鄭康成注：玉鏡，謂清明之道。

〔二〕《史記·留侯世家》：留侯張良者，其先韓人也。秦滅韓，良悉以家財求客刺秦王，爲韓報仇，以大父、父五世相韓故。良嘗學禮淮陽，東見倉海君，得力士，爲鐵椎重百二十斤。秦皇帝東游，良與客狙擊秦皇帝博浪沙中，誤中副車。秦皇帝大怒，大索天下，求賊甚急，良乃更姓名，亡匿下邳。嘗從容步游下邳圯上，有一老父衣褐，至良所，直墮其履圯下，顧謂良曰：「孺子，下取履。」良愕然，欲毆之。爲其老，强忍，下取履。父曰：「履我。」良業爲取履，因長跪履之。父以足受，笑而去。良殊大驚，隨目之。父去里所，復還，曰：「孺子可教矣。後五日平明，與我會此。」良因怪之，跪曰：「諾。」五日平明，良往，父已先在，怒曰：「與老人期，後，何也？後五日早會。」五日雞鳴，良往，父又先在，復怒曰：「後，何也？後五日復早來。」五日，良夜未半往，有頃，父亦來，喜曰：「當如是。」出一編書，曰：「讀此則爲王者師矣。後十年興。十三年孺子見我濟北，穀城山下黄石即我矣。」遂去，不復見。旦日視其書，乃《太公兵法》也。

〔三〕《漢書音義》：倉海君，晉灼曰：海神也。如淳曰：秦郡縣無倉海，或曰東夷君長也。顔師古曰：

二説並非，蓋當時賢者之號也。

〔四〕琦按：《史記》、《漢書》載博浪沙事，並云鐵椎，惟《水經注》云：張良爲韓報仇於秦，以金椎擊秦始皇不中，中其副車。駱賓王詩「金椎許報韓」，蓋出於此。

〔五〕《漢書·張良傳贊》：聞張良之智勇，以爲其貌魁梧奇偉，反若婦人女子。盧諶詩：智勇冠當代。

〔六〕《史記·彭越傳》：兩龍方鬭，且待之。

〔七〕《説文》：酣，酒樂也。應劭曰：不醉不醒曰酣。

〔八〕《項羽本紀》：項羽兵四十萬在新豐鴻門，沛公兵十萬在霸上。范增説項羽，急擊勿失。項伯者，項羽季父也。素善張良，乃夜馳之沛公軍，私見張良，具告以事，欲呼張良與俱去，毋從俱死。良曰：「沛公有急，亡去不義，不可不語。」良乃入，具告沛公。出要項伯，入見，沛公奉巵酒爲壽，約爲婚姻，曰：「願伯具言臣之不敢倍德也。」項伯許諾，謂沛公曰：「旦日不可不蚤自來謝。」旦日從百餘騎來見項王，至鴻門謝。項王因留沛公與飲。范增出召項莊，謂曰：「若入前爲壽，壽畢請以劍舞，因擊沛公於坐，殺之。」莊則入爲壽，壽畢，曰：「軍中無以爲樂，請以劍舞。」項王曰：「諾。」項莊拔劍起舞，項伯亦拔劍起舞，常以身翼蔽沛公，莊不得擊。張良至軍門，見樊噲。噲曰：「今日之事何如？」良曰：「甚急。項莊拔劍舞，其意常在沛公也。」噲曰：「此迫矣，臣請入，與之同命。」噲即帶劍擁盾入軍門。須臾，沛公起如厠，因招樊噲出。於是遂去，令張良留謝。漢四年，項王與漢約，中分天下，割鴻溝以西者爲漢，鴻溝而東者爲楚，項王已約，乃引兵解而東歸。漢欲西歸，張良、陳平説曰：「漢有天下大半，諸侯皆附之。楚兵罷食盡，此天亡楚之時也，不如因其飢而遂取之。今釋弗擊，此所謂養虎自遺患也。」漢王聽之。

〔九〕《晉書》：月爲胡王。《陳書》：陳寶應起兵沙門，惠標作五言詩以送之曰：「匹馬猶臨水，離騎稍引風。好看今夜月，當入紫微宫。」

〔一〇〕《陳書》：文參禮樂，武定妖氛。

〔一一〕謝瞻詩：婉婉幕中畫。

〔一二〕《廣韻》：戡，勝也，克也。

〔一三〕《太平御覽》：鄒衍事燕惠王盡忠，左右譖之，王繫之，仰天而哭，夏五月，天爲之降霜。

〔一四〕《書·胤征》：火炎崑岡，玉石俱焚。

尋陽送弟昌峒繆本作「岠」鄱岠司馬作

鄱陽，唐時郡名，即饒州也。隸江南西道，爲上州，有司馬一人，從五品。

桑落洲渚連〔一〕，滄江無雲烟。尋陽非剡水，忽見子猷船〔二〕。飄然（繆本作「了見」）欲相近，來遲杳若仙。人乘海上月，帆落湖中天。一靚無二諾〔三〕，朝歡更勝昨。爾則吾惠連〔四〕，吾非爾康樂。朱紱白銀章〔五〕，上官佐鄱陽〔六〕。松門拂中道，石鏡迴清光〔七〕。摇扇及干越，水亭風氣涼〔八〕。與爾期此亭，期在秋月滿。時過或未來，兩鄉心已斷。吴山對楚岸，彭蠡當中州〔九〕。相思定如此，有窮盡年愁。

〔一〕《太平寰宇記》：桑落洲，在舒州宿松縣西南一百九十四里。江水始自鄂陵，分派爲九，於此合流，謂之九江口。此洲與江州尋陽縣，分中流爲界。《一統志》：桑落洲，在九江府城東北過江五十里。昔江水泛漲，流一桑於此，因名。

〔二〕王子猷乘船往剡溪訪戴安道，詳見九卷注。

〔三〕魏徵詩：季布無二諾，侯嬴重一言。

〔四〕《宋書》：謝惠連幼有才悟而輕薄，不爲父方明所知。靈運嘗自始寧至會稽造方明，過視惠連，大相咨賞，謂方明曰：「阿連才悟如此，而尊作常兒遇之。」

〔五〕《韻會》：紱，綬也。《增韻》：印組也。章，印章也。朱紱、銀章，詳見十一卷《贈劉都使》詩注。

〔六〕凡除官到任，謂之上官。司馬，州之佐職。

〔七〕《江西通志》：松門山，在南昌府城西北二百十五里，枕鄱湖之東，兩岸悉生松，遥望如門，故名。上有石鏡，光可照人。謝康樂詩「攀崖照石鏡，牽葉入松門」，是也。

〔八〕《太平寰宇記》：干越渡，在餘干縣西南一百二十步，置津吏主守，四時不絶。干越亭在餘干縣東南三十步，屹然孤立，古今游者多留題章句焉。《江西通志》：干越亭，在饒州府餘干縣羊角山。《文公談苑》云：前瞰琵琶洲，後枕思禪寺，林麓森鬱，千峰競秀。唐初張彦俊建。

〔九〕《通鑑地理通釋》：彭蠡在江州潯陽縣。《括地志》：在縣東南五十里。《六典注》：一名宫亭湖，在南康軍星子縣南，江州彭澤縣西。《地理志》：在豫章郡彭澤縣西。《郡縣志》：在都昌縣西六十里，與潯陽縣分湖爲界。《禹貢》揚州「彭蠡既豬」，即江漢所匯之澤，合江西、江東諸水，跨豫章、饒州、南康軍三州之地。

餞校書叔雲

少年費白日，歌笑矜朱顔。不知忽已老，喜見春風還。惜别且爲歡，徘徊桃李間。看花飲美酒，聽鳥臨晴山。向晚竹林寂〔一〕，無人空閉關〔二〕。

〔一〕《晉書》：阮咸任達不拘，與叔父籍爲竹林之游。

〔二〕閉關，猶閉門也。江淹《恨賦》：閉關卻掃，塞門不仕。

送王孝廉覲省

彭蠡將天合〔一〕，姑蘇在日邊〔二〕。寧親候海色，欲動孝廉船〔三〕。窈窕晴江轉，參差遠岫連。相思無晝夜，東注（蕭本作「泣」）似長川。

〔一〕《江西志》：鄱陽湖，在南昌府城東北一百五十里，即《禹貢》之彭蠡也。一名宫亭湖，一名揚瀾湖，跨南昌、饒州、南康三郡，合上流諸水入焉。周圍數百里，闊四十里，長三百里。每春夏之間，江、漢水漲，則彭蠡之水鬱不得流而逆回倒積，遂成巨浸，瀰渺數百餘里，無復畔岸。逮夫二水漸消，則彭蠡之水始出大江，循南岸而行，與二水頡頏趨海。《韻會》：將，與也。鮑照《登大雷岸與妹書》：長波天合。

〔二〕楊齊賢曰：姑蘇，蘇州吴郡。以其近東海日出之地，故云日邊。

〔三〕《法言》：孝莫大於寧親。《世説》：張憑舉孝廉，出都負其才氣，謂必參時彦，欲詣劉尹，鄉里及同舉者共笑之。張遂詣劉，清言彌日，因留宿至曉，劉曰：「卿且去，正當取卿共詣撫軍。」張還船，同侶問何處宿，張笑而不答。須臾真長遣傳，教覓張孝廉船，同侶惋愕。

同吴王送杜秀芝舉入京

按：詩題當是「送杜秀才赴舉入京」，「芝」字疑譌。

秀才何翩翩？王許回也賢。暫别廬江守〔一〕，將游京兆天。秋山宜落日，秀水出寒烟。欲折一枝桂〔二〕，還來雁沼前〔三〕。

〔一〕廬江，郡名，即廬州也。隸淮南道。《通典》：雍州，開元三年改爲京兆府。凡周、秦、漢、晉、西魏、後周、隋至於我唐，並爲帝都。

〔二〕《晉書》：郤詵曰：「臣舉賢良對策，爲天下第一，猶桂林之一枝，崑山之片玉。」

〔三〕《西京雜記》：梁孝王築兔園，園中有雁池，池間有鶴洲、鳧渚，其諸宫觀相連，延亘數十里，奇果、異樹，瑰禽、怪獸畢備，王與宫人賓客，弋釣其中。

洞庭醉後送絳州吕使君杲蕭本作「果」流澧州

《湖廣志》：洞庭湖，在岳州西南，綿跨八百里。絳州，又謂之絳郡，隸河東道。澧州，在澧水之陽，又謂之澧陽郡，隸山南東道，在京師東南一千八百九十三里。

昔别若夢中，天涯忽相逢。洞庭破秋月，縱酒開愁容。贈劍刻玉字，延平兩蛟龍〔一〕。送君不盡意，書及雁迴峰〔二〕。

〔一〕《中華古今注》：晉時斗牛間常有紫氣，張華知是劍氣。乃以雷焕爲豐城令，焕到縣，掘縣獄深，得劍兩枚，一送與張華，一焕自佩。後華死，子䟽佩，過延平津，躍入水，使人尋之，乃見化爲龍也。雷焕卒，子亦佩之，於延平津，亦躍入水，化爲龍矣。

〔二〕《方輿勝覽》：回雁峰，在衡陽之南，雁至此不過，遇春而回，故名。或曰峰勢如雁之回。《湖廣志》：回雁峰，在衡州府城南里許，相傳雁不過衡陽，至此而回。然聞桂林間尚有雁聲，知此説非矣。或謂峰之形勢如雁回轉者，是也。南岳周環八百里，回雁爲首，岳麓爲足云。

與諸公送陳郎將歸衡陽并序

按《唐書·百官志》，左右十四衛及太子左右六率府，皆有郎將，乃五品官也。衡陽，唐時郡名，即衡州，隸江南西道。

仲尼旅人，文王明夷〔一〕。苟非其時，聖賢低眉。况僕之不肖者，而遷逐枯槁，固非

(「非」字疑當作「亦」)其宜。朝心不開,暮髮盡白。而登高送遠〔二〕,使人增愁。陳郎將義風凛然,英思逸發。來下曹城之榻,去邀才子之詩。動清興於中流,泛素波而徑去。諸公仰望不及,連章祖之。序慚起予,輒冠名賢之首;作者嗤我,乃爲撫掌之資乎〔三〕?

〔一〕《京氏易傳》:《易》曰:「旅人先笑後號咷。」又曰:「得其資斧。」仲尼爲旅人,國可知矣。《周易》:明入地中,明夷。内文明而外柔順,以蒙大難,文王以之。《周易集解》:鄭玄曰:夷,傷也。日出地上,其明乃光,至其入地,明則傷矣,故謂之明夷。日之明傷,猶聖人、君子有明德,而遭亂世,抑在下位。則宜自艱,無幹政事,以避小人之害也。荀爽曰:明在地下,爲坤所蔽,大難之象。文王君臣相事,故當大難也。王弼《易注》:文王明夷,則主可知矣。仲尼旅人,則國可知矣。

〔二〕《高唐賦》:登高望遠,使人心悴。

〔三〕《晉書》:左思賦《三都》。初陸機入洛,欲爲此賦。聞思作之,撫掌而笑,與弟雲書曰:「此間有傖父,欲作《三都賦》,須其成,當以覆酒甕耳。」及思賦出,機絶嘆伏,以爲不能加也,遂輟筆焉。王羲之《與謝萬書》:語田里所行,故以爲撫掌之資,其爲得意,可勝言耶?

衡山蒼蒼入紫冥〔一〕，下看南極老人星〔二〕。迴飈吹散五峰雪〔三〕，往往飛花落洞庭。氣清岳秀有如此，郎將一家拖金紫〔四〕。門前食客亂浮雲，世人皆比孟嘗君〔五〕。江上送行無白璧〔六〕，臨歧惆悵若爲分。

〔一〕《方輿勝覽》：南岳，一名衡山，在衡山縣西三十里，晉因山以名郡。《湘中記》：度應斗衡，位值離宫，故曰衡山。又名霍山。《南岳記》：衡山者，朱陵之靈臺，太虚之寶洞。上承翌軫，鈐總萬物，故名衡山。下踞離宫，統攝火鄉，故號南岳。赤帝館其嶺，祝融宅其陽。逮於軒轅，以灊、霍二山副焉。《長沙記》：衡山軒翔，聳拔九千餘丈，尊卑參差七十二峰，巖洞、溪澗、泉石之勝，交錯其中。又有數十洞、十五巖、三十八泉、二十五溪、九池、九潭、六源、八橋、六井、三穿、三漏，此最著者。七十二峰最大者五：祝融、紫蓋、雲密、石廩、天柱，而祝融爲最高。《水經注》：湘水又北徑衡山縣東。山在西南，有三峰：一名紫蓋，一名石廩，一名容峰。容峰最爲竦傑，自遠望之，蒼蒼隱天，故羅含云：望若陳雲，自非清霽素朝，不見其峰。丹水湧其左，醴泉流其右，《山經》謂之岣嶁山，爲南岳也。《魏書》：發響九皋，翰飛紫冥。

〔二〕《史記·天官書》：狼比地有大星，曰南極老人，老人見，治安。常以秋分時候之於南郊。《晉書》：老人一星在弧南，一曰南極，常以秋分之旦，見於景；春分之夕，而没於丁。見則治平，主壽昌。

〔三〕謝靈運詩，迴飇流輕雪。

〔四〕陸機《謝平原内史表》：懷金拖紫，退就散輩。《後漢書》：聖恩横加，猥賜金紫。章懷太子注：《漢官儀》曰：二千石，金印紫綬也。

〔五〕《史記》：孟嘗君在薛，招致諸侯賓客及亡人有罪者，皆歸孟嘗君。孟嘗君舍業厚遇之，以故傾天下之士。食客數千人，無貴賤一與文等。

〔六〕《吕氏春秋》：郈成子爲魯聘於晉。過衞，右宰穀臣止而觴之，酒酣而送之以璧。

送趙判官赴黔音琴府中丞叔幕

《册府元龜》：趙國珍，天寶中爲黔府都督，本管經略等使。國珍有武略，習知南方地形，在五溪凡十餘年，中原興師，惟黔中封境無虞。《通鑑》：黔中節度使趙國珍，本牂牁夷也。胡三省注：趙國珍，牂牁别部，充州蠻酋趙君道之裔。楊國忠兼劍南節度，以國珍有方略，授黔中都督，護五溪十餘年。天下方亂，其所部獨寧。所謂黔府中丞者，即其人歟？中丞是其兼銜耳。《唐書·地理志》：黔州黔中郡下都督府，本黔安郡，天寶元年更名。

廓落青雲心〔一〕，結交黄金盡。富貴翻相忘，令人忽自哂。蹭蹬鬢毛斑〔二〕，盛時難再還。巨源咄石生〔三〕，何事馬蹄間？緑蘿長不厭，卻欲還東山〔四〕。君爲魯曾子〔五〕，拜揖高堂裏。叔繼趙平原〔六〕，偏承明主恩。風霜推（一作「摧」，非）獨坐〔七〕，旌節鎮雄藩〔八〕。虎士秉金鉞〔九〕，蛾眉開玉樽。才高幕下去，義重林中言〔一〇〕。水宿五溪月〔一一〕，霜啼三峽猿〔一二〕。東風春草緑，江上候歸軒〔一三〕。

〔一〕宋玉《九辯》：廓落兮羈旅而無友生。吕延濟注：廓落，空寂也。

〔二〕《韻會》：蹭蹬，困頓也。

〔三〕《晉書》：山濤，字巨源，河内懷人也。州辟部河南從事。與石鑒共宿，濤夜起蹴鑒曰：「今爲何等時而眠耶？知太傅卧何意？」鑒曰：「宰相三不朝，與尺一令歸第，卿何慮也？」濤曰：「咄！石生無事馬蹄間耶？」投傳而去。未二年，果有曹爽之事。

〔四〕又《晉書》：謝安雖受朝寄，然東山之志，始末不渝，每形於言色。

〔五〕《史記》：曾參，南武城人，孔子以爲能通孝道，故授之業，作《孝經》。

〔六〕平原君趙勝者，趙之諸公子也。諸子中勝最賢，喜賓客，賓客至者數千人。

〔七〕漢時御史中丞，與司隸校尉、尚書令會同，得專席而坐，詳見十卷注。

〔八〕《舊唐書》：天寶中，緣邊禦戎之地，置八節度使。受命之日，賜之旌節，謂之節度使，得以專制軍事，外任之重無比焉。《新唐書·百官志》：節度使辭日，賜雙旌、雙節，行則建節，豎六纛。入境，州縣築節樓，迎以鼓角。

〔九〕虎士，有力之士，詳見八卷注。《詩·商頌》：有虔秉鉞。秉，執也。陸雲《吴故丞相陸公誄》：金鉞鏡日，雲旗絳天。

〔一〇〕《晉書》：阮咸任達不拘，與叔父籍爲竹林之游。

〔一一〕謝靈運詩：水宿淹晨暮。吕延濟注：水宿，宿舟中也。《通典》：黔中，古蠻夷之國，春秋、戰國皆楚地，秦惠王欲楚黔中地，以武關外易之，即此是也。通謂之五溪。注云：五溪謂西、辰、巫、武、沅五溪也。

〔一二〕《水經注》：《宜都記》曰：自黄牛灘東入西陵界，至峽口一百許里，山水紆曲，兩岸高山重嶂，非日中夜半，不見日月，絶壁或千許丈，其石彩色，形容多所像類。林木高茂，略盡冬春，猿鳴至清，山谷傳響，泠泠不絶。所謂三峽，此其一也。《白帖》：《荆州記》曰：巴東三峽，猿長鳴至三聲，聞者莫不垂淚。

〔一三〕《南齊書》：凡車有幡者，謂之軒。

送陸判官往琵琶峽

《方輿勝覽》：琵琶峽，在巫山對蜀江之南，形如琵琶。此鄉婦女，皆曉音律。

水國秋風夜，殊非遠別時。長安如夢裏，何日是歸期？

楊升庵曰：太白詩「天山三丈雪，豈是遠行時」，又曰「水國秋風夜，殊非遠別時」，「豈是」、「殊非」，變幻二字，愈出愈奇。孟蜀韓琮詩「晚日低霞綺，晴山遠畫眉。青青河畔草，不是望鄉時」，亦祖太白句法。

送梁四歸東平

東平，唐時郡名，即鄆州也，隸河南道。

玉壺挈美酒，送别强爲歡。大火南星月〔一〕，長郊北路難。殷王期負鼎〔二〕，汶水起垂竿〔三〕。莫學東山卧，參差老謝安〔四〕。

〔一〕《六經天文編》：夏氏曰：仲夏之月，初昏之時，大火見於南方正午之位。

〔二〕《史記》：阿衡欲干湯而無由，乃爲有莘氏媵臣，負鼎俎，以滋味説湯，致於王道。《越絶書》：伊尹負鼎入殷，遂佐湯取天下。

〔三〕《春秋正義》：《釋例》曰：汶水出泰山萊蕪縣西南，經濟北至東平須昌縣入濟。《行水金鑑》：《述征記》云：泰山郡水皆名汶，今縣界有五汶，皆源别而流同。其原山之汶水，西南流經乾封縣治南，去縣三里，又西南流九十里，入鄆州中都縣。按五汶者，曰：北汶、小汶、柴汶、牟汶，其一則經流也。

〔四〕謝安高卧東山，見七卷注。

江夏送友人

江夏，唐時郡名，即鄂州也，屬江南西道。

雪點翠雲裘〔一〕，送君黄鶴樓〔二〕。黄鶴振玉羽〔三〕，西飛帝王州。鳳無琅玕實〔四〕，何以贈遠游？徘徊相顧影，淚下漢江流。

〔一〕宋玉《諷賦》：翳承日之華，披翠雲之裘。

〔二〕楊齊賢曰：黄鶴樓，在鄂州。《圖經》云：費文禕得仙，駕黄鶴憩此。

〔三〕鮑照《舞鶴賦》：振玉羽而臨霞。

〔四〕琅玕實，見二卷注。

送郗昂謫巴中

按：《羊士諤詩集》有詩題云《乾元初嚴黄門自京兆少尹貶巴州刺史》云云，詩下注云：時郗詹事昂自拾遺貶清化尉，黄門年三十餘，且爲府主，與郗意氣友善，賦詩高會，文字猶存。又李華《楊騎曹集序》：刑部侍郎長安孫公逖，以文章之冠，爲考功員外郎，精試群材。君與南陽張茂之、京兆杜鴻漸、琅琊顔真卿、蘭陵蕭穎士、河東柳芳、天水趙驊、頓丘李琚、趙郡李崿、李頎、南陽張階、常山閻防、范陽張南容、高平郗昂等，連年登第。

瑶草寒不死〔一〕，移植滄江濱。東風洒雨露，會入天地（一作「池」）春。予若洞庭葉〔二〕，隨波送逐臣。思歸未可得，書此謝情人。

〔一〕江淹詩：瑶草正翕艴。李善注：瑶草，玉芝也。琦按：詩家用瑶草，謂珍異之草耳，未必專指玉芝而言。

〔二〕《楚辭》：洞庭波兮木葉下。

江夏送張丞

欲别心不忍，臨行情更親。酒傾無限月，客醉幾重春。藉草依流水〔一〕，攀花贈遠人。送君從此去，迴首泣迷津。

〔一〕孫綽《天台山賦》：藉萋萋之纖草。李善注：以草薦地而坐曰藉。

賦得白鷺鷥送宋少府入三峽

三峽，詳見八卷注。

白鷺拳一足，月明秋水寒。人驚遠飛去，直向使君灘〔一〕。

〔一〕《水經注》：江水東經羊腸、虎臂灘。楊亮爲益州刺史，至此舟覆。懲其波瀾，蜀人至今猶名之爲使君灘。《太平寰宇記》：使君灘，在萬州東二里大江中。昔楊亮赴任益州，行船至此覆没，故名。《一統志》：使君灘，在荆州夷陵州西一百十里。

送二季之江東

初發强中作，題詩與惠連〔一〕。多慚一日長，不及二龍賢〔二〕。西塞當中路，南風欲進船〔三〕。雲峰出遠海〔四〕，帆影挂清川。禹穴藏書地〔五〕，匡山種杏田〔六〕。此行俱有適，遲（音治）爾早歸旋〔七〕。

〔一〕謝靈運有《登臨海嶠初發强中與從弟惠連》詩。劉履曰：强中，地名，今嵊山下有强口，疑即此也。

〔二〕《世説》：謝子微見許子將兄弟曰：「平輿之淵，有二龍焉。」

〔三〕楊齊賢曰：西塞山，在鄂州。陸放翁《入蜀記》：晚過道士磯，石壁數百尺，色正青，了無竅穴。而竹樹迸根交絡其上，蒼翠可愛。自過小孤，臨江峰嶂，無出其右。磯一名西塞山，即玄真子《漁父辭》所謂「西塞山前白鷺飛」者。李太白《送弟之江東》云：「西塞當中路，南風欲進船」，必在荆楚作，故有中路之句。張文潛云：「危磯插江生，石壁劈青玉」，殆爲此山寫真。又云：「已逢嫵媚散花峽，不怕艱危道士磯」，蓋江行惟馬當及西塞最爲湍險難上。

〔四〕謝靈運詩：滅跡入雲峰。

〔五〕《太平御覽》：《九土文括略》曰：會稽山，有一石穴委曲，黄帝藏書於此，禹得之。施宿《會稽志》：陽明洞天，在會稽縣宛委山龍瑞宫。舊經云三十六洞天之十一洞也。洞外飛來石下，爲禹穴，傳云禹藏書處，一云禹得玉匱金書於此。薛方山《浙江通志》：宛委山上有石匱壁立，中有孔穴，號陽明洞，即舊經所謂三十六洞天之十一洞也。夏禹發之，得赤珪如日，碧珪如月，又於中得金簡玉字之書，悟百川之理。賀知章《纂山記》曰：黄帝號宛委穴爲赤帝陽明之府，於此藏書。大禹始於此穴得書，復於此穴藏之，人因謂之禹穴。

〔六〕匡山，即廬山也。《廬山記》：匡續結廬於山，故號匡廬山。《神仙傳》：董奉還豫章廬山下居，不種田，日爲人治病，亦不取錢。重病愈者，使栽杏五株，輕者一株。如此數年，計得十餘萬株，鬱鬱成林。乃使山中百禽群獸游戲其下，卒不生草，常如芸治。杏子熟，於林中作一草倉，示人曰：「欲買杏者，不須報奉，但將穀一器，置倉中，即自往取一器杏去。」常有人置穀少而取杏多者，林中群虎出，吼逐之。大怖，急挈杏走，路旁傾覆，至家量杏，一如穀多少。或有人偷杏者，虎逐之到家，嚙至死，家人知其偷杏，乃送還奉，叩頭謝過，乃卻使活。

〔七〕《韻會》：遲，待也。謝靈運有《南樓中望所遲客》詩云「臨江遲來客」是也。《詩·小雅》：言旋言歸，復我邦族。謝靈運詩：三載期歸旋。

江西送友人之羅浮

《藝文類聚》：《羅浮山記》曰：羅浮者，蓋總稱。羅，羅山也。浮，浮山也。二山合體，謂之羅浮。在增城、博羅二縣之境。舊説羅浮高三千丈，有七十二石室，七十二長溪，神明神禽，玉樹朱草。

桂水分五嶺〔一〕，衡山朝九疑〔二〕。鄉關眇安西〔三〕，流浪將何之〔四〕？素色愁明湖，秋渚晦寒姿。疇昔紫芳意〔五〕，已過黄髮期〔六〕。君王縱疏散，雲壑借巢、夷〔七〕。爾去之羅浮，我還憩峨眉〔八〕。中闊道萬里，霞月遥相思。如尋楚狂子〔九〕，瓊樹有芳枝。

〔一〕《通典》：桂州臨桂縣有離水，一名桂江，水源多桂，不生雜樹。《漢書》：南有五嶺之戍。顔師古注：西自衡山之南，東窮於海，一山之限耳。而别標名，則有五焉。裴氏《廣州記》曰：大庾、始安、臨賀、桂陽、揭陽，是爲五嶺。鄧德明《南康記》曰：大庾嶺一也，桂陽騎田嶺二也，九真都龐嶺三也，臨賀萌渚嶺四也，始安越成嶺五也。戴凱之《竹譜》：五嶺之説，互有異同。余往交州，行路所見，兼訪舊老，考諸古志，則今南康、始安、臨賀，爲北嶺；臨漳、寧浦爲南嶺。五都界内各有一嶺，以隔南北之水，俱通南越之地。南康、臨賀、始安三郡，通廣州；寧浦、臨漳二郡，在廣州西南，通交州。或趙佗所通，或馬援所併，厥跡在焉，故陸機謂「伐鼓五嶺表」，道九真也。徐廣《雜記》以剡、松、陽、建安、康樂爲五嶺，其謬遠矣。俞益期與韓康伯，以晉興所統南移、大營、九岡，爲五嶺之數，又其謬也。

〔二〕《初學記》：南岳衡山，朱陵之靈臺，太虚之寶洞，上承冥宿，銓德鈞物，故名衡山。下踞離宫，攝位火鄉，赤帝館其嶺，祝融託其陽，故號南岳。周旋數百里，高四千一十丈。東南臨湘川，自湘川至長沙七百里，九向九背，然後不見。《元和郡縣志》：九疑山，在道州延唐縣東南一百里，九山相似，行者疑惑，故名。

〔三〕楊齊賢曰：唐安西大都護府初治西州，後徙治高昌故地，又徙治龜兹，而故府復爲西州交河郡。

琦按文義，安西字疑訛，指爲隴右道安西大都護府者，恐未是。

〔四〕陶潛《祭從弟文》：流浪無成，懼負素志。

〔五〕疇昔，昔日也。已見前注。江淹詩：終覿紫芳心。李善注：紫芳，紫芝也。

〔六〕《爾雅》：黄髮，壽也。郭璞注：黄髮，髮落更生黄者。邢昺疏：舍人曰黄髮，老人髮白更黄也。曹植詩：王其愛玉體，俱享黄髮期。張銑注：黄髮期，謂壽考也。

〔七〕《北山移文》：誘我松桂，欺我雲壑。

〔八〕《通典》：嘉州峨眉縣有峨眉山。

〔九〕《列仙傳》：陸通者，云楚狂接輿也。好養生，食橐盧、木實及蕪菁子，游諸名山，在蜀峨眉山上，世世見之，歷數百年仙去。

宣州謝朓樓餞别校書叔雲 一作《陪侍御叔華登樓歌》

《江南通志》：疊嶂樓，在寧國府郡治後，即謝朓爲宣城太守時之高齋地。一名北樓，亦稱謝公樓，唐咸通間，刺史獨孤霖改建，易今名。

棄我去者，昨日之日不可留；亂我心者，今日之日多煩憂。長風萬里送秋雁〔一〕，對此可以酣高樓。蓬萊文章建安骨〔二〕，中間小謝又清發〔三〕。俱懷逸興壯思飛〔四〕，欲上青天（一作

「雲」）覽（一作「攬」）明（蕭本作「日」）月。抽刀斷水水更流，舉杯消愁愁更（一作「復」）愁。人生（一作「男兒」）在世不稱意，明朝散髮弄扁舟（一作「舉棹還滄洲」）〔五〕。

〔一〕陸機詩：長風萬里舉，慶雲鬱嵯峨。

〔二〕《後漢書·竇章傳》：是時學者稱東觀爲老氏藏室，道家蓬萊山。章懷太子注：言東觀經籍多也。蓬萊，海中神山，爲仙府，幽經秘録並皆在焉。東漢建安之末，有孔融、王粲、陳琳、徐幹、劉楨、應瑒、阮瑀及曹氏父子所作之詩，世謂之「建安體」。風骨遒上，最饒古氣。

〔三〕鍾嶸《詩品》論謝惠連云：小謝才思富捷，恨其蘭玉夙凋，故長轡未騁。

〔四〕盧思道《盧記室誄》：麗詞泉湧，壯思雲飛。

〔五〕散髮，科頭也。扁舟，特舟也。俱見二卷注。

宣城送劉副使入秦

按《唐書·百官志》，節度使之下，有副使一人，同節度副使十人。又安撫使、觀察使、團練使、防禦使之下，皆有副使一人。

君即劉越石，雄豪冠當時。淒清《横吹曲》，慷慨《扶風詞》〔一〕。虎嘯俟騰躍〔二〕，雞鳴遭亂離〔三〕。千金市駿馬，萬里逐王師。結交樓煩將〔四〕，侍從羽林兒〔五〕。統兵捍吴、越，豺虎不敢窺。大勳竟莫叙，已過秋風吹〔六〕。秉鉞有季公〔七〕，凜然負英姿〔八〕。寄深且戎幕〔九〕，望重必台司〔一〇〕。感激一然諾〔一一〕，縱横兩無疑。伏奏歸北闕〔一二〕，鳴騶忽西馳〔一三〕。列將咸出祖〔一四〕，英寮惜分離。斗酒滿四筵，歌笑宛溪湄〔一五〕。君攜東山妓〔一六〕，我咏《北門》詩〔一七〕。貴賤交不易，恐傷中園葵〔一八〕。昔贈紫騮駒，今傾白玉卮〔一九〕。同歡萬斛酒，未足解相思。此别又（一作「外别」）千里，秦、吴眇天涯。月明關山苦〔二〇〕，水劇隴頭悲〔二一〕。借問幾時還，春風入黄池〔二二〕。無令長相思，折斷緑楊枝。

〔一〕《晉書》：劉琨，字越石。少得儁朗之目，與范陽祖納，俱以雄豪著名。在晉陽，嘗爲胡騎所圍數重，城中窘迫無計，琨乃乘月登樓清嘯，賊聞之，皆淒然長嘆。中夜奏胡笳，賊又流涕歔欷，有懷土之切。向曉復吹之，賊並棄圍而走。劉越石有《扶風歌》：「朝發廣莫門，暮宿丹水山。左手彎繁弱，右手揮龍淵」云云，凡九首。其《横吹曲》，今逸不存，或指吹胡笳而言，恐未的。

〔二〕張衡《思玄賦》：超踰騰躍絶世俗。

〔三〕《世説注》：《晉陽秋》曰：祖逖與劉琨俱以雄豪著名，年二十四，與琨同辟司州主簿，情好綢繆，共被而寢。中夜聞雞鳴，俱起曰：「此非惡聲也。」

〔四〕《史記》：所將卒斬樓煩將五人。李奇曰：樓煩，縣名。其人善騎射，故以名射士爲樓煩，取其美稱，未必樓煩人也。張晏曰：樓煩，胡國名。

〔五〕《漢書》：羽林掌送從。武帝太初元年置，名曰「建章營騎」，後更名「羽林騎」。費昶詩：家本樓煩俗，召募羽林兒。

〔六〕上元中，宋州刺史劉展舉兵反，其黨張景超、孫待封攻陷蘇、湖，進逼杭州，爲温晁、李藏用所敗，見後二十八卷注。劉副使於時亦在兵間，而功不得録，故有「統兵捍吴、越，豺虎不敢窺。大勳竟莫叙，已過秋風吹」之句。

〔七〕《詩·商頌》：有虔秉鉞。《南齊書》：秉鉞出關，凝威江甸。季公，謂季廣琛。《舊唐書》：上元二年正月，温州刺史季廣琛，爲宣州刺史，充浙江西道節度使。

〔八〕《十六國春秋》：英姿邁古，藝業超時。

〔九〕戎幕，節度使之幕府。

〔一〇〕羊祜《讓開府表》：伏聞恩詔拔臣，使同台司。注：台司，三公也。

〔一一〕《漢書》：貫高，此固趙國立名義不侵爲然諾者也。

〔一二〕北闕，是上書奏事之徒所詣者，見十三卷注。

〔一三〕《北史》：鳴騶清路，盛列羽儀。章懷太子《後漢書注》：騶，騎士也。

〔一四〕《詩·大雅》：韓侯出祖，出宿於屠。

〔一五〕《江南通志》：宛溪，在寧國府城東。

〔一六〕《世説》：謝安在東山畜妓。

〔一七〕毛萇《詩傳》：《北門》，刺仕不得志也。言衞之忠臣不得其志耳。

〔一八〕古詩：採葵莫傷根，傷根葵不生。結交莫羞貧，羞貧交不成。

〔一九〕《漢書・高帝紀》：上奉玉巵爲太上皇壽。應劭曰：巵，飲酒禮器也。古以角作，受四升。晉灼曰：音支。顔師古曰：巵，飲酒圓器也。《韓非子》：今有白玉之巵而無當。

〔二〇〕庾信《蕩子賦》：關山惟月明。

〔二一〕郭仲産《秦川記》：隴山東西百八十里，登山嶺東望，秦川四五百里，極目泯然。山東人行役至此而顧瞻者，莫不悲思。故歌曰：「隴頭流水，分離四下。念我行役，飄然曠野。登高望遠，涕零雙墮。」

〔二二〕胡三省《通鑑注》：宣州當塗縣有黄池鎮。《一統志》：黄池河，在太平府城南六十里，東接固城河，西接蕪湖縣河，入大江，南至黄池鎮，北至宣城縣界。《江南通志》：黄池河，在池州當塗縣南七十里，寧國府城北一百二十里。一名玉溪，郡東南之水，皆聚此出大江。河心分界，南屬宣城，北屬當塗。

涇川送族弟錞

太白自注：時盧校書草序，常侍御爲詩。

涇川三百里〔一〕，若耶羞見之。錦石照碧山，兩邊白鷺鷥。佳境千萬曲，客行無歇時。上有琴高水〔二〕，下有陵陽祠〔三〕。仙人不見我，明月空相知。問我何事來，盧敖結幽期〔四〕。蓬山振雄筆，繡服揮清詞〔五〕。江湖發秀色，草木含榮滋。置酒送惠連，吾家稱白眉〔六〕。愧無海嶠作，敢闕河梁詩〔七〕？見爾復幾朝，俄然告將離〔八〕。中流漾綵鷁〔九〕，列岸叢金羈。嘆息蒼梧鳳〔一〇〕，分棲瓊樹枝。清晨各飛去，飄落天南垂〔一一〕。望極落日盡，秋深暝猿悲。寄情與流水，但有長相思。

〔一〕涇川，即涇溪也，在涇縣西南一里，唐時隸宣城郡。源出石埭，流經南陵宣城，踰蕪湖入大江。《通典》：宣州涇縣有涇水，越州會稽縣有若耶溪。

〔二〕《江南通志》：琴溪，在寧國府涇縣，源出自寧國諸山，與溪頭水合，西過琴高山下，乃名琴溪。傳是仙人琴高控鯉之地。

〔三〕《一統志》：望仙亭，在陵陽山中峰之半，相傳漢竇子明昇仙之地。有唐天寶間所建仙壇宮。陵陽祠，即仙壇宮也。

〔四〕盧敖，詳見十四卷注。

〔五〕學者稱東觀爲道家蓬萊山，見前二首注。繡衣御史，見十一、十二卷注。「蓬山振雄筆」，謂盧校書草叙也。「繡服揮清詞」，謂常侍御作詩也。

〔六〕「馬氏五常，白眉最良」，見十六卷注。

〔七〕李陵《與蘇武詩》：攜手上河梁，游子暮何之。劉良注：河梁，橋也。《魏書》：中山王熙之鎮鄴也，知友才學之士，袁翻、李琰、李神儁、王誦兄弟、裴敬憲等，咸餞於河梁，賦詩告別。

〔八〕吴均詩：有客告將離，贈言重蘭蕙。

〔九〕謝靈運有《登臨海嶠與從弟惠連詩》：與子别山阿，含酸赴修畛。中流袂就判，欲去情不忍。《子虛賦》：浮文鷁。張揖注：鷁，水鳥也，畫其像於船首。宋之問《太平公主山池賦》：文虹橋兮彩鷁舟。

〔一〇〕陸機《雲賦》：翼靈鳳於蒼梧，起滯龍於潢汙。

〔一一〕瓊樹枝，見二卷注。垂，邊也。

五松山送殷淑

楊齊賢曰：五松山，在宣州南陵。

秀色發江左〔一〕，風流奈若何？仲文了不還〔二〕，獨立揚清波。載酒五松山，頹然《白雲歌》。中天度落月，萬里遥相過。撫酒惜此月，流光畏蹉跎。明日别離去，連峰鬱嵯峨。

〔一〕江左，江南也。詳見十二卷注。

〔二〕《晉書》：殷仲文，南蠻校尉顗之弟也，少有才藻，美容貌。

送崔氏昆季之金陵 一作《秋夜崔八丈水亭送崔二》

放（一作「吳」）歌倚東樓，行子期曉發。秋風渡江來，吹落山上月。主人出美酒，滅燭延清光〔一〕。二崔向金陵，安得不盡觴。水客弄歸棹，雲帆卷輕霜〔二〕。扁舟敬亭下〔三〕，五兩先飄揚〔四〕。峽石入水花，碧流日更長。思君無歲月，西笑阻河梁。

〔一〕劉鑠詩：羅帳延秋月。吕向注：延，引也。

〔二〕馬融《廣成頌》：張雲帆，施蜺幬。

〔三〕孟康《漢書注》：扁舟，特舟也。《唐書・地理志》：宣州宣城縣有敬亭山。

〔四〕郭璞《江賦》：覘五兩之動靜。《韻會》：綄，船上候風羽，楚人謂之五兩。

登黄山淩繆本作「陵」歊音囂臺送族弟溧陽尉濟充一作「統」汎舟赴華陰一本下有「得齊字」三字

楊齊賢曰：太白自注：「時在當塗。」即今之太平也。黄山在城北，淩歊臺在其上。《太平府志》：黄山在郡治北五里，高四十丈，山如初月形。舊傳浮丘公牧雞於此，亦名浮丘山。上有宋孝武避暑離宮及淩歊臺遺址。陸放翁《入蜀記》：淩歊臺正如鳳凰臺之類，特因山巔名之。宋高祖所營，面勢虚曠，高出氛埃之表，南望青山，龍山、九井諸峰，如在几席。稍西江中二小山相對，云東梁、西梁也。北户臨和州新城，樓櫓歷歷可辨。蓋自絶江至和州，財十餘里。溧陽，宣州縣名，隸江南東道。華陰，郡名，即華州，隸關内道。

鸞乃鳳之族〔一〕，翱翔紫雲霓〔二〕。文章輝五色（一作「耀五采」），雙在瓊樹棲〔三〕。一朝各飛去，鳳與鸞俱啼。炎赫五月中，朱曦爍河堤〔四〕。爾從汎舟役〔五〕，使我心魂悽。秦地無草木，南雲喧鼓鼙〔六〕。君王減玉膳，早起思鳴雞（當是「民飢」之訛）。漕引救關輔〔七〕，疲人免塗泥〔八〕。宰相作霖雨〔九〕，農夫得耕犁。静者伏草間，群才滿金閨〔一〇〕。空手（許本作「乎」）無壯士，窮居使人低。送君登黄山，長嘯倚（一作「上」）天梯〔一一〕。小舟若鳧雁〔一二〕，大舟若鯨鯢。開帆散長風，舒卷與雲齊。日入牛渚晦〔一三〕，蒼然夕烟迷。相思在何許（一作「在何所」，一作「定何許」）？杳在洛陽西〔一四〕。

〔一〕張華《禽經注》：鸑者，鳳凰之亞，始生類鳳，久則五彩變易。

〔二〕高誘《淮南子注》：翱翔，鳥之高飛，翼上下曰翱，直刺不動曰翔。

〔三〕瓊樹，鳳所棲食之樹，見二卷古詩第四十首注中。

〔四〕郭璞詩：朱羲將由白。李善注：朱羲，日也。

〔五〕《左傳》：秦於是輸粟於晉，自雍及絳相繼，命之曰「泛舟之役」。

〔六〕《舊唐書》：天寶六載，自五月不雨，至秋七月乙酉，以旱命宰相、臺寺、府縣録繫囚，死罪決杖配流，徒以下特免，庚寅始雨。九載三月，時久旱，制停封西岳。五月庚寅，以旱録囚徒。蓋天寶時京師之旱，見於史者有二，未詳此詩作於何年。《後漢書》：其旱也，公卿官長以次行雩禮求雨，反拘朱索社，伐朱鼓。《春秋繁露》：求雨，開神山神淵，積薪，夜擊鼓譟而燔之。《文章正宗》：《神農求雨書》：祈而不雨，則積薪擊鼓而焚神山。

〔七〕章懷太子《後漢書注》：漕，水運也。鮑照詩：家世宅關輔。李善注：關，關中也。《漢書》曰：右扶風，左馮翊，京兆尹，是爲三輔。

〔八〕潘岳《西征賦》：牧疲人於西夏。

〔九〕《書·説命》：若歲大旱，用汝作霖雨。

〔一〇〕江淹《别賦》：金閨之諸彦。李善注：金閨，金馬門也。

〔一一〕王逸《九思》：緣天梯兮北上，登太乙兮玉臺。

〔一二〕《宜都記》：俯臨大江，如縈帶焉，視舟如鳧雁矣。

〔一三〕《通典》：宣州當塗縣有牛渚圻，亦謂之采石，險固可守處。

〔一四〕楊齊賢曰：華陰，在洛陽之西。

送儲邕之武昌

武昌縣，鄂州之屬縣也，隸江南西道。

黄鶴西樓月〔一〕，長江萬里情。春風三十度，空憶武昌城。送爾難爲别，銜杯惜未傾。湖連張樂地〔二〕，山逐汎舟行。諾謂楚人重〔三〕，詩傳謝朓清〔四〕。滄浪吾有曲，寄入棹歌聲〔五〕。

〔一〕《潛確居類書》：黄鶴山，在武昌府城西南，俗呼蛇山，一名黄鵠山。昔仙人王子安騎黄鶴憩此。地志云：黄鶴山蛇行而西，吸於江，其首隆然，黄鶴樓枕焉。其下即黄鶴磯。

〔二〕《莊子》：帝張咸池之樂於洞庭之野。謝朓詩：洞庭張樂地，瀟湘帝子游。

〔三〕《史記》：楚人諺曰：得黃金百斤，不如得季布一諾。

〔四〕《南齊書》：謝朓善草隸，長五言詩，沈約常云：「二百年來，無此詩也。」

〔五〕《西京賦》：齊棹女，縱棹歌。

李太白全集卷之十九

錢塘王琦琢崖輯注

王𤓰葆光王復曾宗武較

古近體詩共三十二首

酬談少府

一尉居倏忽，梅生有仙骨〔一〕。三事或可羞〔二〕，匈奴哂千秋〔三〕。壯心屈黄綬〔四〕，浪跡寄滄洲。昨觀荆、峴作〔五〕，如從雲漢游〔六〕。老夫當暮矣，蹀（音疊）足懼驊騮〔七〕。

〔一〕《太平御覽》：梅福於是棄南昌尉，去妻子，入洪崖山，得道爲神仙。代代有人見，或於玉笥山中逢之。

〔二〕《漢書》：天子我監，登我三事。顔師古注：三事，三公之位，謂丞相也。

〔三〕田千秋以一言悟主，旬月取宰相封侯，匈奴譏之。見十一卷注。

〔四〕顔師古《漢書注》：丞尉職卑，皆黄綬。

〔五〕《唐六典注》：荆山，在襄州荆山縣。峴山，在襄州襄陽縣。

〔六〕《詩經集傳》：雲漢，天河也，在箕、斗二星之間，其長竟天。曹粹中曰：漢之在天，似雲而非雲，故曰雲漢。

〔七〕《漢書》：造父善御習馬，得驊騮、騄耳之乘。顔師古注：驊騮，言其色如華之赤也。顔延年《赭白馬賦》：望朔雲而蹀足。張銑注：蹀足，疾行也。

酬宇文少府見贈桃竹書筒

《苕溪漁隱叢話》：桃竹，葉如椶，身如竹，密節而實中，犀理瘦骨，天成拄杖也。嶺外人多種此。胡三省《通鑑注》：桃竹，桃枝竹也，今江南有之。

桃竹書筒綺繡文，良工巧妙稱絶群。靈心圓映三江月，彩質疊成五色雲。中藏寶訣峨眉去〔一〕，千里提携長憶君。

〔一〕寶訣，仙書也。《唐書・地理志》：劍南道嘉州羅目縣有峨眉山。

五月東魯行答汶上翁蕭本作「君」

五月梅始黄（一作「梅子黄」，一作「禾黍緑」），蠶凋桑柘空。魯人重織作，機杼鳴簾櫳〔一〕。顧余不及仕，學劍來山東。舉鞭訪前塗，獲笑汶上翁。下愚（一作「宵人」）忽壯士，未足論窮通。我以一箭書，能取聊城功〔二〕。終然不受賞，羞與時人同。西歸去直道，落日昏陰虹〔三〕。此（一作「我」）去爾勿言，甘心如轉蓬〔四〕。

〔一〕機杼，見九卷注。簾櫳，見十一卷注。

〔二〕《史記》：燕將攻下聊城，聊城人或讒之燕，燕將懼誅，因保守聊城不敢歸。齊田單攻聊城歲餘，士卒多死，而聊城不下，魯連乃爲書約之矢以射城中，遺燕將。燕將見魯連書，泣三日，乃自殺。聊城亂，田單遂屠聊城。歸而言魯連欲爵之，魯連逃隱於海上曰：「吾與富貴而詘於人，寧貧賤而輕世肆志焉。」

〔三〕楊齊賢曰：陰虹，指林甫、國忠輩昏蔽其君。

〔四〕轉蓬，蓬草之隨風旋轉者。詳見九卷注。

早秋單父〔音善甫〕南樓酬竇公衡

《太平廣記》：崔圓，開元二十三年應將帥舉科，又於河南府充鄉貢進士。其日正於福唐觀試，遇敕下，便於試場中喚將拜執戟參謀河西軍事。應制時，與越州剡縣尉竇公衡同場並坐，親見其事。公衡之名位，略見於此。

白露見日滅，紅顔隨霜凋。别君若俯仰，春芳辭秋條〔一〕。太山嵯峨夏雲在，疑是白波漲東海。散爲飛雨川上來，遥帷卻卷清浮埃〔二〕。知君獨坐青軒下〔三〕，此時結念同所懷（繆本作「同懷者」）〔四〕。我閉南樓看（繆本作「著」）道書，幽簾清寂若（蕭本作「在」）仙居。曾無好事來相訪，賴爾高文一起予〔五〕。

〔一〕梁簡文帝《長沙宣武王碑》：秋條下葉，春卉含芳。

〔二〕江淹詩：鍊藥矚虚幌，泛瑟卧遥帷。

〔三〕盧炎詩：青軒明月時。

〔四〕謝靈運詩：結念屬霄漢，孤影莫與諼。

〔五〕《漢書》：揚雄家素貧，嗜酒，人希至其門，時有好事者載酒肴從游學。江淹詩：高文一何綺。

山中問答 一作《答問》，繆本作《山中答俗人》

問余何意（一作「事」）棲碧山，笑而不答（一作「語」）心自閑。桃花流水窅（一作「宛」）然去，别有天地非人間。

答友人贈烏紗帽

《中華古今注》：武德九年，太宗詔曰：自今以後，天子服烏紗帽，百官士庶皆同服之。

領得烏紗帽，全勝白接䍦〔一〕。山人不照鏡，稚子道相宜〔二〕。

〔一〕《廣韻》：接䍦，白帽也。

〔二〕《歸去來辭》：稚子候門。

酬張司馬贈墨

上黨碧松烟，夷陵丹砂末〔一〕。蘭麝凝珍墨，精光乃堪掇。黄頭奴子雙鴉鬟〔二〕，錦囊養之懷袖間〔三〕。今日贈余蘭亭去，興來灑筆會稽山〔四〕。

〔一〕唐時上黨郡，即潞州也，屬河東道。夷陵郡，即峽州也，屬山南東道。江淹《扇上彩畫賦》：粉則南陽鉛澤，墨則上黨松心。《晁氏墨經》：古用松烟石墨二種，石墨自晉、魏以後無聞，松烟之製尚矣，漢貴扶風隃麋，終南山之松，晉貴九江廬山之松，唐則易州、潞州之松，上黨松心尤先見貴。曹植詩：墨出青松烟。《齊民要術》：合墨法，墨一斤、好膠五兩、鷄子白去黄五顆、硃砂一兩、麝香一兩，都合調，下鐵臼中。宜剛不宜澤，擣三萬杵，杵多益善。

〔二〕雙鴉鬟，謂頭上雙髻，色黑如鴉也。

〔三〕《晁氏墨經》：凡蓄故墨，亦利頻風日時，以手潤澤之，時置於衣袖中彌善。

〔四〕《水經注》：會稽山陰縣湖口有亭，號曰蘭亭，亦曰蘭上里。太守王羲之、謝安兄弟數往造焉。太守王廙之移亭在水中。晉司空何無忌之臨郡也，起亭於山椒，極高盡眺矣。《太平寰宇記》：蘭亭，在山陰縣西南二十七里。《輿地志》云：山陰縣西有蘭渚，渚有蘭亭，王羲之所謂曲水之勝境，製序於此。《元和郡縣志》：會稽山，在越州會稽縣東南一十里。

答湖州迦葉司馬問白是何人

湖州，唐時隸江東南道，爲上州。上州之佐職有司馬一人，從五品下。《通志·氏族略》：迦葉氏，西域天竺人。唐貞觀中，有涇原大將試太常卿迦葉濟。司馬殆其裔族歟？

青蓮居士謫仙人〔一〕，酒肆藏名三十春。湖州司馬何須問，金粟如來是後身〔二〕。

〔一〕楊齊賢曰：青蓮居士，太白自號也。

〔二〕《五色線》：《淨名經義鈔》：梵語維摩詰，此云淨名，般提之子，母名離垢，妻名金機，男名善思，女名月上。過去成佛，號金粟如來。

嚴滄浪曰：因問人爲迦葉，故作此答，不則誕妄矣。

答長安崔少府叔封游終南翠微寺太宗皇帝金沙泉見寄

《唐書》：長安縣南五十里太和谷有太和宮，武德八年置，貞觀十年廢。二十一年復置，曰翠微宮。籠山爲苑，元和中以爲翠微寺。《元和郡縣志》：太和宮，在長安縣南五十五里終南山太和谷，武德八年造，貞觀十年廢。二十一年以時熟，公卿重請修築，於是使將作大匠閻立德繕理焉，改爲翠微宮，今廢爲寺。《雍録》：翠微宮，武德八年改名太和，在終南山上。貞觀二十一年改翠微宮，寢名含風殿。蘇文忠詩曰「植立含風廣殿」，用此也。太宗於此宮上仙。楊大年《談苑》曰：宮在驪山絶頂，太宗嘗避暑於此。後改爲寺，寺亦廢。《法苑珠林》：今上皇帝恭膺寶位，慶祚惟新，思罔極於先皇，濡惠津於群品。鼎湖之駕，邈矣不追。長陵之魂，悠然滋永。聿興淨業，標樹福田。先帝所幸之宮，翠微、玉華，並捨爲寺，供施殷厚，緣設彫華。據此所稱今上皇帝，是指高宗而言。則《唐書》所云元和中爲翠微寺者，非矣。又諸書皆云在終南山，而《談苑》云在驪山者，又非矣。太白詩題亦其一證。金沙泉，湮没無可考。

河伯見海若，傲然誇秋水〔一〕。小物昧（繆本作「暗」）遠圖，寧知通方士（一作「寧識通方理」）〔二〕。多君紫霄意，獨往蒼山裏。地古寒雲（一作「雪」）深，巖高長風起。初登翠微嶺〔三〕，復憩金沙泉。踐苔朝霜滑，弄波夕月圓。飲彼石下流（一作「潭」），結蘿宿溪煙。鼎湖夢渌水，龍駕空（一作「何」）茫然〔四〕。早行子午關（一作「間」，一作「峰」）〔五〕，卻登山路遠（一作「卻嘆山路遠」，一作「頗識關路遠」）。拂琴聽霜猿，滅燭乃星飯。人烟無明異，鳥道絶往返。攀崖倒青天（一作「到青山」），下視白日晚。既過（一作「遇」）石門隱，還唱（一作「聞」）石潭歌。

涉雪搴紫芳（一作「採紫莖」）〔六〕，濯纓想（一作「掬」）清波。此（一作「斯」）人不可見，此地君自過。爲余謝風泉，其如幽意何。

〔一〕《莊子》：秋水時至，百川灌河，涇流之大，兩涘渚涯之間，不辨牛馬。於是河伯欣然自喜，以天下之美爲盡在己。順流而東行，至於北海，東面而視，不見水端。於是河伯始旋其面目，望洋向若而嘆曰：「野語有之曰：聞道百，以爲莫己若者，我之謂也。吾非至子之門，則殆矣。吾長見笑於大方之家。」北海若曰：「井蛙不可以語於海者，拘於虚也；夏蟲不可以語於冰者，篤於時也；曲士不可以語於道者，束於教也。今爾出於涯涘，觀於大海，乃知爾醜。」陸德明注：若，海神也。

〔二〕《漢書》：通方之士，不可以文亂。顔師古注：方，道也。

〔三〕《舊唐書·太宗紀》：貞觀二十三年四月己亥，幸翠微宫。五月己巳，上崩於含風殿。

〔四〕鼎湖龍駕，黄帝昇天事，見三卷注。以喻太宗上仙也。

〔五〕《唐書·地理志》，長安縣南有子午關。《漢書》：王莽以帝后有子孫瑞，通子午道。子午道，從杜陵直絶南山，徑漢中。顔師古注：子，北方也。午，南方也。言通南北道相當，故謂之子午耳。今京城直南山有谷，通梁漢道，名子午谷。又宜州西界、慶州東界有山，名子午嶺，計南北直相當。此則北山是子，南山是午，共爲子午道。《元和郡縣志》：子午關，在長安縣南一百里。

王莽通子午道，因置此關也。《一統志》：子午谷，在西安府城南一百五里。子午關，在子午谷中，漢平帝時置關。

〔六〕《廣雅》：搴，取也。《史記注》：臣瓚曰：拔取曰搴。江淹詩：終覿紫芳心。李善注：紫芳，紫芝也。

贈李十二　左司郎中崔宗之〔一〕附

涼秋八九月，白露空園亭。耿耿意不暢，梢梢（音筲。一作「梢梢」，繆本作「捎捎」，俱誤）風葉聲。思見雄俊士，共話今古情。李侯忽來儀〔二〕，把袂苦不早。清論既抵掌〔三〕，玄談又絶倒〔四〕。分明楚、漢事，歷歷王霸道。擔囊無俗物〔五〕，訪古千里餘。袖有匕首劍〔六〕，懷中茂陵書〔七〕。雙眸光照人〔八〕，詞賦凌《子虚》〔九〕。酌酒絃素琴，霜氣正凝潔。平生心事中，今日爲君説。我家有别業，寄在嵩之陽。明月出高岑，清溪澄素光。雲散窗户静，風吹松桂香。子若同斯游，千載不相忘。

〔一〕《舊唐書》：尚書省有左司郎中一員，從五品上。崔宗之事蹟，見十卷注。

〔二〕崔少府女詩：哲人忽來儀。

〔三〕《戰國策》：見説趙王於華屋之下，抵掌而談。

〔四〕《世説注》：《衛玠别傳》曰：王平子高氣不群，邁世獨傲，每聞玠之語議，至於理會之間，要妙之際，輒絶倒於地。前後三聞，爲之三倒。時人遂曰：衛君談道，平子三倒。

〔五〕《戰國策》：贏縢履蹻，負書擔橐。

〔六〕《史記索隱》：匕首，匕音比。劉氏云：短劍也。《鹽鐵論》以爲長尺八寸，其頭類匕，故曰匕首。

〔七〕《史記》：司馬相如家居茂陵，口吃而善著書。「茂陵書」蓋用此事。

〔八〕魏顥《太白集序》稱其眸子炯然，哆如餓虎，少任俠，手刃數人。

〔九〕《西京雜記》：司馬相如爲《上林》、《子虚賦》，意思蕭散，不復與外事相關。控引天地，錯綜古今，忽然如睡，焕然而興，幾百日而後成。

酬崔五郎中

朔雲横高天〔一〕，萬里起秋色。壯士心飛揚〔二〕，落日空嘆息。長嘯出原野〔三〕，凜然寒風生。幸遭聖明時，功業猶未成〔四〕。奈何懷良圖，鬱悒獨愁（一作「空」）坐〔五〕。杖策尋英豪〔六〕，立談乃知我〔七〕。崔公生民（繆本作「人」）秀，緬邈青雲姿〔八〕。制作參造化〔九〕，託諷含神祇。海岳尚可傾，吐諾終不移。是時霜飈寒，逸興臨華池〔一〇〕。起舞拂長劍，四坐皆揚眉。因得窮歡情，贈我以新詩。又結汗漫期，九垓遠相待〔一一〕。舉身憩蓬壺〔一二〕，濯足弄滄海。從此凌倒景〔一三〕，一去無時還。朝游明光宮〔一四〕，暮入閶闔關〔一五〕。但得長把袂，何必嵩丘山。

〔一〕顔延年《赭白馬賦》：望朔雲而蹀足。

〔二〕《楚辭》：心飛揚兮浩蕩。

〔三〕《淮南子》：周視原野。原野，謂平原曠野之地也。

〔四〕劉琨詩：功業猶未建，夕陽忽西流。

〔五〕《楚辭》：曾歔欷予鬱悒兮。王逸注：鬱悒，憂也。

〔六〕《後漢書》：鄧禹即杖策北渡。

〔七〕揚雄《解嘲》：或立談而封侯。

〔八〕顔延年詩：仲容青雲器，實禀生民秀。李善注：青雲，言高遠也。

〔九〕《後漢書》：崔瑗之稱平子曰：「數術窮天地，制作侔造化。」

〔一〇〕《楚辭》：蛙黽游乎華池。

〔一一〕《淮南子》：若士曰：「吾與汗漫期於九垓之外，吾不可以久駐。」詳見十四卷注。

〔一二〕蓬壺，蓬萊也。詳見《明堂賦》注。

〔一三〕倒景，見二卷古詩第二十首注。

〔一四〕王褒《九懷》：朝發兮葱嶺，夕至兮明光。王逸注：暮宿東極之丹巒也。又《遠游》注云：丹丘晝夜常明。《九懷》云：夕宿乎明光。明光，則丹丘也。阮籍詩：朝起瀛洲野，日夕宿明光。

〔一五〕《淮南子·俶真訓》：排閶闔，淪天門。高誘注：閶闔，始昇天之門也。又《地形訓》：西方曰西極之山，曰閶闔之門。高誘注：閶，大也。闔，閉也。大聚萬物而閉之，故曰閶闔之門。

以詩代書答元丹丘

青鳥（一作「烏」）海上來〔一〕，今朝發何處。口銜雲錦字（一作「書」）〔二〕，與我忽飛去。鳥去凌紫烟〔三〕，書留綺窗前〔四〕。開緘方（一作「時」）一笑，乃是故人傳。故人深相勖〔五〕，憶我勞心曲〔六〕。離居在咸陽〔七〕，三見秦草緑。置書雙袂間，引領不暫閑。長望（一作「嘆」）杳難見，浮雲横遠山。

〔一〕《玉佩金璫經》：元始天王與大帝乘碧霞流飈輦，上登九玄之崖。有青鳥來翔，口銜紫書，集於玉軒。

〔二〕《漢武帝内傳》：盛以雲錦之囊。

〔三〕李善《文選注》：古《白鴻頌》曰：兹亦耿介，矯翮紫烟。

〔四〕《古詩》：交疏結綺窗。李善注：《説文》曰：綺，文繒也。此刻鏤象之。《蜀都賦》：列綺窗而瞰江。吕向注：綺窗，雕畫若綺也。陸機詩：邃宇列綺窗，蘭室接羅幕。張銑注：綺窗，窗爲錦綺之文也。

〔五〕《説文》：勗，勉也。

〔六〕《詩·國風》：亂我心曲。《韻會》：懷抱曰心曲。

〔七〕《楚辭》：折疏麻兮瑶華，將以遺兮離居。

金門答蘇秀才

揚雄《解嘲》：歷金門，上玉堂。應劭注：金門，金馬門也。

君還石門日，朱火始改木〔一〕。春草如有情，山中尚含緑。折芳愧遥憶〔二〕，永路當自勗〔三〕。遠見故人心，平生以此足。巨海納百川〔四〕，麟閣多才賢〔五〕。獻書入金闕〔六〕，酌醴奉瓊筵〔七〕。屢忝白雲唱〔八〕，恭聞《黄竹篇》〔九〕。恩光照（繆本作「煦」）拙薄〔一〇〕，雲漢希騰遷〔一一〕。銘鼎儻云遂〔一二〕，扁舟方渺然〔一三〕。我留在金門，君（繆本作「不」）去卧丹壑〔一四〕。未果三山期〔一五〕，遥欣一丘樂〔一六〕。玄珠寄罔象〔一七〕，赤水非寥廓〔一八〕。願狎東海鷗〔一九〕，共營西山藥〔二〇〕。栖巖君寂滅（繆本作「蔑」），處世（蕭本作「士」）余龍蠖〔二一〕。良辰不同賞，永日應閑居。鳥吟簷間樹，花落窗下書。緣溪見綠篠〔二二〕，隔岫（音袖）窺紅蕖〔二三〕。採薇行笑歌〔二四〕，眷我情何已。月出石鏡間，松鳴風琴裏〔二五〕。得心自虛妙，外物空頹靡（音米）〔二六〕。身世如兩忘，從君老烟水。

〔一〕張華詩：朱火青無光。張協詩：鑽燧忽改木。吕向注：改木，謂改其鑽火之木也。

〔二〕《楚辭》：折芳馨兮遺所思。

〔三〕陸雲詩：永路隔萬里。

〔四〕謝靈運詩：百川赴巨海。

〔五〕《三輔黄圖》：《漢宫殿疏》云：麒麟閣，蕭何造，以藏秘書、處賢才也。「巨海」二句是正喻對寫句法，言麟閣之廣集才賢，猶巨海之受納百川，甚言其多也。

〔六〕金闕，天子之門闕，猶金門也。

〔七〕謝朓詩：復酌瓊筵醴。張銑注：瓊筵，天子宴群臣之席。言瓊者，珍美言之。醴，酒也。

〔八〕「白雲唱」，即「白雲在天，山陵自出」一篇。西王母與穆天子相唱和者，詳見《大獵賦》注。

〔九〕《穆天子傳》：日中大寒，北風雨雪，有凍人，天子作詩三章以哀民，曰：「我徂黄竹，□員閟寒，帝收九行。嗟我公侯，百辟冢卿，皇我萬民，旦夕勿忘。」「我徂黄竹，□員閟寒，帝收九行。嗟我公侯，百辟冢卿，皇我萬民，旦夕無窮。」「有皎者鴼，翩翩其飛。嗟我公侯，□勿則遷，居樂甚寡，不如遷土，禮樂其民。」天子曰：余一人則淫，不皇萬民，□登。乃宿於黄竹。

〔一〇〕江淹詩：宵人重恩光。

〔一一〕雲漢，天河也。「雲漢希騰遷」，猶致身青雲之上意也。

〔一二〕《禮記》：夫鼎有銘。銘者，自名也。自名以稱揚其先祖之美而明著之後世者也。

〔一三〕楊齊賢曰：扁舟，言功成名遂身退，如范蠡乘扁舟泛五湖也。

〔一四〕鮑照詩：妍容逐丹壑。

〔一五〕《史記》：海中有三神山，名曰蓬萊、方丈、瀛洲，神仙居之。

〔一六〕《漢書叙傳》：漁釣於一壑，則萬物不奸其志；栖遲於一丘，則天下不易其樂。

〔一七〕《莊子》：黄帝游乎赤水之北，遺其玄珠，乃使象罔，象罔得之。詳見《大獵賦》注。李暠《述志賦》：寄玄珠於罔象。

〔一八〕李善《文選注》：廖廓，高遠也。

〔一九〕《列子》：海上之人有好鷗鳥，每旦之海上，從鷗鳥游，鷗鳥之至者百住而不止。

〔二〇〕魏文帝詩：西山一何高，高高殊無極。上有兩仙童，不飲亦不食。與我一丸藥，光耀有五色。

沈約詩：若蒙西山藥，頹齡倘能度。

〔二一〕《周易》：尺蠖之屈，以求信也。龍蛇之蟄，以存身也。

〔二二〕《説文》：篠，小竹也。謝靈運詩：緑篠媚清漣。

〔二三〕《廣韻》：山有穴曰岫。紅蕖，荷華也。

〔二四〕《詩·國風》：陟彼南山，言采其薇。未見君子，我心傷悲。朱傳曰：薇似蕨而差大，有芒而味苦。《韻會》：《説文》：薇，似藿，菜之微者也。徐鉉曰：一云似萍。陸璣曰：山菜也，莖葉皆似小豆，蔓生，味如小豆藿，可作羹。項氏曰：今之野豌豆苗也，蜀謂之巢菜。

〔二五〕方弘靜曰：「月出石鏡間，松鳴風琴裏」，言月出石若鏡，風入松若琴也。琦謂「石鏡」、「風琴」，蓋是蘇秀才山中之地名耳。若如方氏所解，恐大家未必有此句法。

〔二六〕頽靡，頽壞靡散之義。

酬坊州王司馬與閻正字對雪見贈

唐武德二年，析鄜州之中部、鄜城二縣，置坊州，取馬坊爲名，隸關内道。州有司馬一人，從六品。《唐書·百官志》：司經局正字二人，從九品上，掌校刊經史。按《寶刻叢編》，天寶中太子正字閻寬，撰《襄陽令盧僎德政碑》，未知即此閻正字否？

游子東南來，自宛適京國〔一〕。飄然無心雲，倏忽復西北。訪戴昔未偶〔二〕，尋嵇此相得〔三〕。愁顔發新歡，終宴叙前識。閻公漢庭舊，沉鬱富才力。價重銅龍樓〔四〕，聲高重門側〔五〕。寧期此相遇，華館倍游息。積雪明遠峰，寒城鎖（繆本作「沍」）春色。主人蒼生望，假我青雲翼。風水如見資，投竿佐皇極〔六〕。

〔一〕宛，即南陽縣地。在周時爲申伯國，戰國時爲韓之宛邑，秦爲宛縣。至後魏時，改上陌縣，後周改上宛縣，隋改南陽縣，唐因之，隸鄧州。

〔二〕王子猷雪夜乘小船，訪戴安道，見九卷注。

〔三〕《世説》：嵇康與吕安善，每一相思，千里命駕。

〔四〕《漢書》：上嘗急召太子出龍樓門，張晏曰：門樓上有銅龍，若白鶴飛廉之爲名也。

〔五〕謝朓詩：平明振衣坐，重門猶未開。吕向注：重門，帝宫門也。

〔六〕《書·洪範》：建用皇極。孔安國傳：皇，大也。極，中也。凡立事，當用大中之道。

酬中都小吏攜斗酒雙魚于逆旅見贈

唐時，河南道鄆州東平郡之中都縣，本平陸縣，隸兗州。天寶元年更名，貞元十四年改隸鄆州，今爲山東之汶上縣。

魯酒若琥珀（一作「琥珀色」），汶魚紫錦鱗〔一〕。山東豪吏有俊氣〔二〕，手攜（一作「持」）此物贈遠人。意氣相傾兩相顧〔三〕，斗酒雙魚表情素（繆本此下多「酒來我飲之，膾作別離處」二句）〔四〕。雙鰓呀呷（呼甲切，喊入聲）鰭鬣張〔五〕，跋剌銀盤欲飛去〔六〕。呼兒拂机霜刃揮〔七〕，紅肥花落白雪霏〔八〕。爲君下筯一餐飽（一作「罷」）〔九〕，醉著金鞍上（一作「走」）馬歸。

〔一〕《元和郡縣志》：汶水，北去中都縣二十四里。《行水金鑑》：《尚書說》云：汶水五源，皆出襲慶奉符縣界，至東北中都縣，貫鉅澤入濟。

〔二〕《史記》：少年豪吏，如蕭、曹、樊噲等。

〔三〕鮑照詩：意氣相傾死何有。

〔四〕《史記·蔡澤傳》：披腹心，示情素。

〔五〕《廣韻》：鰓，魚頰也。木華《海賦》：猶尚呀呷。李善注：呀呷，波相吞吐之貌。鰭鬣，魚之翅也，在背上曰鰭，在鰓下曰鬣。

〔六〕《野客叢書》：撥剌者，劃烈震激之聲。《善誘文》：撥剌，上音鉢，下音辣。魚掉尾聲。謝靈運賦：魚水深而拔剌。杜子美詩：船尾跳魚撥剌鳴。曰跋剌，曰拔剌，曰撥剌，字雖少異，其義同也。

〔七〕劉勰《新論》：白羽相望，霜刃競接。

〔八〕張協《七命》：命支離，飛霜鍔，紅肌綺散，素膚雪落。太白意本於此。謂其紅者如花，白者如雪也。《廣韻》：霏，雪貌。

〔九〕《晉書》：任愷一食萬錢，猶云無可下筯處。

酬張卿夜宿南陵見贈

南陵，宣州之屬縣也，隸江南西道。

月出魯城東，明如天上雪。魯女驚莎雞〔一〕，鳴機（蕭本作「雞」）應秋節〔二〕。當君相思夜，火落金風高〔三〕。河漢挂户牖，欲濟無輕舠〔四〕。我昔辭林丘，雲龍忽相見。客星動太微〔五〕，朝去洛陽殿。爾來得茂彦〔六〕，七葉仕漢餘〔七〕。身爲下邳（音批）客，家有圯（音夷）橋書〔八〕。傅説未夢時，終當起巖野〔九〕。萬古騎辰星〔一〇〕，光輝照天下。與君各未遇，長策委蒿萊。寶刀隱玉匣，繡（繆本作「鏽」）澀空莓苔。遂令世上愚，輕我土與灰。一朝攀龍去〔一一〕，鼃（音哇）黽（音猛）安在哉〔一二〕！故山定有酒，與爾傾金罍〔一三〕。

〔一〕莎雞，秋夜鳴聲尤急，札札不止。詳見四卷注。驚，猶趣織鳴，懶婦驚之意。

〔二〕江淹《麗色賦》：秋梭鳴機。梁武帝詩：鳴機罷秋日。謝靈運詩：已復謝秋節。

〔三〕火，大火也，即心星，至秋則落而西流。詳見五卷注。《白帖》：秋風曰金風。

〔四〕《廣韻》：舠，小船也。

〔五〕客星犯帝座，嚴子陵事，見二卷注。《晉書·天文志》：太微，天子庭也，五帝之座也，十二諸侯府也。

〔六〕任昉詩：濬沖得茂彦，夫子值狂生。吕向注：王戎，字濬沖，爲吏部尚書，得李茂彦爲吏部郎，戎以禮待之。

〔七〕左思詩：金、張籍舊業，七葉珥漢貂。《漢書·張湯傳》：張氏自宣、元以來，爲侍中、中常侍、諸曹散騎，列校尉者十餘人。

〔八〕張良匿於下邳，步游沂水圯上，遇黄石公受書。見七卷注。

〔九〕《太平御覽》：《帝王世紀》曰：武丁思建良輔，夢天賜賢人姓傅名説，乃使工寫其像，求諸天下。見築者胥靡，衣褐帶索，役於虞、虢之間，傅巖之野，是爲傅説，登以爲相。

〔一〇〕《淮南子》：此傅説之所以騎辰尾也。高誘注：言殷王武丁夢得賢人，使工寫其像旁求之，得傅説於傅巖，遂以爲相。爲高宗成八十一符，致中興。死託精於辰尾之星，一名策也。

〔一一〕《漢書》：攀龍附鳳，並乘天衢。

〔一二〕《國語》：鼃黽之與同陼。韋昭解：鼃黽，蝦蟆也。顔師古《急就篇注》：鼃，一名螻蟈，色青，小形而長股。《爾雅》：在水者黽。郭璞注：耿黽也，似青蛙，大腹。一名土鴨。

〔一三〕金罍，酒器也。見七卷注。

酬岑勛古勳字見尋就元丹丘對酒相待以詩見招

世傳顔魯公所書《西京千福寺多寶佛塔碑》，乃天寶十一載所建，其文爲南陽岑勛所撰，疑即此人。

黄鶴東南來，寄書寫心曲〔一〕。倚松開其緘，憶我腸斷續。不以千里遥，命駕來相招〔二〕。中逢元丹丘，登嶺宴碧霄。對酒忽思我，長嘯臨清飈。蹇余未相知〔三〕，茫茫緑雲垂。俄然素書及，解此長渴飢。策馬望山月，途窮造堦墀。喜兹一會面，若覩瓊樹枝〔四〕。憶君我遠來，我歡方速至。開顔酌美酒，樂極忽成醉。我情既不淺，君意方亦深。相知兩相得，一顧輕千金。且向山客笑，與君論素心。

〔一〕《詩·國風》：亂我心曲。鄭箋曰：心曲，心之委曲也。

〔二〕《世説》：嵇康與吕安善，每一相思，千里命駕。

〔三〕《楚辭》：蹇將憺兮壽宮。王逸注：蹇，詞也，蓋發語聲也。

〔四〕李陵詩：思得瓊樹枝，以解長渴飢。江淹詩：願一見顔色，不異瓊樹枝。李周翰注：瓊樹，玉樹也，在崑崙山，故難見。言君行之遠，思見之難，不異瓊樹枝也。

答從弟幼成過西園見贈

一身自瀟洒，萬物何囂諠〔一〕。拙薄謝明時，棲閑歸故園。二季過舊壑，四鄰馳華軒〔二〕。衣劍照松宇，賓徒光石門。山童薦珍果，野老開芳樽〔三〕。上陳樵漁事，下叙農圃言。昨來荷花滿，今見蘭苕（音條）繁〔四〕。一笑復一歌，不知夕景昏。醉罷同所樂，此情難具陳（繆本作「論」）〔五〕。

〔一〕謝靈運《王子晉贊》：王子愛清淨，區中實囂諠。

〔二〕陶潛詩：華軒盈道路。

〔三〕劉孝綽詩：芳樽散緒寒。

〔四〕郭璞詩：翡翠戲蘭苕。李善注：蘭苕，蘭秀也。張銑注：苕，枝鮮明也。

〔五〕《古詩》：歡樂難具陳。

酬王補闕惠翼莊廟宋丞泚贈别

詩題疑有舛錯。按：睿宗子申王撝，開元八年薨，謚惠莊太子。宋泚必爲惠莊太子陵廟丞者也，翼則王補闕之名耳。「惠翼」當作「翼惠」爲是。

學道三十（蕭本作「千」）春，自言羲皇（蕭本作「和」）人〔一〕。軒蓋宛若夢，雲松長相親。偶將二公合，復與三山鄰〔二〕。喜結海上契，自爲天外賓。鸞翮我先鎩，龍性君莫馴〔三〕。朴散不尚（一作「向」）古〔四〕，時訛皆失真。勿踏荒溪波，朅（音傑）來浩然津〔五〕。薜（音佩）帶何辭楚〔六〕，桃源堪避秦〔七〕。世迫且離别，心在期隱淪。酬贈非炯誡〔八〕，永言銘佩紳〔九〕。

〔一〕《宋書》：陶潛嘗言，五六月北窗下卧，遇涼風暫至，自謂是羲皇上人。

〔二〕《韻會》：將，與也。三山，蓬萊、方丈、瀛洲也。見《大鵬賦》注。

〔三〕顏延年詩：鸞翮有時鎩，龍性誰能馴。李善注：許慎曰：鎩，殘羽也。

〔四〕朴散，謂淳朴之風散失也。

〔五〕朅，發語聲，詳見十三卷注。

〔六〕王勣《游北山賦》：荷衣薜帶，藜杖葛巾。薜帶，用屈原語。屈原既爲楚所放逐，遷於沅、湘之間，作《九歌》，其《山鬼》一章云「被薜荔兮帶女蘿」，蓋指山鬼而言，此用其意，指屈原以薜荔爲帶矣。

〔七〕桃源在武陵，見一卷注。

〔八〕班固《幽通賦》：又申之以炯戒。顔師古曰：炯，明也。

〔九〕《論語》：子張書諸紳。何晏注：紳，大帶也。邢昺疏：子張以孔子之言，書之紳帶，意其佩服毋忽亡也。以帶束腰，垂其餘以爲飾，謂之紳。

酬裴侍御對雨感時見贈

雨色秋來寒，風嚴清江爽。孤高繡衣人〔一〕，蕭灑青霞賞〔二〕。平生多感激，忠義非外獎〔三〕。禍連積怨生，事及徂川往。楚邦有壯士〔四〕，鄢、郢翻掃蕩〔五〕。申包哭秦庭，泣血將安仰。鞭尸辱已及，堂上羅宿莽〔六〕。頗似今之人，蟊賊陷忠讜〔七〕。渺然一水隔，何由税歸鞅〔八〕。日夕聽猿愁（蕭本作「怨」），懷賢盈夢想。

〔一〕繡衣，御史所服。見十一、十二卷注。

〔二〕江淹《恨賦》：鬱青霞之奇意。李善注：青霞奇意，志意高也。

〔三〕謝靈運詩：客心非外獎。李善注：獎，勸也。江淹詩：得失非外獎。張銑注：得失由心，非外物所能獎勸。

〔四〕壯士，謂伍胥。按《史記》：伍子胥者，楚人也。父曰伍奢，爲太子太傅。楚平王信費無極之讒，殺伍奢及其子尚。伍子胥奔吴，闔閭以爲行人，與謀國事。九年悉興師伐楚，乘勝而前，五戰遂至郢。時平王已卒，子昭王出奔，伍子胥求昭王不得，乃掘楚平王墓，出其尸，鞭之三百然後已。於是申包胥走秦告急，求救於秦，秦不許。申包胥立於秦廷，晝夜哭，七日七夜不絶其聲。秦哀公憐之曰：「楚雖無道，有臣若是，可無存乎？」乃遣車五百乘救楚擊吴。

〔五〕《通鑑地理通釋》：鄢，故城在襄州率道縣南九里，今襄陽府宜城縣。郢城，在荆州江陵縣東北六里。林氏曰：江陵，郢也。襄陽，鄢也。

〔六〕《楚辭》：夕攬中洲之宿莽。王逸注：草冬生不死者，楚人名之曰宿莽。

〔七〕蟊賊，皆害苗之蟲也。食根曰蟊，食節曰賊。又《詩詁》：蟊賊一蟲，以禾將黄而蟲害之，故曰蟊賊。取以喻讒惡之人。

〔八〕謝脁詩：無由税歸鞅。李周翰注：税，息也。鞅，駕也。

贈李十二　攝監察御史崔成甫〔一〕附

我是瀟湘放逐臣，君辭明主漢江濱。天外常求太白老，金陵捉得酒仙人。

〔一〕按李華《崔孝公文集序》云：長子成甫，進士擢第，校書郎、陝縣尉，知名當時，不幸早世。其攝侍御史無考。而《唐詩品彙》載崔宗之名成輔，以字行，日用之子。開元中，官至右司郎中、侍御，謫金陵，與李白以詩酒倡和云云。蓋以成甫、宗之爲一人，非也。

酬崔侍御

嚴陵不從萬乘游〔一〕，歸卧空山釣碧流。自是客星辭帝坐，元非太白醉揚州。

〔一〕嚴子陵事，見二卷注。

玩月金陵城西孫楚酒樓達曙歌吹日晚乘醉著紫綺裘烏紗巾與酒客數人棹歌秦淮往石頭訪崔四侍御

《景定建康志》：舊傳秦始皇時，望氣者言，五百年後金陵有天子氣，於是東游以厭之。乃鑿方山，斷長壟爲瀆，入於江，是曰秦淮。按《實録注》：本名龍藏浦，其水有二源。一發自華山，經句容西南流，一發自東廬山，經溧水西北流，入江寧界。二源合自方山埭，西注大江，分派屈曲，不類人工，疑非秦皇所開。或曰，方山西瀆直屬土山三十里是秦開，又鑿石硊山西，而疏決此浦，因名秦淮。《江南通志》：秦淮在江寧府上元縣東南，以秦始皇所開，故曰秦淮。有二源，一出句容縣之華山，一出溧水縣之東廬山，合流，由方山埭北流，西入通濟水門，南經武定、鎮淮、飲虹三橋，又西出三山水門，沿石城以達於江。胡三省《通鑑注》：石頭城在今建康城西二里。張舜民曰：石頭城者，天生城壁，有如城然，在清涼寺北覆舟山上。江行自北來者，循石頭城轉入秦淮。《六朝事跡》：吴孫權沿淮立栅，又於江岸必爭之地築城，名曰石頭。嘗以腹心大臣鎮守之。《輿地志》云：環七里一百步，在縣西五里，去臺城九里，南抵秦淮口，今清涼寺之西是也。諸葛亮論金陵地形云：「鍾阜龍盤，石城虎踞，真帝王之宅。」正謂此也。

昨翫西城月，青天垂玉鈎〔一〕。朝沽金陵酒，歌吹孫楚樓。忽憶繡衣人〔二〕，乘船往石頭。草裹烏紗巾，倒披紫綺裘〔三〕。兩岸拍手笑，疑是王子猷〔四〕。酒客十數公，崩騰醉中流。謔浪掉（蕭本作「棹」）海客〔五〕，喧呼傲陽侯〔六〕。半道逢吴姬，卷簾出揶揄〔七〕。我憶君到此，不知狂與羞。月下（蕭本作「一月」）一見君，三杯便迴橈（音饒）〔八〕。捨舟共連袂，行上南渡橋。興發歌《緑水》〔九〕，秦客爲之摇（一作「謳」）。雞鳴復相招，清宴逸雲霄。贈我數百字，百字凌風飇。繫之衣裘上，相憶每長謡。

〔一〕鮑照《翫月城西門廨中》詩：始見西南樓，纖纖如玉鈎。

〔二〕繡衣，御史所服。詳見十一、十二卷注。

〔三〕紫綺，紫色綾也。古詩：紫綺爲上襦。

〔四〕王子猷雪夜乘舟訪戴安道事，見九卷注。

〔五〕《詩·國風》：謔浪笑傲。

〔六〕應劭《漢書注》：陽侯，古之諸侯也，有罪自投江，其神能爲大波。

〔七〕《後漢書》：王霸至市中募人，市人皆大笑，舉手邪揄之。章懷太子注：《説文》曰：歋瘉，人相笑也。歋音弋支反，瘉音踰，或音由。此云邪揄，語輕重不同。

〔八〕《廣韻》：橈，檝也。

〔九〕《緑水》，古歌曲。見四卷注。

江上答崔宣城

唐時，宣州有宣城縣，隸江南西道。

太華三芙蓉，明星玉女峰〔一〕。尋仙下西岳，陶令忽相逢〔二〕。問我將何事，湍波歷幾重？貂裘非季子〔三〕，鶴氅（昌兩切，昌上聲）似王恭〔四〕。謬忝燕臺召，而陪郭隗（五委切，危上聲）

蹤〔五〕。水流知入海，雲去或從龍。樹繞蘆洲月〔六〕，山鳴鵲鎮鐘〔七〕。還期如可訪，台嶺蔭長松〔八〕。

〔一〕《一統志》：太華山，在陝西華陰縣南一十里，即西岳也。以西有少華山，故此曰太華。《白虎通》云：西方太陰用事，萬物生華，故曰華山。是山削成四方，高五千仞，有芙蓉、明星、玉女三峰，蒼龍嶺、黑龍潭、白蓮池、日月崖及仙掌、石月之勝。

〔二〕陶令謂陶潛，潛嘗爲彭澤令，以喻崔宣城。

〔三〕《戰國策》：李兑送蘇子黑貂之裘，黄金百鎰，蘇子得以爲用，西入於秦。季子，蘇秦字也。見《史記注》。

〔四〕《晉書》：王恭嘗披鶴氅裘，涉雪而行，孟昶窺見之，嘆曰：「此真神仙中人也。」

〔五〕燕臺、郭隗，見二卷注。

〔六〕蘆洲，舊注指爲樊口之蘆洲。琦按：鮑照《還都道中》詩：昨夜宿南陵，今旦入蘆洲。是蘆洲當在南陵之下。若樊口之蘆洲，舊傳爲伍子胥所渡處，其地乃在武昌，與南陵、宣城殊遠，恐未是。

〔七〕《元和郡縣志》：鵲頭鎮，在宣州南陵縣西一百一十里，即春秋時，楚伐吴，敗于鵲岸是也。沿流八十里有鵲尾洲，吴時屯兵處。

〔八〕孫綽《游天台山賦》：苟台嶺之可攀，亦何羨於層城。又曰：藉萋萋之纖草，蔭落落之長松。

答族姪僧中孚贈玉泉仙人掌茶并序

余聞荆州玉泉寺近清溪諸山〔一〕，山洞往往有乳窟，窟中多玉泉交流。其（繆本無「其」字）中有（一作「見」）白蝙（音鞭）蝠，大如鴉。按仙經，蝙蝠一名仙鼠，千歲之後體白如雪（一作「銀」）〔二〕。棲則倒懸，蓋飲乳水而長生也〔三〕。其水邊處處有茗草羅生〔四〕，枝葉如碧玉。惟玉泉真公常采（蕭本作「來」）而飲之〔五〕，年八十餘歲，顔色如桃花。而此茗清香滑熟，異於他者，所以能還童振枯，扶（一作「壯」）人壽也。余游金陵，見宗僧中孚，示余茶數十片，拳然重疊，其狀如手，號爲仙人掌茶。蓋新出乎玉泉之山，曠古未覿，因持之見遺，兼贈詩，要余答之，遂有此作。後之高僧大隱，知仙人掌茶，發乎中孚禪子及青蓮居士李白也。

〔一〕《方輿勝覽》：玉泉寺，在荆門軍當陽縣西南二十里。玉泉山，陳光大中浮屠知顗，自天台飛錫來居此。山寺雄于一方，殿前有金龜池。《一統志》：玉泉寺，在荆州當陽縣西三十里。隋大業間建。清溪山在南漳縣臨沮城界内，其山高峻，東有泉。《潛確居類書》：玉泉山，在當陽，泉色白而瑩，又曰珠泉。泉南爲天台智者道場，即關帝遺鬼工所造。

〔二〕《抱朴子》：千歲蝙蝠，色如白雪，集則倒懸，腦重故也。《述異記》：荆州清溪秀壁諸山，山洞往往有乳窟，窟中多玉泉交流。中有白蝙蝠，大如鴉。按《仙經》云：蝙蝠一名仙鼠，千載之後，體白如銀，棲即倒懸，蓋飲乳水而長生也。太白此序所謂「余聞」者，蓋本之此。

〔三〕《本草拾遺》：乳穴水，近乳穴處流出之泉也。人多取水作飲、釀酒，大有益。其水濃者，稱之，重於他水；煎之，上有鹽花，此真乳液也。

〔四〕《説文》：茗，茶芽也。郭璞《爾雅注》：茶樹小如梔子，冬生葉可煮作羹飲。今呼早採者爲茶，晚取者爲茗。

〔五〕吕温《南岳彌陀寺承遠和尚碑》：開元二十三年，至荆州玉泉寺謁蘭若真和尚，即玉泉真公也。

常聞玉泉山，山洞多乳窟。仙鼠如白鴉，倒懸清（一作「深」）溪月。茗生此中石，玉泉流不歇。根柯灑芳津，採服潤肌骨。叢（繆本作「楚」）老卷緑葉，枝枝相接連。曝成仙人掌，似拍洪崖肩〔一〕。舉世未見之，其名定誰傳。宗英乃禪伯，投贈有佳篇。清鏡燭無鹽〔二〕，顧慚西子妍〔三〕。朝坐有餘興，長吟播諸天〔四〕。

〔一〕郭璞詩：左挹浮丘袖，右拍洪崖肩。薛綜《西京賦注》：洪崖，三皇時伎人。

〔二〕《新序》：齊有婦人，極醜無雙，號曰無鹽女。

〔三〕趙岐《孟子注》：西子，古之好女西施也。

〔四〕佛書言，三界共有三十二天，自四天王天至非有想非無想天，總謂之諸天。

酬裴侍御留岫音就師彈琴見寄

君同鮑明遠〔一〕，邀彼休上人〔二〕。鼓琴亂《白雪》〔三〕，秋變江上春。瑶草緑未衰，攀翻寄情親。相思兩不見，流淚空盈巾。

〔一〕鮑照，字明遠，與休上人以詩相贈答，見十二卷注。

〔二〕《錦繡萬花谷》：内有德智，外有勝行。在人之上，名上人。

〔三〕《初學記》：《琴歷》曰：琴曲有《幽蘭》、《白雪》。《樂府詩集》：謝希逸《琴論》曰：劉涓子善歌琴，制《陽春白雪》曲。《琴集》曰：《白雪》，師曠所作，商調曲也。《唐書·樂志》曰：《白雪》，周曲也。張華《博物志》曰：《白雪》者，太帝使素女鼓五十弦瑟曲名也。

張相公出鎮荆州尋除太子詹事余時流夜郎行至江夏與張公相蕭本缺「相」字去千里公因太府丞王昔使車寄羅衣二事及五月五日贈余詩余答以此詩

《舊唐書》：肅宗以張鎬不切事機，遂罷相位，授荆州大都督府長史，尋徵爲太子賓客。《職官志》：東宫官屬，有太子賓客四員，正三品。太子詹事一員，正三品。太府寺有丞四人，從六品上。

張衡殊不樂，應有《四愁詩》〔一〕。慚君錦繡段，贈我慰相思。鴻鵠復矯翼，鳳凰憶故池〔二〕。榮樂一如此，商山老紫芝〔三〕。

〔一〕張衡《四愁詩序》：張衡不樂久處機密，陽嘉中，出爲河間相。時天下漸弊，鬱鬱不得志，爲《四愁詩》，四思曰「美人贈我錦繡段」云云。

〔二〕揚雄《解嘲》：矯翼厲翮。矯翼，舉翼也。李善《文選注》：《晉中興書》曰：荀勗徙中書監，爲尚書令，人賀之，乃發恚曰：「奪我鳳凰池，卿諸人何賀我耶？」

〔三〕慎蒙《名山記》：商山，在陝西商州東九十里，一名楚山，一名商洛山。漢四皓隱處。《四皓采芝操》：莫莫高山，深谷逶迤。曄曄紫芝，可以療飢。

醉後答丁十八以詩譏予捶碎黄鶴樓

閻伯理《黄鶴樓記》：州城西南隅有黄鶴樓。《圖經》云：昔費禕登仙，嘗駕黄鶴還憩於此，遂以名樓。

黄鶴高樓已捶碎，黄鶴仙人無所依。黄鶴上天訴玉帝，卻放黄鶴江南歸。神明太守再雕飾〔一〕，新圖粉壁還芳菲。一州笑我爲狂客，少年往往來相譏。君平簾下誰家子〔二〕，云是遼東丁令威〔三〕。作詩調（繆本作「掉」）我驚逸興，白雲繞筆窗前飛。待取明朝酒醒罷，與君爛熳尋春暉。

〔一〕《漢書》：黄霸爲潁川太守，吏民咸稱神明。

〔二〕《漢書》：嚴君平卜筮於成都市，得百錢足自養，則閉肆下簾而授《老子》。

〔三〕《搜神後記》：丁令威，本遼東人，學道於靈墟山。

楊升庵曰：李白過武昌，見崔顥《黄鶴樓》詩，嘆服之，不復作，去而賦《金陵鳳凰臺》。其後，禪僧用此事，作一偈曰：「一拳捶碎黄鶴樓，一脚踢翻鸚鵡洲。眼前有景道不得，崔顥題詩在上頭。」旁一游僧亦舉前二句而綴之曰：「有意氣時消意氣，不風流處也風流。」又一僧云：「酒逢知己，藝壓當行。」原是借此一事設辭，非太白詩也。流傳之久，信以爲真。宋初，有人僞作太白《醉後答丁十八》詩「黄鶴高樓已搥碎」一首。樂史編太白遺詩，遂收入之。近世解學士作《弔太白》詩云：「也曾搥碎黄鶴樓，也曾踢翻鸚鵡洲。」殆類優伶之語。太白一何不幸耶？琦按：太白《江夏贈韋南陵》詩，原有「我且爲君搥碎黄鶴樓，君亦爲吾倒卻鸚鵡洲」之句，要是設言之辭，而玩此詩，則真有搥碎一事矣。要之，禪僧偈語，本用《贈韋》詩中語，非《醉答丁十八》一詩本禪僧之偈而僞撰也。升庵因彼而疑此，殆亦目睫之見也夫。

答裴侍御先行至石頭驛以書見招期月滿泛洞庭

《方輿勝覽》：汪彦章《石頭驛記》云：自豫章絶江而西，有山屹然，並江而出者，石頭渚也。阻江負城十里而近。胡三省《通鑑注》：石頭驛，在豫章江之西岸。

君至石頭驛，寄書黄鶴樓。開緘識遠意，速此南行舟。風水無定準，湍波或（一作「成」）滯留。憶昨新（一作「初」）月生，西簷若瓊鈎。今來何所似，破鏡懸清秋〔一〕。恨不三五明〔二〕，平湖泛澄流。此歡竟莫遂，狂殺王子猷〔三〕。巴陵定近遠〔四〕，持贈解（繆本作「何」）人憂。

〔一〕古樂府：破鏡飛上天。
〔二〕《古詩》：三五明月滿。張銑注：三五，謂十五日也。
〔三〕王子猷，用乘舟訪戴事，見九卷注。
〔四〕巴陵，縣名，屬岳州，古巴丘也。洞庭湖在其地。

答高山人兼呈權顧二侯

虹霓掩天光，哲后起康濟〔一〕。應運生夔、龍，開元掃氛翳〔二〕。太微廓金鏡〔三〕，端拱清遐裔〔四〕。輕塵集嵩岳〔五〕，虚點盛明意。謬揮紫泥詔〔六〕，獻納青雲際〔七〕。讒惑英主心，恩疏佞臣計。彷徨庭闕下，歎息光陰逝。未作仲宣詩〔八〕，先流賈生涕〔九〕。挂帆秋江上，不爲雲羅制〔一〇〕。山海向東傾，百川無盡勢。我於鴟夷子〔一一〕，相去千餘歲。運闊英達稀，同風遥執袂。登艫望遠水〔一二〕，忽見滄浪枻（音裔）〔一三〕。高士何處來，虚舟渺安繫〔一四〕。衣貌本淳古，文章多佳麗。延引故鄉人，風義未淪替。顧侯達語默，權子識通蔽〔一五〕。曾是無心雲，俱爲此留滯〔一六〕。雙萍易飄轉〔一七〕，獨鶴思凌厲〔一八〕。明晨去瀟湘〔一九〕，共謁蒼梧帝〔二〇〕。

〔一〕楊齊賢曰：虹霓，指太平公主輩。哲后，指玄宗。《晉書》：虹蜺，日旁氣也，斗之亂精。《漢書》：夫日者，衆陽之宗，天光之貴。潘尼《釋奠頌》：於穆伊何，思文哲后。《書·蔡仲之命》：康濟小民。

〔二〕開元，玄宗即位所改年號。

〔三〕《晉書·天文志》：太微，天子庭也，五帝之座也。《尚書考靈曜》：秦失金鏡。注曰：金鏡，喻明道也。

〔四〕端拱，謂端居拱手，猶垂拱無爲之義。《晉書·阮孚傳》：正應端拱嘯咏以樂當年耳。遐裔，遠方也。張華《鷦鷯賦》：鶡鷄竄於幽險，孔翠生乎遐裔。

〔五〕《隋書》：涓流赴海，誠心屢竭；輕塵集岳，功力蓋微。裴駰《史記集解序》：譬嘒星之繼朝陽，輕塵之集華岳。

〔六〕紫泥，古人用之以封詔書，詳七卷注。

〔七〕班固《兩都賦序》：朝夕論思，日月獻納。

〔八〕仲宣，王粲字也，作《七哀》詩：南登灞陵岸，回首望長安。

〔九〕《漢書》：賈誼上疏陳政事曰：臣竊惟事勢可爲痛哭者一，可爲流涕者二。

〔一〇〕江淹詩：曠哉宇宙間，雲羅更四陳。

〔一一〕《史記》：范蠡事越王句踐，句踐以霸，而范蠡稱上將軍，以爲大名之下，難以久居，乃浮海出齊，變姓名，自謂鴟夷子皮，耕於海畔。

〔一二〕鮑照詩：登艫眺淮甸。李善注：李斐曰：艫，船前頭刺櫂處也。

〔一三〕謝脁詩：早玩華池陰，復鼓滄浪枻。《廣韻》：枻，檝也。滄浪枻，用《楚辭》漁父事，詳六卷注。

〔一四〕謝靈運詩：虚舟有超越。李周翰注：輕舟而進曰虚舟。

〔一五〕楊齊賢曰：通蔽，通塞也。

〔一六〕《漢書》：太史公留滯周南。

〔一七〕雙萍，喻權、顧二侯。

〔一八〕獨鶴，喻高山人。班固《覽海賦》：遵霓霧之掩蕩，登雲塗以凌厲。《博雅》：凌，馳也。《廣韻》：凌，歷也。《漢書・息夫躬傳》：鷹隼横厲。顔師古注：厲，疾飛也。凌厲，猶横厲也。

〔一九〕《方輿勝覽》：湘水自陽海發源，至零陵與瀟水會，一水合流謂之瀟湘。

〔二〇〕吴均詩：欲謁蒼梧帝，過問沅湘姬。蒼梧帝，謂虞舜。

答杜秀才五松山蕭本缺「山」字見贈

舊注：五松山，南陵銅坑西五六里。

昔獻《長楊賦》〔一〕，天開雲雨歡。當時待詔承明裏〔二〕，皆道揚雄才可觀。敕賜飛龍二天馬〔三〕，黄金絡頭白玉鞍〔四〕。浮雲蔽日去不返，總爲秋風摧紫蘭〔五〕。角巾東出商山道，採秀行歌咏芝草〔六〕。路逢園、綺笑向人〔七〕，兩（繆本作「而」）君解來一何好。聞道金陵龍虎盤〔八〕，還同謝朓望長安〔九〕。千峰夾水向秋浦〔一〇〕，五松名山當夏寒。銅井炎爐歊（音囂）九天〔一一〕，赫如鑄鼎荆山前〔一二〕。陶公矍鑠（繆本作「攫爍」）呵赤電〔一三〕，回禄睢（音輝）盱（音吁）揚紫烟〔一四〕。此中豈是久留處，便欲燒丹從列仙。愛聽松風且高卧，颼飀（音搜，繆本作「颼飀」）吹盡炎氛過〔一五〕。登崖獨立望九州，《陽春》欲奏誰相和〔一六〕？聞君往年游錦城〔一七〕，章仇尚書倒屣迎〔一八〕。飛牋絡繹奏明主〔一九〕，天書降問迴恩榮。骯（杭上聲）髒（音葬）不能就珪組〔二〇〕，至今空揚高蹈（繆本作「道」）名。夫子工文絶世奇，五松新作天下推。吾非謝尚邀彦伯〔二一〕，異代風流各一時〔二二〕。一時相逢樂在今，袖拂白雲開素琴，彈爲《三峽流泉》音〔二三〕。從兹一别武陵去，去後桃花春水深〔二四〕。

〔一〕《漢書·揚雄傳》：孝成帝時，客有薦雄文似相如者，召雄待詔承明之庭，從至射熊館還，上《長楊賦》，聊因筆墨之成文章，故藉翰林以爲主人，子墨爲客卿以諷。

〔二〕顔師古注：承明殿，在未央宫。長楊，宫名也。在盩厔縣中，有射熊館。李善曰：諸以才術見知，直於承明，待詔即見，故曰待詔焉。

〔三〕唐制，學士初入院，例賜飛龍廐馬一匹。天馬，御廐之馬也。俱詳九卷注。

〔四〕古樂府：青絲繫馬尾，黄金絡馬頭。吴均詩：白玉鏤衢鞍，黄金馬腦勒。

〔五〕《文子》：日月欲明，浮雲蔽之。叢蘭欲秀，秋風敗之。

〔六〕商山采芝，見本卷注。《楚辭》：采三秀兮山間。王逸注：三秀，謂芝草也。

〔七〕《漢書》：漢興，有東園公、綺里季、夏黄公、甪里先生，此四人者，當秦之世，避而入商洛深山，以待天下之定也。

〔八〕金陵之地，鍾山龍蟠，石城虎踞。詳見七卷注。

〔九〕謝朓有《晚登三山還望京邑》詩：灞涘望長安，河陽視京縣。

〔一〇〕秋浦，水名，在池州，秋浦縣依此水立名。詳八卷注。

〔一一〕《唐書·地理志》：南陵有銅官冶。《元和郡縣志》：銅井山，在南陵縣西南八十五里，出銅。《一統志》：銅官山，在銅陵縣南十里，又名利國山。山有泉源，冬夏不竭，可以浸鐵煮銅，舊嘗于此置銅官場。《韻會》：歊，炎氣也。

〔一二〕《元和郡縣志》：荆山在虢州湖城南，即黄帝鑄鼎之處。

〔一三〕《列仙傳》：陶安公者，六安鑄冶師也。數行火，火一旦散，上行紫色沖天，公伏冶下求哀。須臾，赤雀止冶上，曰：「安公，安公，冶與天通，七月七日，迎汝以赤龍。」至期赤龍至，大雨，而安公騎之東南上，一城邑數萬人衆共送視之，皆與辭訣云。矍鑠，勇健貌，漢光武稱馬援語。見十一卷注。

〔一四〕《左傳》：禳火於玄冥回禄。杜預注：回禄，火神。《莊子》：而睢睢，而盱盱。郭象注：睢睢、盱盱，跛扈之貌。

〔一五〕《初學記》：小風曰颼。《水經注》：風颼颼而飀飀。虞騫詩：清風送涼氣，薄暮蕩炎氛。

〔一六〕《新序》：客有歌於郢中者，爲《陽春白雪》，國中屬而和者數十人而已。

〔一七〕錦城，即蜀郡成都府城。詳三卷、八卷注。

〔一八〕《通鑑》：天寶五載，以劍南節度使章仇兼瓊爲户部尚書。《寶刻叢編》：章仇兼瓊，魯郡任城人，官至户部尚書、殿中監，謚曰忠。《三國志》：蔡邕才學顯著，貴重朝廷，常車騎填巷，賓客盈坐。聞王粲在門，倒屣迎之。粲至，年既幼弱，容狀短小，一坐盡驚。邕曰：「此王公孫也，有異才，吾不如也。」

〔一九〕《韻會》：絡繹，連屬不絶也。

〔二〇〕趙壹詩：骯髒倚門邊。章懷太子注：骯髒，高亢倖直之貌。

〔二一〕《晉書》：袁宏，字彦伯，有逸才，文章絶美，曾爲《咏史詩》，是其風情所寄。少孤貧，以運租自業。謝尚時鎮牛渚，秋夜乘月，率爾與左右微服泛江，會宏在舫中諷詠，聲既清會，辭又藻拔，遂駐聽久之。遣問焉，答曰：「是袁臨汝郎誦詩，即其《咏史》之作也。」尚傾率有勝致，即迎升舟，與之談論，申旦不寐，自此名譽日茂。尚爲安西將軍、豫州刺史，引宏參其軍事。

〔二二〕邢邵《遺辛術書》：足下今能如此，可謂異代一時。

〔二三〕《樂府詩集》：《琴集》曰：《三峽流泉》，晉阮咸所作也。

〔二四〕武陵桃花，見二卷注。

至陵陽山登天柱石酬韓侍御見招隱黄山

楊齊賢曰：陵陽山，在涇縣西南百里，乃竇子明釣得白龍放之之處。按地志，陵陽山在池州府石埭縣之北、寧國府宣城縣之西，三峰連接，迤邐屈盤。天柱石，是其山之一峰也。洪焱祖《新安續志》：《新安廣録》云：郡西北黄山有三十六峰，與宣池接境，巖岫秀麗可愛，仙翁釋子多隱其中。山有湯泉，色紅，可以澡瀹。《一統志》：黄山，在寧國府太平縣南三十里，昔黄帝與浮丘仙人煉丹於此。山當宣、徽二郡界，有三十二峰、三十六源、二十四溪、十八洞、八大巖。

韓衆騎白鹿，西往華山中〔一〕。玉女千餘人，相隨在雲空。見我傳祕訣，精誠與天通。何意到陵陽，游目送飛鴻〔二〕。天子昔避狄，與君亦乘驄〔三〕。擁兵五陵下〔四〕，長策馭（繆本作「遏」）胡戎〔五〕。時泰解繡衣〔六〕，脱身若飛蓬。鸞鳳翻羽（繆本作「翕」）翼〔七〕，啄粟坐樊籠〔八〕。海鶴一笑之，思歸向遼東。黄山過石柱，巘（語蹇切，年上聲）崿（音諤）上攢叢〔九〕。

因巢翠玉樹〔一〇〕，忽見浮丘公。又引王子喬，吹笙舞松風〔一一〕。朗咏《紫霞篇》，請開蕊珠宮〔一二〕。步綱繞碧落〔一三〕，倚樹招青童〔一四〕。何日可攜手，遺形入無窮〔一五〕。

〔一〕《神仙傳》：劉根，字君安，如華陰山中，見一人乘白鹿車，從者十餘人，左右玉女四人執采旄之節，皆年十五、六餘。再拜稽首，求乞一言，神人乃告曰：「爾聞有韓衆否？」答曰：「實聞有之。」神人曰：「我是也。」

〔二〕嵇康詩：目送歸鴻，手揮五絃。

〔三〕《後漢書》：桓典拜侍御史，常乘驄馬，京師畏憚。

〔四〕五陵，謂獻陵、昭陵、乾陵、定陵、橋陵也，詳見八卷注。

〔五〕《過秦論》：振長策而御宇内。

〔六〕任昉詩：時泰玉階平。繡衣，御史之服，詳見十一、十二卷注。

〔七〕枚乘《七發》：飛鳥聞之，翕翼而不能去。呂延濟注：翕，斂也。

〔八〕陶潛詩：久在樊籠裏，復得返自然。

〔九〕謝靈運詩：連嶂疊巘崿。李善注：巘崿，崖之别名。

〔一〇〕《甘泉賦》：翠玉樹之青葱。

〔一一〕《列仙傳》：王子喬者，周靈王太子晉也，好吹笙作鳳凰鳴。游伊、洛之間，遇道士浮丘公，接以上嵩高山。

〔二〕蕭士贇曰：《紫霞篇》即《黄庭内景經》也，經曰：上清紫霞虚皇前，太上大道玉晨君，閑居蕊珠作七言，散化五形變萬神，是爲《黄庭》曰内篇。梁丘子注：蕊珠，上清境宫闕名也。

〔三〕《真誥》：使經師授以方諸洞房步綱之道。《真靈位業圖》：柏成子高，湯時退耕，修步綱之道。《度人經》：道言：昔於始青天中碧落空歌。注云：始青天，乃東方第一天，有碧霞遍滿，是云碧落。

〔四〕《真靈位業圖》：龔仲陽、幼陽兄弟二人，受道於青童君。

〔五〕《莊子》：廣成子曰：余將去汝，入無窮之門，以游無極之野。

琦按：太白《武昌宰韓君碑》云：雲卿文章冠世，拜監察御史，朝廷呼爲子房。李翺《韓夫人韋氏墓誌銘》：禮部郎中雲卿，好立節義，有大功於昭陵。其事跡史傳不載。觀此詩所謂「天子昔避狄，與君亦乘驄。擁兵五陵下，長策馭胡戎」之句相合，韓侍御之爲雲卿，殆無疑矣。但太白未嘗作侍御，何以云「與君亦乘驄」耶？豈他人之作誤採入集，抑字句少有訛謬歟？

酬崔十五見招

爾有鳥跡書〔一〕，相招琴溪飲〔二〕。手跡尺素中〔三〕，如天落雲錦〔四〕。讀罷向空笑，疑君在我前。長吟字不滅，懷袖且三年〔五〕。

〔一〕《水經注》：倉頡本鳥跡爲字，取其孳乳相生，故文字有六義焉。

〔二〕《一統志》：琴溪，在寧國府涇縣東北二里，溪側有石臺，相傳琴高控鯉之所。

〔三〕《古詩》：呼兒烹鯉魚，中有尺素書。

〔四〕木華《海賦》：雲錦散文于沙汭之際。張銑注：雲錦，朝霞也。

〔五〕《古詩》：置書懷袖中，三歲字不滅。

答王十二寒夜獨酌有懷

昨夜吴中雪，子猷佳興發〔一〕。萬里浮雲卷碧山，青天中道流孤月〔二〕。孤月滄（繆本作「蒼」）浪（一作「波」）河漢清〔三〕，北斗錯落長庚明〔四〕。懷余對酒夜霜白，玉牀金井冰崢嶸〔五〕。人生飄忽百年内〔六〕，且須酣暢萬古情。

〔一〕王子猷居山陰，夜大雪，眠覺，開室命酌酒，忽憶戴安道。詳九卷注。

〔二〕謝莊《月賦》：素月流天。

〔三〕滄浪，猶滄涼，寒冷之意。

〔四〕《廣雅》：太白謂之長庚。曹憲《音釋》：金星也。晨見東方爲啟明，昏見西方爲長庚。

〔五〕牀：井欄也。玉牀金井者，言其美麗之飾，如玉如金也。

〔六〕陸機《嘆逝賦》：時飄忽其不再。

君不能狸膏金距學鬬雞〔一〕，坐令鼻息吹虹霓；君不能學哥舒，横行青海夜帶刀〔二〕，西屠石堡取紫袍〔三〕。吟詩作賦北窗裏，萬言不直一杯水。世人聞此（一作「之」）皆掉頭〔四〕，有如東風射馬耳。

〔一〕《藝文類聚》：莊子謂惠子曰：羊溝之雞，三歲爲株，相者視之，則非良雞也。然而數以勝人者，以狸膏塗其頭。《爾雅翼》：鬬雞，私取狸膏塗其頭，輒鬬無敵。此非有厭勝，特是狸能捕雞，異雞聞狸之氣，則畏而走。《左傳》：季、郈之雞鬬，季氏介其雞，郈氏爲之金距。高誘曰：金距，施金芒於距也。梁簡文帝《雞鳴篇》：陳思助鬬協狸膏，郈昭妒敵安金距。玄宗好鬬雞，時以鬬雞供奉者，若王準、賈昌之流，皆赫奕可畏，詳見二卷注。

〔二〕《舊唐書》：哥舒翰，天寶七載築神威軍於青海上。吐蕃至，攻破之。又築城於青海中龍駒島，吐蕃屏跡不敢近青海。吐蕃保石堡城，路遥而險，久不拔。八載，以朔方、河東監牧十萬衆委翰總統攻石堡城，翰使麾下將高秀巖、張守瑜進攻，不旬日而拔之。上録其功，拜特進、鴻臚員外卿，與一子五品官，賜物千匹，莊宅各一所，加攝御史大夫。《太平廣記》：哥舒翰爲安西節度，控地數千里，甚著威令，故西鄙人歌之曰：「北斗七星高，哥舒夜帶刀。吐蕃總殺盡，更築兩重濠。」

〔三〕胡三省《通鑑音注》：石堡城，本吐蕃鐵仞城也。宋白曰：石堡城，在龍支縣西，四面懸崖數十仞，石路盤屈長三四里，西至赤嶺三十里。

〔四〕《莊子》：鴻蒙拊脾，雀躍掉頭。

魚目亦笑我，請（一作「謂」）與明月同〔一〕。驊騮拳跼不能食〔二〕，蹇驢得志鳴春風〔三〕。《折楊》、《皇華》合流俗〔四〕，晉君聽琴枉清角〔五〕。巴（一作「幾」）人誰肯和《陽春》〔六〕，楚地猶來賤奇璞〔七〕。黄金散盡交不成，白首爲儒身被輕。一談一笑失顔色，蒼蠅貝錦喧謗聲〔八〕。曾參豈是殺人者，讒言三及慈母驚〔九〕。

〔一〕張協詩：瓴甋誇璵璠，魚目笑明月。明月，謂明月珠也。

〔二〕《穆天子傳》：天子之駿：赤驥、盜驪、白義、踰輪、山子、渠黄、華騮、緑耳。郭璞注：華騮，色如華而赤。今名馬標赤者爲棗騮。棗騮，赤也。《離騷》：僕夫悲予馬懷兮，蜷局顧而不行。王逸注：蜷局，詰屈不行貌。《廣韻》：踡跼，不伸也。拳跼與蜷局、踡跼義同。

〔三〕《漢書》：騰駕罷牛，驂蹇驢兮。顔師古注：蹇，跛也。

〔四〕《莊子》：大聲不入里耳，《折楊》、《皇華》則嗑然而笑。陸德明注：《折楊》、《皇華》皆古歌曲也。

〔五〕《韓非子》：晉平公曰：「音莫悲于清徵乎？」師曠曰：「不如清角。」平公曰：「清角可得而聞乎？」師曠曰：「不可。昔日黄帝合鬼神于太山之上，駕象車而六蛟龍，畢方並轄，蚩尤居前，風伯進掃，雨師洒道，虎狼在前，鬼神在後，騰蛇伏地，鳳凰覆上，大合鬼神，乃作清角。今主君德薄，不足聽之，聽之將恐有敗。」平公曰：「寡人老矣，所好者音也，願遂聽之。」師曠不得已而鼓之。一奏之，有玄雲從西北方起；再奏之，大風至，大雨隨之，裂幃幕，破俎豆，墮廊瓦，坐者散走。平公恐懼，伏於廊室之間。晉國大旱，赤地三年。平公之身遂癃病。

〔六〕巴人、《陽春》事，見二卷注。

〔七〕奇璞，用卞和獻玉事，見四卷注。司馬彪詩：卞和潛幽冥，誰能證奇璞。

〔八〕蒼蠅，即青蠅也。《詩·小雅》：營營青蠅，止於樊。豈弟君子，無信讒言。又：萋兮斐兮，成是貝錦。彼譖人者，亦已太甚。

〔九〕《新序》：昔者曾參之處鄭，人有與曾參同名姓者殺人，人告其母曰：「曾參殺人。」其母織自若也。頃然，一人又來告之，其母曰：「吾子不殺人。」有頃，一人又來告，其母投杼下機，踰牆而走。夫以曾參之賢，與其母信之也，然三人疑之，其母懼焉。

與君論心握君手，榮辱於余亦何有？　孔聖猶聞傷鳳麟[一]，董龍更是何雞狗[二]？　一生傲岸苦不諧[三]，恩疏媒勞志多乖[四]。　嚴陵高揖漢天子[五]，何必長劍拄頤事玉階[六]。　達亦不足貴，窮亦不足悲。　韓信羞將絳、灌比[七]，禰衡恥逐屠沽兒[八]。　君不見李北海[九]，英風豪氣今何在！　君不見裴尚書，土墳三尺蒿棘（一作「下」）居[一〇]。　少年早欲五湖去，見此彌將鐘鼎疏。

〔一〕《史記》：孔子將西見趙簡子，至於河，而聞竇鳴犢、舜華之死也，曰：「竇鳴犢、舜華，晉國之賢大夫也。　趙簡子未得志之時，須此兩人而後從政。　及其已得志，殺之乃從政。　丘聞之也，刳胎殺夭，則麒麟不至郊；　竭澤涸漁，則蛟龍不合陰陽；　覆巢毀卵，則鳳凰不翔。　何則？　君子諱傷其類也。　夫鳥獸之於不義也，尚知避之，而況乎丘哉？」乃還息乎陬鄉，作爲《陬操》以哀之。　又孔子嘗嘆鳳鳥之不至，悲西狩之獲麟，或指此二事而言，亦可也。

〔二〕《十六國春秋》：王墮爲宰相，著匪躬之節，性剛峻疾惡，雅好直言。　右僕射董榮以佞幸進，疾之如仇，每於朝見之際，略不與言，或謂之曰：「董尚書貴幸一時無比，公宜降意接之。」墮曰：「董龍是何雞狗，而令國士與之言乎？」榮聞而慚恨。　會有天變，榮言於苻生曰：「天譴甚重，宜以貴臣應之。」乃殺墮。　龍，榮之小字也。

〔三〕鮑照詩：儆岸平生中，不爲物所裁。

〔四〕宋玉《神女賦》：交希恩疏，不可盡暢。《楚辭》：心不同兮媒勞。

〔五〕嚴子陵事，注見二卷。

〔六〕《説苑》：大冠若箕，長劍拄頤。

〔七〕《史記》：韓信爲淮陰侯，居常鞅鞅，羞與絳、灌等列。

〔八〕《後漢書》：禰衡來游許下。是時，許都新建，賢士大夫四方來集。或問衡曰：「盍從陳長文、司馬伯達乎？」對曰：「吾焉能從屠沽兒耶！」

〔九〕《唐書》：李邕，字泰和，揚州江都人。開元二十三年，起爲括州刺史，後歷淄、滑二州刺史，上計京師。邕早有名，重義愛士，久斥外不與士大夫接。既入朝，人間傳其眉目瓌異，至阡陌聚觀，後生望風内謁，門巷填隘。中人臨問，索所爲文章，具進上。以讒媢不得留，出爲汲郡北海太守。天寶中，左驍衛兵曹參軍柳勣有罪下獄，邕嘗遺勣馬。宰相李林甫，素忌邕，因傅以罪，就郡杖殺之。邕雖詘不進，而文名天下，時稱李北海。盧藏用嘗謂：「邕如干將鏌耶，難與爭鋒，但虞其傷缺耳。」後卒如言。邕資豪放，不能治細行，所在賄謝，田游自肆，終以敗云。

〔一〇〕江鄰幾《雜志》：李白詩：「君不見裴尚書，古墳三尺蒿棘居。」問修《唐書》吕縉叔，云「是漼」，又云「是冕」。宋次道云：「是檢校官，與李北海作對，非齷齪人也。」琦按：玄宗朝，裴耀卿爲尚書左僕射，裴光庭爲吏部尚書，裴漼爲吏部尚書，裴伷先爲工部尚書，裴寬爲户、禮二部尚書，裴敦復爲刑部尚書，凡六裴尚書，太白所指稱，未知何人。考裴敦復以平海賊功爲李林甫所忌，貶淄川太守，與李邕皆坐柳勣事，同時杖死。今與李北海並稱，或者正指其人而言，似爲近之。若裴冕之爲尚書左僕射，則又在肅宗時矣。

李太白全集卷之二十

錢塘王琦琢崖輯注
趙樹元石堂較

古近體詩共六十首

游南陽白水登石激作

南陽，唐時郡名，即鄧州也，隸山南東道。《方輿勝覽》：棗陽有白水，即白河。《一統志》：清水，在南陽府城東三里，俗名白河。石激，在南陽府城東三里，淯水環流，爲一城之勝，可以禦水患而障城郭，其堅完甃石猶在。

朝涉白水源，暫與人俗疏。島嶼佳境色，江天涵清虚。目送去海雲，心閑游川魚。長歌盡落日，乘月歸田廬。

游南陽清泠泉

《一統志》：豐山，在南陽府東北三十里，下有泉，曰清泠泉。

惜彼落日暮，愛此寒泉清。西輝（繆本作「耀」）逐流水〔一〕，蕩漾游子情。空歌望雲月，曲盡長松聲。

〔一〕蕭子範詩：暝景促西暉。

尋魯城北范居士失道落蒼耳中見范置酒摘蒼耳作

《居易録》：魯城北有范氏莊，即太白訪范居士，失道落蒼耳中者。琦按：杜甫有《與李十二白同尋范十隱居》詩云：「李侯有佳句，往往似陰鏗。予亦東蒙客，憐君如弟兄。醉眠秋共被，攜手日同行。更想幽期處，還尋北郭生。入門高興發，侍立小童清。落景聞寒杵，屯雲對古城。何來吟《橘頌》？誰欲討蓴羹？不願論簪笏，悠悠滄海情。」疑即此人也。《埤雅》：《荆楚記》曰：卷耳，一名璫草，亦云蒼耳，叢生如盤。今人以葉覆麥作黄衣者，所在有之。《爾雅翼》：卷耳，菜名也。幽、冀謂之禮菜，雒下謂之胡枲，江東呼爲常枲。葉青白色，似胡荽，白花細莖，可煮爲茹，滑而少味。又謂之常思菜，傖人皆食之，又以其葉覆麴作黄衣，其實如鼠耳而蒼色，上多刺，好著人衣，今人通謂之蒼耳。

雁度秋色遠，日静無雲時。客心不自得，浩漫將何之？忽憶范野人，閑園養幽姿。茫然起逸興，但恐行來遲。城壕失往路〔一〕，馬首迷荒陂〔二〕。不惜翠雲裘〔三〕，遂爲蒼耳欺。入門且一笑，把臂君爲誰。酒客愛秋蔬，山盤薦霜梨〔四〕。他筵不下筯，此席忘朝飢。酸棗垂北郭〔五〕，寒瓜蔓東籬〔六〕。還傾四五酌，自詠《猛虎詞》。近作十日歡〔七〕，遠爲千載期。風流自簸蕩〔八〕，謔浪偏相宜〔九〕。酣來上馬去，卻笑高陽池〔一〇〕。

〔一〕江淹詩：飲馬出城濠。吕延濟注：濠，城池也。壕、濠，古字通用。

〔二〕《説文》：陂，阪也。

〔三〕宋玉《諷賦》：翳承日之華，披翠雲之裘。

〔四〕《齊民要術》：藏梨法，初霜後即收。

〔五〕《本草》：陶弘景曰：酸棗，今出山東間，云即山棗樹，子似武昌棗而味極酸，東人噉之以醒睡。蘇頌曰：酸棗，今近汴、洛及西北州郡皆有之，野生，多在坡坂及城壘間。似棗木而皮細，其木心赤色，莖葉俱青，花似棗花，八月結實，紫紅色，似棗而圓小，味酸。

〔六〕《梁書》：滕曇恭母楊氏患熱，思食寒瓜。《本草》：陶弘景言：永嘉有寒瓜甚大，可藏至春。

〔七〕《史記》：秦昭王詳爲好書遺平原君曰：「寡人聞君之高義，願與君爲十日之飲。」

〔八〕鮑照詩：從風簸蕩落西家。

〔九〕《詩·國風》：謔浪笑傲。

〔一〇〕高陽池，用山簡事，見五卷注。

東魯繆本作「魯東」門泛舟二首

《一統志》：東魯門，在兖州府城東。

日落沙明天倒開，波摇石動水縈迴。輕舟泛月尋溪轉，疑是山陰雪後來〔一〕。

〔一〕王徽之嘗居山陰，夜雪初霽，月色清朗，忽憶戴逵，逵時在剡，便夜乘小船詣之。詳見十三卷注。

其二

水作青龍盤石隄，桃花夾岸魯門西。若教月下乘舟去，何啻風流到剡（音閃）溪。

秋獵孟諸夜歸置酒單父音善甫東樓觀妓

杜預《春秋經傳集解》：孟諸，宋大藪也，在梁國睢陽縣東北。《元和郡縣志》：孟諸澤，在宋州虞城縣西北十里，周迴五十里，俗號盟諸澤。

傾暉速短炬〔一〕，走海無停川。冀餐圓丘草〔二〕，欲以還頽年〔三〕。此事不可得，微生若浮烟。駿（繆本作「俊」）發跨名駒〔四〕，雕弓控鳴弦〔五〕。鷹豪魯草白，狐兔多肥鮮。邀遮相馳逐〔六〕，遂出城東田。一掃四野空，喧呼鞍馬前。歸來獻所獲，炮炙宜霜天〔七〕。出舞兩美人，飄颻若雲仙。留歡不知疲〔八〕，清曉方來旋。

〔一〕鮑照詩：傾暉忽西下。

〔二〕郭璞詩：圓丘有奇草。李善注：《外國圖》曰：圓丘有不死樹，食之乃壽。吕向注：圓丘，山名。奇草，芝草也。

〔三〕陸機《愍思賦》：樂來日之有繼，傷頽年之莫纂。

〔四〕《詩·周頌》：駿發爾私。鄭箋云：駿，疾也。

〔五〕《東京賦》：雕弓斯彀。薛綜注：雕弓，謂有刻畫也。《漢書》：逢蒙列眥，羿氏控絃。顔師古注：

控，引也。

〔六〕《羽獵賦》：淫淫與與，前後要遮。

〔七〕《説文》：炰，毛炙肉也。《韻會》：錢氏曰：凡肉置火中曰炮，近火曰炙。

〔八〕應瑒詩：公子敬愛客，樂飲不知疲。

游泰山六首 一作《天寶元年四月從故御道上泰山》

《史記正義》：泰山，一曰岱宗，東岳也，在兖州博城縣西北三十里。《山東通志》：泰山，在濟南府泰安州北五里，一曰兖鎮。周圍一百六十里，自山下至絶頂四十餘里。上有石表巍然，傳是秦時無字碑。

四月上泰山，石平（蕭本作「屏」）御道開〔一〕。六龍過萬壑，澗谷隨縈迴〔二〕。馬跡遶碧峰，於今滿青苔。飛流灑絶巘（語蹇切，年上聲）〔三〕，水急（一作「色」）松聲哀。北眺嶂（音諤）嶂（音帳）奇〔四〕，傾崖向東摧。洞門閉石扇，地底（許本作「低霏」，玉本作「呧」）興雲雷。登高望蓬、瀛，想象金銀（繆本作「籙」）臺〔五〕。天門一長嘯〔六〕，萬里清風來。玉女四五人，飄颻下九垓（音該）〔七〕。含笑引素手，遺我流霞杯〔八〕。稽首再拜之，自愧非仙才〔九〕。曠然小宇宙，棄世何悠哉。

〔一〕《舊唐書》：開元十三年十月辛酉，東封泰山，發自東都。十一月丙戌，至兗州岱宗頓。己丑日南至，備法駕登山，仗衛羅列山下百餘里。詔行從留於谷口，上與宰臣禮官升山。庚寅，祀昊天上帝於上壇，有司祀五帝百神於下壇。禮畢，藏玉册於封祀壇之石䃭。然後燔柴燎發，群臣稱萬歲，傳呼自山頂至岳下，震動山谷。

〔二〕《宋書》：天子所御駕六，其餘副車皆駕四。按《書》稱：朽索御六馬。《逸禮·王度記》曰：天子駕六。袁盎諫漢文馳六飛。魏時天子亦駕六。六龍之義本此，餘見八卷注。鮑照詩：千巖盛阻積，萬壑勢迴縈。

〔三〕孫綽《天台山賦》：瀑布飛流以界道。張協《七命》：登絶巘，遡長風。絶巘，高峰也。

〔四〕鮑照詩：合沓崿嶂雲。

〔五〕郭璞詩：神仙排雲出，但見金銀臺。

〔六〕《山東通志》：上泰山，屈曲盤道百餘，經南天門，東西三天門，至絶頂，高四十餘里。左思詩：長嘯激清風。

〔七〕郭璞詩：升降隨長烟，飄颻戲九垓。張銑注：九垓，九天也。

〔八〕《抱朴子》：項曼都入山學仙，十年而歸家，曰：「仙人以流霞一杯與我飲之，輒不飢渴。」

〔九〕《漢武内傳》：王母曰：「雖當語之以至道，殆恐非仙才也。」

其二

清曉騎白鹿，直上天門山。山際逢羽人〔一〕，方瞳好容顔〔二〕。捫蘿欲就語，卻掩青雲關。遺我鳥跡書〔三〕，飄然落巖間。其字乃上古，讀之了不閑〔四〕。感此三嘆息，從師方未還。

〔一〕《楚辭》：仍羽人於丹丘。王逸注：人得道，身生羽毛也。朱子注：羽人，飛仙也。

〔二〕《抱朴子》：仙人目瞳正方。《神仙傳》：李根瞳子皆方。按《仙經》云：八百歲人瞳子方也。

〔三〕徐幹《中論》：蒼頡視鳥跡而作書。

〔四〕《爾雅》：閑，習也。《荀子》：多見曰閑。

其三

平明登日觀〔一〕，舉手開雲關〔二〕。精神四飛揚，如出天地間。黄河從西來〔三〕，窈窕入遠山。憑崖覽（蕭本作「攬」）八極，目盡長空閑。偶然值青童，緑髮雙雲鬟。笑我晚學仙，蹉跎凋朱顔。躊躇忽不見，浩蕩難追攀。

〔一〕《水經注》：應劭《漢官儀》云：泰山東南山頂，名曰日觀，雞一鳴時，見日始欲出，長三丈許，故以名焉。

〔二〕《北山移文》：扃岫幌，掩雲關。雲關者，雲氣擁蔽如門關也。

〔三〕《初學記》：《泰山記》云：黄河去泰山二百餘里，於祠所瞻黄河如帶，若在山趾。

其四

清齋三千日〔一〕，裂素寫道經〔二〕。吟誦有所得，衆神衛我形。雲行信長風，颯若羽翼生。攀崖上日觀，伏檻窺東溟〔三〕。海色動遠山〔四〕，天雞已先鳴〔五〕。銀臺出倒景〔六〕，白浪翻長鯨。安得不死藥，高飛向蓬瀛〔七〕。

〔一〕《南岳魏夫人傳》：夫人入洛陽山中，清齋五百日，讀《大洞真經》。

〔二〕顔師古《急就篇注》：素，謂絹之精白者，即所用寫書之素也。

〔三〕《楚辭》：坐堂伏檻，臨曲池些。東溟，東海也。

〔四〕海色，曉色也。俱見二卷注。

〔五〕天雞，見一卷《大鵬賦》注。

〔六〕謝靈運詩：張組眺倒景，列筵矚歸潮。李善注：《游天台山賦》曰「或倒景於重溟」，王彪之《游仙詩》曰「遠游絶塵霧，輕舉觀滄溟。蓬萊蔭倒景，崑崙罩層城」，並以山臨水而景倒，謂之倒景。此篇倒景正作此解，與二卷中所用倒景故自不同。

〔七〕蓬萊、瀛洲，在渤海中，有不死藥，金銀爲宫闕。詳見四卷注。

其五

日觀東北傾，兩崖夾雙石。海水落眼前，天光遥空碧。千峰爭攢聚，萬壑絶凌歷。緬彼鶴上仙〔一〕，去無雲中跡。長松入霄（蕭本作「雲」）漢，遠望不盈尺。山花異人間，五月雪中白〔二〕。終當遇安期〔三〕，於此鍊玉液〔四〕。

〔一〕緬，思貌。

〔二〕《歲華紀麗》：泰山冬夏有雪。

〔三〕安期生，古之仙人，見二卷注。

〔四〕江淹詩：道人讀丹經，方士鍊玉液。張銑注：玉液，玉膏也。

其六

朝飲王母池〔一〕，暝投天門闕（繆本作「闕」）。獨抱緑綺琴〔二〕，夜行青山間（繆本作「月」）。山明月露白，夜靜松風歇。仙人游碧峰，處處笙歌發。寂靜（繆本作「聽」）娱清輝，玉真連翠微〔三〕。想象鸞鳳舞，飄颻龍虎衣。捫天摘匏瓜〔四〕，恍惚不憶歸。舉手弄清淺〔五〕，誤攀織女機〔六〕。明晨坐相失，但見五雲飛〔七〕。

〔一〕《山東通志》：王母池，在泰山下之東南麓，一名瑶池。水極甘冽，瀵沸瀰瀞，不竭不盈。鄉人取水禜雨，頗騐。

〔二〕張載詩：美人遺我緑綺琴。李周翰注：緑綺，琴名。傅玄《琴賦序》曰：司馬相如有緑綺，蔡邕有焦尾，皆名器也。

〔三〕《爾雅疏》：山未及頂上，在旁陂陀之處，名翠微。

〔四〕《楚辭》：遂儵忽而捫天。《隋書》：匏瓜五星，在離珠北。《史記索隱》：《荆州占》云：匏瓜，一名天雞，在河鼓東。匏瓜明，則歲大熟。

〔五〕《古詩》：河漢清且淺，相去復幾許？

〔六〕《史記正義》：織女三星，在河北天紀東，天女也。

〔七〕五雲，五色雲也。見七卷注。

秋夜與劉碭音蕩山泛宴喜亭池

碭山，縣名，唐時隸河南道宋州睢陽郡。劉蓋爲碭山令者也。《江南通志》：宴喜臺在徐州碭城縣東五十步，臺上有石刻三大字，相傳唐李白筆。

明宰試舟楫，張燈宴華池。文招梁苑客〔一〕，歌動郢中兒〔二〕。月色望不盡，空天交相宜。令人欲泛海，只待長風吹。

〔一〕梁苑客，見七卷注。

〔二〕華池、郢中歌，見二卷注。

攜妓登梁王棲霞山孟氏桃園中

《一統志》：棲霞山，在兗州單縣東四里，世傳梁孝王嘗游此。

碧草已滿地，柳與（繆本作「與柳」）梅爭春〔一〕。謝公自有東山妓〔二〕，金屏笑坐如花人。今日非昨日，明日還復來。白髮對緑酒，强歌心已摧。君不見梁王池上月，昔照梁王樽酒中。梁王已去明月在，黄鸝愁醉啼春風〔三〕。分明感激眼前事，莫惜醉卧桃園東。

〔一〕陳後主詩：三春桃照李，二月柳爭梅。

〔二〕謝安在東山畜妓，見十卷注。

〔三〕黄鸝，今謂之黄鶯兒，見六卷注。

與從姪杭州刺史良游天竺寺

唐時，杭州隸江南東道。州有天竺寺，乃今之下天竺寺，詳見十六卷注。《咸淳臨安志》：下竺靈山寺，在錢塘縣西十七里。隋開皇十三年，僧真觀法師與道安禪師建，號南天竺寺。唐永泰中賜今額。《淳祐志》云：大凡靈竺之勝，周迴數十里，而巖壑尤美，實聚於下天竺靈山寺。自飛來峰轉至寺後，巖洞皆嵌空玲瓏，瑩滑清潤，如虬龍瑞鳳，如層華吐萼，如皺縠疊浪，穿幽透深，不可名貌。林木皆自巖骨拔起，不土而生。傳言兹巖産玉，故腴潤能育焉。其間，唐宋游人題名不可殫紀。《一統志》：下天竺寺，在杭州府城西十五里。晉咸和中建，寺前後有飛來、蓮花諸峰，合澗、跳珠諸泉，夢謝、流盃、月桂諸亭，游人多至其間。

挂席凌蓬丘〔一〕，觀濤憩樟樓〔二〕。三山動逸興〔三〕，五馬同遨游〔四〕。天竺森在眼，松風（繆本作「門」）颯驚秋〔五〕。覽雲測變化，弄水窮清幽。疊嶂隔遥海（霏玉本作「響」），當軒寫歸流。詩（蕭本作「轉」）成傲雲月，佳趣滿吴洲〔六〕。

〔一〕《十洲記》：蓬丘，蓬萊山也。

〔二〕《夢粱録》：樟亭驛，即浙江亭也，在跨浦橋南江岸。《浙江通志》：樟亭，在錢塘縣舊治南五里，後改爲浙江亭，今浙江驛其故址也。

〔三〕三山，謂蓬萊、方丈、瀛洲三神山，見四卷注。

〔四〕五馬，古太守事，見六卷注。

〔五〕楊齊賢曰：自西湖入天竺寺路，夾道皆古松，其地名曰九里松。靈隱、天竺同在一處，皆由松門而進。

〔六〕顔延年詩：振楫發吴洲。

同友人舟行繆本於「行」字下多「游台越作」四字

楚臣傷江楓〔一〕，謝客拾海月〔二〕。《懷沙》去瀟湘〔三〕，挂席泛溟渤〔四〕。蹇予訪前跡〔五〕，獨往造窮髮〔六〕。古人不可攀，去若浮雲没。願言弄倒景〔七〕，從此鍊真骨。華頂窺絶冥〔八〕，蓬壺望超忽〔九〕。不知青春度，但怪緑芳歇。空持釣鰲心〔一〇〕，從此謝魏闕〔一一〕。

〔一〕《楚辭》：湛湛江水兮上有楓，目極千里兮傷春心。王逸注：言湛湛江水，浸潤楓木，使之茂盛，傷己不蒙君惠而身放棄，曾不若樹木得其所也。

〔二〕《宋書》：謝靈運，小字客兒，故詩人多稱爲謝客。其《游赤石進帆海》詩有云：揚帆採石華，挂席拾海月。李善注：《臨海水土物志》云：海月，大如鏡，色白正圓，常生海邊，其尖柱如搔頭大。《本草》：陳藏器曰：海月，蛤類也，似半月，故名。水沫所化。

〔三〕《史記》：屈原作《懷沙》之賦，於是懷石，遂自投汨羅以死。

〔四〕溟渤，海也，注見七卷。

〔五〕《楚辭》：蹇誰留兮中洲。王逸注：蹇，辭也。

〔六〕《莊子》：窮髮之北有冥海者，天池也。

〔七〕倒景，見本卷《游泰山》第四首注。

〔八〕《方輿勝覽》：華頂峰，在天台縣東北六十里。蓋天台第八重最高處，高一萬丈。絶頂東望滄海，俗名望海尖。草木薰郁，殆非人世。孫綽所謂「陟降信宿，迄乎仙都」是也。絶冥，遠海也。

〔九〕《十洲記》：蓬壺，蓬萊也。王屮《頭陀寺碑文》：東望平皋，千里超忽。吕向注：超忽，遠貌。

〔一〇〕釣鼇，事見四卷注。

〔一一〕《淮南子》：身處江湖之上，而神游魏闕之下。高誘注：魏闕，王者門外闕也，所以用懸教民之書於象魏也。巍巍高大，故曰魏闕。

下終南山過斛斯山人宿置酒

《元和郡縣志》：終南山，在雍州萬年縣南五十里。《太平寰宇記》：終南山，在鄠縣南三十里。《雍録》：終南山横亘關中南面，西起秦、隴，東徹藍田，凡雍、岐、鄠、鄠、長安、萬年，相去且八百里，而連綿峙據其南者，皆此一山也。《通志·氏族略》：代北複姓有斛斯氏，其先居廣牧，世襲莫勿大人，號斛斯部，因氏焉。

暮從碧山下，山月隨人歸。卻顧所來徑，蒼蒼横翠微〔一〕。相攜及田家，童稚（一作「稚子」）開荆扉〔二〕。緑竹入幽徑（繆本作「椶」），青蘿拂行衣。歡言得所憩，美酒聊共揮。長歌吟松風，曲盡河星稀。我醉君復樂，陶然共忘機。

〔一〕翠微，山嶺之色，詳十卷注。

〔二〕沈約詩：荆扉新且故。李周翰注：荆扉，以荆爲門扉也。

朝下過盧郎中叙舊游

君登金華省〔一〕，我入銀臺門〔二〕。幸遇聖明主，俱承雲雨恩。復此休浣時〔三〕，閑爲疇昔言〔四〕。卻話山海事，宛然林壑存。明湖思曉月，疊嶂憶清猿〔五〕。何由返初服〔六〕，田野醉芳樽〔七〕。

〔一〕劉孝綽詩：步出金華省，遥望承明廬。蔡夢弼《杜詩注》：按《漢宫闕記》：金華殿，在未央宫、白虎觀右，秘府圖書皆在焉。故王思遠《遜侍中表》云「奏事金華之上，進議玉臺之下」。後世以門下省名金華省，蓋出此也。

〔二〕《雍録》：翰林院在大明宫右，銀臺門内，稍退，北有門，榜曰翰林之門。

〔三〕鮑照詩：休浣自公日。休浣，猶休沐也。《漢律》：吏五日得一休沐。言休息以洗沐也。楊升庵曰：唐制：十日一休沐，故韋應物詩云「九日驅馳一日閑」，白樂天詩云「公假日三旬」，是也。

〔四〕杜預《左傳注》：疇昔，猶前日也。

〔五〕任昉詩：疊嶂易成響，重以夜猿悲。

〔六〕《楚辭》：退將復修吾初服。

〔七〕劉孝綽詩：芳樽散緒寒。

侍從游宿温泉宮作

温泉宫，注見九卷。

羽林十二將〔一〕，羅列應星文。霜仗懸秋月，霓旌卷夜雲〔二〕。嚴更千户肅〔三〕，清樂九天聞〔四〕。日出瞻佳氣，葱葱（繆本作「叢叢」）繞聖君〔五〕。

〔一〕《漢書》：武帝太初元年，初置建章營騎，後更名羽林騎。顔師古注：羽林，宿衛之官，言其如羽之疾，如林之多也。一説，羽所以爲王者羽翼也。按唐制：左右羽林軍，各置大將軍一人、將軍三人，凡八將，無所謂十二將也。而開元、天寶之時，天子禁兵有十六衛，其左右衛、左右金吾衛，總謂之四衛。若左右驍衛、左右武衛、左右威衛、左右領軍衛、左右監門衛、左右千牛衛，十二衛謂之雜衛。疑所謂十二將者，指十二雜衛之主將而言，以其專掌禁衛，當爪牙禦侮之任，與漢之羽林騎相似，故曰「羽林十二將」也。《晉書》：羽林四十五星，在營室南，一曰天軍，主軍騎，又主翼王也。楊升庵曰：唐武德中置十二軍，皆取天星爲名。以萬年道爲參旗軍，長安道爲鼓旗軍，富平道爲玄戈軍，醴泉道爲井鉞軍，同州道爲羽林軍，華州道爲騎官軍，寧州道爲折威軍，岐州道爲平道軍，幽州道爲招摇軍，麟州道爲苑游軍，涇州道爲天紀軍，宜州道爲天節軍。太白蓋用其事。琦按：《通典》、《會要》諸書，分關中之衆爲十二衛。取象天官爲名號，乃武德二年事，五年即廢久矣。楊説雖創，揆之作者之心，恐未必用此典故。

〔二〕《上林賦》：拖霓旌。張揖注：析羽毛染以五采，綴以縷爲旌，有似虹蜺之氣也。

〔三〕《西京賦》：重以虎威章溝嚴更之署。薛綜注：嚴更，督行夜鼓也。

〔四〕《唐會要》：清樂，九代之遺聲，其始即清商三調是也。並漢魏以來舊曲，樂器制度并諸歌章古調，與魏三祖所作者，皆備於史籍。自晉氏播遷，其音分散，不存於内地。苻堅滅涼始得之，傳於前後二秦。及宋武定關中，收之入於江南，隋平陳獲之。隋文聽之，善其節奏，曰：「此華夏正聲也。」因更損益，去其哀怨，考而補之，乃置清商署，總謂之清樂。至煬帝乃立清樂、西涼等九部。隋室喪亂，日益淪缺，天后朝，猶有六十三曲。《新唐書·禮樂志》：清商伎者，隋清樂也。有編鐘、編磬、獨絃琴、擊琴、瑟、秦琵琶、臥箜篌、筑、箏、節鼓，皆一；笙、笛、簫、篪、方響、跋膝，皆二。歌二人，吹葉一人，舞者四人。《夢溪筆談》：先王之樂爲雅樂，前世新聲爲清樂。

〔五〕《後漢書》：望氣者蘇伯阿，爲王莽使，至南陽，遥望見春陵郭，唶曰：「氣佳哉！鬱鬱葱葱。」

邯鄲南亭觀妓

邯鄲，縣名，唐時隸河北道之磁州。

歌鼓（一作「妓」）燕、趙兒〔一〕，魏姝（音樞）弄鳴絲〔二〕。粉色豔日（繆本作「月」）彩，舞袖（一作「衫」）拂花枝。把酒領（一作「顧」）美人，請歌邯鄲詞。清筝何繚繞〔三〕，度曲緑雲垂〔四〕。平原君安在？科斗生古池〔五〕。座客三千人〔六〕，於今知有誰？我輩不作樂，但爲後代悲〔七〕。

〔一〕潘岳《笙賦》：縈纏歌鼓，綢羅鐘律。

〔二〕《韻會》：姝，美色也。

〔三〕顔師古《急就篇注》：筝，亦瑟類也。本十二絃，今則十三。

〔四〕《苕溪漁隱叢話》：《藝苑雌黄》云：世人言度曲者，多作徒故切，謂歌曲也。張平子《西京賦》云：度曲未終，雲起雪飛。子美《陪李梓州泛江》詩：翠眉縈度曲，雲鬢儼成行。皆作徒故切讀。考之前漢《元帝紀贊》云：帝多才藝，善史書、鼓琴、吹洞簫，自度曲，被歌聲。應劭注：自隱度作新曲，因持新曲以爲歌聲也。顔注：度，音大各切。則與張平子、杜詩所言度曲異矣。而臣瓚注則云度曲謂歌終更授其次，則又誤以度曲爲歌曲。夫度曲雖有兩音，若讀《元帝紀》，止可作大各切。《唐書》「段安節善樂律，能自度曲」，其意正與《元帝紀》相合。琦按：太白詩意，自應作徒故切讀，而楊注引自度曲解之，非是。緑雲垂，即響遏行雲之意。

〔五〕《古今注》：蝦蟆子曰蝌蚪，一曰玄針，一曰玄魚，形圓而尾尖，尾脱即腳出。顔師古《急就篇注》：

科斗，一名活東，一名活師，即蝦蟆所生子也。未成蝦蟆之時，身及頭並圓，而尾長，漸乃變耳。

〔六〕《史記》：平原君喜賓客，賓客蓋至者數千人。又曰：平原君得敢死之士三千人。

〔七〕《古詩》：爲樂當及時，何能待來兹？愚者愛惜費，但爲後世嗤。

春日繆本缺「日」字游羅敷潭

王阮亭曰：羅敷谷水在華州。

行歌入谷口，路盡無人躋〔一〕。攀崖度絶壑，弄水尋迴溪。雲從石上起，客到花間迷。淹留未盡興，日落群峰西。

〔一〕《説文》：躋，登也。

春陪商州裴使君游繆本作「歸」石娥溪原注：時欲東游，遂有此贈。

商州，古商國也。在晉爲上洛郡，在西魏爲洛州，在後周爲商州，在唐亦謂之商州，或爲上洛郡。地有商山、洛水，依此立名，屬關内道。使君，太守之稱。石娥溪，當在仙娥峰下。按：

《雍勝略》、《商略》、《陝西通志》：仙娥峰，在商州西十里，峰之麓有西巖，洞壑幽邃，下臨丹水，古稱棲真之地。李白嘗游此。有詩曰：「暫出城東邊，遂游西巖前。横天聳翠壁，噴壑鳴紅泉」云云。是石娥溪，即仙娥峰下之溪也。所謂紅泉者，其即丹水歟？

裴公有仙標，拔俗數千丈〔一〕。澹蕩滄洲雲，飄飖紫霞想。剖竹商、洛間〔二〕，政成心已閑。蕭條出世表，冥寂閉玄關〔三〕。我來屬芳節〔四〕，解榻時相悦〔五〕。褰帷對雲峰〔六〕，揚袂指松雪〔七〕。暫出東城邊，遂游西巖前。横天聳翠壁，噴壑鳴紅泉〔八〕。尋幽殊未歇，愛此春光發。溪傍饒名花，石上有好月。命駕歸去來〔九〕，露華生翠（繆本作「緑」）苔〔一〇〕。淹留惜（繆本作「昔」）將晚，復聽清猿哀。清猿斷人腸，游子思故鄉〔一一〕。明發首東路〔一二〕，此歡焉可忘。

〔一〕《世説注》：《向秀别傳》曰：秀，字子期，河内人，少爲同郡山濤所知，又與譙國嵇康、東平吕安善，並有拔俗之韻。

〔二〕謝靈運詩：剖竹守滄海。商、洛，詳見題注。

〔三〕郭璞《客傲》：無巖穴而冥寂，無江湖而放浪。王屮《頭陀寺碑》：玄關幽鍵，感而遂通。張銑注：玄、幽，謂道之深邃也。關鍵，皆所以閉距於門者。

〔四〕宋南平王鑠詩：徘徊去芳節。梁元帝《纂要》：春節曰芳節。

〔五〕《後漢書》：陳蕃爲樂安太守。郡人周璆，高潔之士，前後郡守招命，莫肯至。唯蕃能致焉，特爲置一榻，去則懸之。

〔六〕搴帷，後漢賈琮事，見十四卷注。

〔七〕顔延年詩：山明望松雪。

〔八〕謝靈運詩：銅陵映碧澗，石磴瀉紅泉。

〔九〕《孔子歌》：巾車命駕，將適唐都。

〔一〇〕江淹詩：風光多樹色，露華翻蕙陰。

〔一一〕蘇武詩：征夫懷遠路，游子戀故鄉。

〔一二〕《漢書·韓信傳》：北首燕路。顔師古曰：首，謂趣向也。音式究反。鮑照詩：首路或參差，投駕均遠託。

陪從祖濟南太守泛鵲山湖三首

唐時，齊州隸河南道，本謂之齊郡，天寶元年更名臨淄郡，五載十月，又更名濟南郡。《一統志》：濼水自大明湖東北流，注華不注山下，匯爲鵲山湖，又東北入于濟。僞齊劉豫，自城北導之東行，爲小清河，而水不及鵲山湖矣。《山東志》：鵲山湖，在濟南府城北二十里。

初謂鵲山近〔一〕，寧知湖水遥。此行殊訪戴〔二〕，自可緩歸橈（音饒）〔三〕。

〔一〕《隋書》：齊郡歷城有鵲山。《一統志》：鵲山，在濟南府城北二十里。俗云：每歲七、八月間，烏鵲翔集於此。又云：扁鵲嘗於此煉丹。

〔二〕王子猷乘船訪戴安道，見九卷注。

〔三〕《方言》：楫，謂之橈，或謂之櫂。

其二

湖闊數十（蕭本作「千」，誤）里，湖光摇碧山。湖西正有月，獨送李膺還〔一〕。

〔一〕郭林宗與李膺同舟而濟，見十二卷注。

其三

水入北湖去，舟從南浦回〔一〕。遥看鵲山轉，卻似送人來。

〔一〕楊齊賢曰：南浦，在鵲山湖之南。

春日陪楊江寧及諸官宴北湖感古作

楊，名利物，爲潤州江寧令。李善《文選注》：樂游苑，晉時藥圃，元嘉中築堤壅水，名爲北湖。《六朝事跡》：晉元帝大興三年，始創爲北湖，築長堤以遏北山之水。東至覆舟山，西至宣武城。《太平寰宇記》：玄武湖在昇州上元縣西北七里，周迴四十里，東西兩派，下水入秦淮。春夏深七尺，秋冬四尺，灌田百頃。徐爰《釋問》曰：湖本桑泊，晉元帝大興中，創爲北湖。宋築堤，南抵西塘，以肄舟師也。又《京都記》云：從北湖望鍾山，似官亭湖望廬岳也。按：安帝元嘉二十三年，築堤以堰水爲此。

昔聞顏光禄〔一〕，攀龍宴京（一作「重」，一作「明」）湖〔二〕。樓船入天鏡，帳殿開雲衢〔三〕。君王歌《大風》，如樂豐、沛都〔四〕。延年獻佳作〔五〕，邈與詩人俱。我來不及此，獨立鍾山孤〔六〕。楊宰穆清風（一作「飈」）〔七〕，芳聲騰海隅。英僚滿四座，粲若瓊林敷。鷁首弄倒景〔八〕，蛾眉綴（繆本作「掇」）明珠〔九〕。新絃採（一作「來」。繆本作「綵」，非）梨園〔一〇〕，古舞嬌吴歈〔一一〕。曲度繞雲（一作「清」）漢〔一二〕，聽者皆歡娱。雞棲何嘈嘈〔一三〕，沿（一作「江」）月沸笙竽〔一四〕。古之帝宫苑，今乃人樵蘇〔一五〕。感此勸一觴，願君覆瓢壺〔一六〕。榮盛（一作「盛時」）當作樂〔一七〕，無令後賢吁。

〔一〕《南史》：顏延之，字延年。孝武登祚，以爲金紫光禄大夫。

〔二〕《漢書》：攀龍附鳳，並乘天衢。

〔三〕帳殿，天子行幸野次，連帳以爲殿也。沈約詩：帳殿臨春籞，帷宫繞芳薈。左思《白髮賦》：開論雲衢。

〔四〕《史記》：高祖還歸過沛，留。置酒沛宫，悉召故人父老子弟縱酒，發沛中兒得百二十人，教之歌。酒酣，高祖擊筑，自爲歌詩曰：「大風起兮雲飛揚，威加海内兮歸故鄉，安得猛士兮守四方。」令兒皆和習之。《漢書》：高祖，沛豐邑中陽里人也。應劭曰：沛，縣也。豐，其鄉也。孟康曰：後沛爲郡而豐爲縣。

〔五〕按：顏延年有《應詔觀北湖田收》詩，所謂獻佳作者，未知是此詩否？抑另有其詩而今逸之歟？

〔六〕《唐六典注》：蔣山，一名鍾山，在潤州江寧縣。

〔七〕《詩・大雅》：吉甫作頌，穆如清風。

〔八〕《淮南子》：龍舟鷁首。高誘注：鷁，大鳥也。畫其像著船頭，故曰鷁首也。

〔九〕曹植《洛神賦》：綴明珠以耀軀。

〔一〇〕《唐會要》：開元二年，上以天下無事，聽政之暇，於梨園自教法曲，必盡其妙，謂之皇帝梨園弟子。《唐書·禮樂志》：玄宗既知音律，又酷愛法曲，選坐部伎子弟三百，教於梨園，聲有誤者，帝必覺而正之，號皇帝梨園弟子。宫女數百，亦爲梨園弟子，居宜春院北梨園。

〔一一〕《楚辭》：吴歈蔡謳，奏大吕些。梁元帝《纂要》：吴歌曰歈。

〔一二〕王粲詩：管絃發徽音，曲度清且悲。

〔一三〕吴質《答東阿王書》：耳嘈嘈而無聞。劉良注：嘈嘈，喧甚也。

〔一四〕《博雅》：笙以匏爲之，十三管，宫管在左方。竽，象笙，三十六管，宫管在中央。《宋書》：笙，隨所造，不知何代人。列管匏内，施簧管端。宫管在中央，三十六簧曰竽。宫管在左旁，十九簧至十三簧曰笙。其他皆相似也。

〔一五〕《漢書》：樵蘇後爨。顔師古注：樵，取薪也。蘇，取草也。

〔一六〕覆瓢壺，猶傾尊倒甕之意。

〔一七〕陶潛詩：取歡當作樂。

宴鄭參卿山池

杜甫詩：參卿休坐幄，蕩子不還家。耿湋《送郭參軍》詩：人傳府公政，記室有參卿。皆謂參軍也。疑唐時有此稱謂。

爾恐碧草晚，我畏朱顔移。愁看楊花飛，置酒正相宜。歌聲送落日，舞影迴清池。今夕不盡杯，留歡更邀誰（蕭本作「詩」）？

游謝氏山亭

淪老卧江海，再歡天地清。病閑久寂寞，歲物徒芬榮。借君西池游，聊以散我情。掃雪松下去，捫蘿石道行。謝公池塘上〔一〕，春草（一作「風」）颯已生。花枝拂人來，山鳥向我鳴。田家有美酒，落日與之傾。醉罷弄歸月，遥欣稚子迎。

〔一〕因謝氏山亭，故用靈運「池塘生春草」之句作映帶。

把酒問月 原注：故人賈淳令予問之。

青天有月來幾時？我今停杯一問之。人攀明月不可得，月行卻與人相隨。皎如飛鏡臨丹闕，緑烟滅盡清輝發〔一〕。但見宵從海上來，寧知曉向雲間没。白兔擣藥秋復春〔二〕，嫦

（繆本作「姮」）娥孤棲與誰鄰〔三〕？今人不見古時月，今月曾經照古人。古人今人若流水，共看明月皆如此。唯願當歌對酒時〔四〕，月光長照金樽裏。

〔一〕木華《海賦》：朱燉緑烟。

〔二〕傅玄《擬天問》：月中何有？白兔擣藥。

〔三〕《獨異志》：羿燒仙藥，藥成，其妻姮娥竊而食之，遂奔入月中。

〔四〕曹操《短歌行》：對酒當歌，人生幾何？

同族姪一作「弟」評事黯游昌禪師山池二首

《唐書·百官志》：大理寺，有評事八人，從八品下。

遠公愛康樂〔一〕，爲我開禪關〔二〕。蕭然松石下，何異清涼山〔三〕。花將色不染，水與心俱閑。一坐度小劫〔四〕，觀空天地間〔五〕。

〔一〕《蓮社高賢傳》：謝靈運爲康樂公主孫，襲封康樂公。至廬山，一見遠公，肅然心服，乃即寺築臺，翻《涅槃經》，鑿池種白蓮。時遠公諸賢同修淨土之業，因號白蓮社。

〔二〕《歷代三寶記》：即立禪關於閑曠地。

〔三〕《法苑珠林》：代州東南五臺山，古稱神仙之宅也。山方三百里，巉巖崇峻，有五高臺。上不生草，唯松柏茂林，森於谷底，地極嚴寒多雪，號曰清涼山。經中明文殊將五百仙人往清涼山說法，即斯地也。所以古來求道之士，多游此山，遺窟靈跡，即目極多。胡三省《通鑑注》：五臺，在代州五臺縣，山形五峙，相傳以爲文殊示現之地。《華嚴經疏》云：清涼山者，即代州雁門五臺山也。歲積堅冰，夏仍飛雪，曾無炎暑，故曰清涼。五峰聳出，頂無林木，有如壘土之臺，故曰五臺。

〔四〕《釋迦方誌》：案：索訶世界，一大劫中，千佛出世。尋夫劫波之號，不可以時數推之。假以方石芥城，准爲一期之候。中含四大中劫，謂成、住、壞、空也。如從十歲增至八萬，復從八萬至於十歲，經二十反爲一小劫，二十小劫爲一成劫，以年算之，則經八千萬萬億百千八百萬歲也，止爲一小劫耳。《隋書》：每佛滅度，遺法相傳，有正、象、末三等淳漓之異，年歲遠近，亦各不同。末法已後，衆生愚鈍，無復佛教，而業行轉惡，年壽漸短，經數千百載間，乃至朝生夕死。然後有大水、大火、大風之災，一切除去之，而更立生人，又歸淳朴，謂之小劫。每一小劫，則一佛出世。《法華經》：大通智勝佛破魔軍已，垂得阿耨多羅三藐三菩提，而諸佛法不現在前，如是一小劫，乃至十小劫，結跏趺坐，身心不動。偈曰：世尊甚希有，一坐十小劫，身體及手足，靜然安不動。

〔五〕《涅槃經》：觀一切法，本性皆空。僧肇《維摩詰經注》：二乘觀空，惟在無我，大乘觀空，無法不在。

其二

客來花雨際〔一〕，秋水落金池〔二〕。片石寒青錦，疏楊挂緑絲。高僧拂玉柄〔三〕，童子獻雙（繆本作「霜」）梨。惜去愛佳景，烟蘿欲暝時。

〔一〕《法華經》：是時天雨曼陀羅花、摩訶曼陀羅花、曼殊沙花、摩訶曼殊沙花，而散佛上，及諸大衆。

〔二〕《彌陀經》：七寶池底，純以金沙布地。梁元帝詩：飄花拂葉度金池。

〔三〕玉柄，謂麈尾。

金陵鳳凰臺置酒

《法苑珠林》：白塔寺在秣陵三井里。晉升平中有鳳凰集此地，因名其處爲鳳凰臺。《六朝事跡》：鳳臺山，宋元嘉中鳳鳳集於是山，乃築臺於山椒，以旌嘉瑞。在府城西南二里，今保寧寺是也。《方輿勝覽》：鳳臺山，在建康府城南二里餘，保寧寺是也。鳳凰臺，故基在寺後。

置酒延落景〔一〕，金陵鳳凰臺。長波寫萬古，心與雲俱開。借問往昔時，鳳凰爲誰來。鳳凰去已久，正當今日迴。明君越羲、軒〔二〕，天老坐三台〔三〕。豪士無所用，彈絃醉金罍〔四〕。東風吹山（蕭本作「出」）花，安可不盡杯？六帝没幽草〔五〕，深宫冥綠苔。置酒勿復道〔六〕，歌鐘但相催〔七〕。

〔一〕江淹詩：徘徊踐落景。

〔二〕羲、軒，伏羲、軒轅也。

〔三〕《韓詩外傳》：黄帝即位，施惠承天，一道修德，惟仁是行，宇内和平，未見鳳凰，惟思其象，夙寐晨興，乃召天老而問之曰：「鳳象何如？」天老對曰：「夫鳳象，鴻前麟後，蛇頸而魚尾，龍文而龜身，燕頷而雞喙。戴德負仁，抱忠挾義，小音金，大音鼓。延頸奮翼，五彩備明。舉動八風，氣應時雨。食有質，飲有儀。往即文始，來即嘉成。惟鳳爲能通天祉，應地靈，律五音，覽九德。天下有道，得鳳象之一，則鳳過之；得鳳象之二，則鳳翔之；得鳳象之三，則鳳集之；得鳳象之四，則鳳春秋下之；得鳳象之五，則鳳没身居之。」黄帝曰：「於戲允哉！朕何敢與焉！」於是黄帝乃服黄衣，戴黄冕，致齋於宫。鳳乃蔽日而至。黄帝降於東階，西面再拜，稽首曰：「皇天降祉，不敢不承命。」鳳乃止帝東園，集帝梧桐，食帝竹實，没身不去。章懷太子《後漢書注》：《帝王世紀》曰：黄帝以風后配上台，天老配中台，五聖配下台，謂之三公。「明君越羲軒」二句，乃一章上下關鍵處。上以承鳳凰今日當來之故，下以起豪士無所用而置酒取樂之由。

〔四〕金罍，酒器，詳七卷注。

〔五〕六帝，六代帝王也。

〔六〕《古詩》：棄捐勿復道。

〔七〕《國語》：歌鐘二肆。韋昭注：歌鐘，歌時所奏。

秋浦清溪雪夜對酒客有唱鷓鴣者

秋浦，縣名，唐時隸池州。清溪在其北，詳八卷注。《樂府詩集》：《山鷓鴣》，羽調曲也。

披君（一作「我」）貂襜（音近占）褕（音臾）〔一〕，對君白玉壺。雪花酒上滅，頓覺夜寒無。客有桂陽至〔二〕，能吟《山鷓鴣》。清風動窗竹，越鳥起相呼〔三〕。持此足爲樂，何煩笙與竽？

〔一〕張衡詩：美人贈我貂襜褕。顏師古《急就篇注》：襜褕，直裾襜衣也。謂之襜褕者，取其襜襜而寬裕也。

〔二〕桂陽，唐時郡名，即郴州也。隸江南西道。

〔三〕越鳥，即鷓鴣也。以越地最多，故謂之越鳥。

與周剛清繆本作「青」溪玉鏡潭宴别原注：潭在秋浦桃胡陂下，予新名此潭。

桃胡陂，繆本作桃樹陂。

周必大《泛舟游山録》：清溪水正碧色，下淺灘數里至玉鏡潭。水自南來，觸岸西折，彎環可喜，潭深裁二、三丈。李白詩云「溪水正南奔，迴作玉鏡潭」，實録也。《江南通志》：玉鏡潭，在池州府城西南七十里，過白面渡匯爲秋浦。李白詩「迴作玉鏡潭，澄明洗心魂」，即此。宋陳應直刻玉鏡潭三大字於石上。《潛確居類書》：玉鏡潭上有桃胡陂，一名桃花陂。

康樂上官去，永嘉游石門〔一〕。江亭有孤嶼〔二〕，千載跡猶存。我來游（繆本作「憩」）秋浦，三入桃陂源。千峰照（一作「點」）積雪，萬壑盡啼猿。興與謝公合，文因周子論。掃崖去落葉，席月開清樽〔三〕。溪當大樓南〔四〕，溪水正南奔。迴作玉鏡潭，澄明洗心魂。此中得佳境，可以絶囂喧。清夜方歸來，酣（一作「蓮」）歌出平原。别後經此地，爲予謝蘭蓀〔五〕。

〔一〕《南史》：謝靈運襲封康樂公，出爲永嘉太守。《一統志》：石門山，在温州府城北。薛方山《浙江通志》：温州府北山，説者謂爲郡主山，又曰石門山。有石崖懸瀑，高百餘丈，瀦爲二潭，名曰水際。

〔二〕《太平寰宇記》：孤嶼，在温州城北四里永嘉江中，渚長三百丈，闊七十步，嶼有二峰。謝康樂有《登石門最高頂》詩，又有《登江中孤嶼》詩。

〔三〕陶隱居《解官表》：席月澗門，橫梁雲際。

〔四〕《江南通志》：大樓山，在池州府城南六十里。

〔五〕《韻會》：蓀，香草。陶隱居云：蓀，生溪側，有名溪蓀者，極似石菖蒲，而葉無脊。

游秋浦白笴音哿，又音杲，又音稈陂二首

《江南通志》：白笴堰，在池州府城西南二十五里。李白詩「何處夜行好？月明白笴陂」，即其地也。

何處夜行好？月明白笴陂。山光摇積雪，猿影挂寒枝。但恐佳景晚，小令歸棹移。人來有清興，及此有相思〔一〕。

〔一〕蕭士贇曰：末句「有」字，依《孟子》音又，去聲。一本竟改作「又」字，非也。

其二

白笴夜長嘯，爽然溪谷寒。魚龍動陂水，處處生波瀾。天借一明月，飛來碧雲端。故鄉不可見，腸斷正西看。

宴陶家亭子

曲巷幽人宅，高門大士家。池開照膽鏡〔一〕，林吐破顔花〔二〕。緑水藏春日，青軒祕晚霞。若聞絃管妙，金谷不能誇〔三〕。

〔一〕照膽鏡，用《西京雜記》咸陽方鏡事，詳四卷注。借言池水之清，照人若鏡也。

〔二〕《五燈會元》：世尊在靈山會上，拈花示衆，是時衆皆默然，唯迦葉尊者破顔微笑。

〔三〕石崇《金谷詩叙》：予以元康六年，從太僕卿出爲使持節監青、徐諸軍事，征虜將軍，有別廬在河南縣界金谷澗中，或高、或下，有清泉、茂林、衆果、竹柏、藥草之屬，莫不畢備。又有水碓、魚池、土窟，其爲娱目歡心之物備矣。時征西大將軍祭酒王詡，當還長安，余與衆賢共送往澗中，晝夜游宴，屢遷其坐。或登高臨下，或列坐水濱，時琴、瑟、笙、筑，合載車中，道路並作，及住，令與鼓吹遞奏，遂各賦詩以叙中懷，或不能者，罸酒三斗。感性命之不永，懼凋落之無期，故具列時人官號姓名年紀，又寫詩著後。後之好事者，其覽之哉。《太平寰宇記》：郭緣生《述征記》曰：金谷，谷也。地有金水，自太白原南流經此谷。晉衛尉石崇，因即川阜而造制園館。

在水軍宴韋司馬樓船觀妓繆本下有「永王軍中」四小字

摇曳帆在空〔一〕，清流（一作「川」）順歸風。詩因鼓吹發〔二〕，酒爲劍歌雄。對舞青樓妓，雙鬟白玉童。行雲且莫去，留醉楚王宫。

〔一〕鮑照詩：摇曳高帆舉。

〔二〕《藝文類聚》：俗語曰：桓玄作詩，思不來，輒作鼓吹，既而思得，云：「鳴鵠響長阜。」嘆曰：「鼓吹固自來人思。」

流夜郎至江夏陪長史叔及薛明府宴興德寺南閣

紺殿横江上〔一〕，青山落鏡中。岸迴沙不盡，日映水成空。天樂流（一作「聞」）香閣〔二〕，蓮舟颸（音恙）晚風〔三〕。恭陪竹林宴，留醉與陶公〔四〕。

〔一〕徐陵《孝義寺碑》：紺殿安坐，蓮花養神。《説文》：紺，深青揚赤色也。

〔二〕《華嚴經》：百萬天樂，各奏百萬種法，相續不斷。宋之問詩：香閣臨清漢，丹梯隱翠微。

〔三〕沈君攸詩：平川映曉霞，蓮舟泛浪華。蓮舟，採蓮舟也。颸者，隨風摇蕩之義。

〔四〕《晉書》：阮咸任達不拘，與叔父籍爲竹林之游。陶公，謂陶潛，以喻薛明府。

泛沔州城南郎官湖并序

唐時，沔州隸江南西道，又謂之漢陽郡，有漢陽、汊川二縣。《湖廣通志》：郎官湖，在漢陽府城内。

乾元歲秋八月，白遷於夜郎，遇故人尚書郎張謂出使夏口〔一〕。沔州牧杜公、漢陽宰王公，觴於江城之南湖，樂天下之再平也。方夜水月如練〔二〕，清光可掇〔三〕，張公殊有勝概，四望超然，乃顧白曰：「此湖，古來賢豪游者非一，而枉踐佳景，寂寥無聞。夫子可爲我標之嘉名，以傳不朽。」白因舉酒酹（音類）水〔四〕，號之曰郎官湖，亦由鄭圃之有僕射陂也〔五〕。席上文士輔翼、岑静以爲知言，乃命賦詩紀事，刻石湖側，將與大别山共相磨滅焉〔六〕。

〔一〕《唐詩紀事》：張謂登天寶二年進士第，奉使長沙，作《長沙風土記》，大曆間爲禮部侍郎。《唐詩品彙》：張謂，字正言，河南人。《舊唐書》：鄂州江夏縣，本漢沙羨縣地，屬江夏郡。江、漢二水會於州西。春秋謂之夏汭，晉、宋謂之夏口，宋置江夏郡治於此，隋不改。武德四年，改爲鄂州。《一統志》：唐史皆稱鄂州爲夏口。

〔二〕梁元帝詩：昆明夜月光如練，上林朝花色如霰。

〔三〕毛萇《詩傳》：掇，拾也。

〔四〕《廣韻》：酹，以酒沃地也。

〔五〕《元和郡縣志》：李氏陂，在鄭州管城縣東四里。後魏孝文帝以此陂賜僕射李沖，故俗呼爲僕射陂，周迴十八里。

〔六〕又云：魯山，一名大別山，在沔州漢陽縣東北一百步，其山前枕蜀江，北帶漢水。《湖廣通志》：大別山，在漢陽府城東北半里，漢江西岸。《禹貢》：「内方至於大別。」即此。一名翼際山，又名魯山，山之陰有鎖穴，即孫晧以鐵索截江處。

張公多逸興，共泛沔城隅。當時秋月好，不減武昌都〔一〕。四坐醉清光，爲歡古來無。郎官愛此水，因號郎官湖。風流若未滅，名與此山俱〔二〕。

〔一〕武昌，孫權嘗建都於此，故曰武昌都。秋月，似用庾亮南樓談詠竟坐事，詳見二十二卷《武昌夜飲懷古》詩注。

〔二〕《晉書·羊祜傳》：公德冠四海，道嗣前哲，令聞令望，必與此山俱傳。末句借用其語。

陪侍郎叔游洞庭醉後三首

《元和郡縣志》：洞庭湖，在岳州巴陵縣西南一里五十步，周迴三百六十里。

今日竹林宴〔一〕，我家賢侍郎。三杯容小阮，醉後發清狂〔二〕。

〔一〕袁宏《竹林名士傳》：阮咸，字仲容，籍之兄子也，與籍俱爲竹林之游。

〔二〕《漢書·昌邑王傳》：清狂不惠。蘇林曰：凡狂者，陰陽脉盡濁，今此人不狂似狂者，故言清狂也。或曰：色理清徐而心不慧曰清狂。清狂，如今白癡也。琦按：詩人所稱，多以縱情詩酒之類爲清狂，與《漢書》所解殊異。

其二

船上齊橈（音饒）樂〔一〕，湖心泛月歸。白鷗閑不去，爭拂酒筵飛。

〔一〕《廣韻》：橈，楫也。

其三

剗（音産）卻君山好〔一〕，平鋪湘水流。巴陵無限酒，醉殺洞庭秋。

〔一〕《廣雅》：剗，削也。《北夢瑣言》：湘江北流至岳陽，達蜀江。夏潦後，蜀漲勢高，遏住湘波，讓而退溢爲洞庭湖，凡闊數百里，而君山宛在水中，秋水歸壑，此山復居於陸。《岳陽風土記》：君山在洞庭湖中，昔人有詩云「四顧疑無地，中流忽有山」，正謂此也。夏秋水漲，皆巨浸，不可以陸行往。楊齊賢曰：君山，在洞庭東，距巴陵四十里，登岳陽樓望之，横陳其前。君山之後乃大湖，渺茫無際直抵沅、澧、鼎三州。《通典》：岳州巴陵縣，漢下雋縣地，古巴丘也，有君山、洞庭湖。

夜泛洞庭尋裴侍御清酌

日晚湘水緑〔一〕，孤舟無端倪〔二〕。明湖漲秋月，獨泛巴陵西。遇憩裴逸人，巖居陵丹梯〔三〕。抱琴出深竹，爲我彈《鵾雞》〔四〕。曲盡酒亦傾，北窗醉如泥〔五〕。人生且行樂〔六〕，何必組與珪？

〔一〕《文獻通考》：巴陵縣有湘水，有洞庭湖。《潛確居類書》：湘江，在長沙府城西，水至清澈。

〔二〕謝靈運詩：溟漲無端倪。李周翰注：端倪，猶崖際也。

〔三〕謝朓詩：即此陵丹梯。李善注：丹梯，謂山也。吕延濟注：丹梯，謂山高峰入雲霞處。

〔四〕嵇康《琴賦》：鵾雞游絃。李善注：古相和歌有《鵾雞曲》。李周翰曰：琴有《鵾雞》、《鴻雁》之曲。

〔五〕後漢時人語：一日不齋醉如泥。

〔六〕《漢書》：人生行樂耳，須富貴何時？

陪族叔刑部侍郎曄及中書賈舍人至游洞庭五首

《舊唐書》：乾元二年，鳳翔七馬坊押官爲盜，劫掠平人。天興令謝夷甫擒殺之，其妻進狀訴冤，詔監察御史孫鎣推之。鎣直其事，其妻又訴，詔令御史中丞崔伯陽、刑部侍郎李曄、大理卿權獻爲三司訊之，與鎣同。妻論訴不已，侍御史毛若虛言：「伯陽等有情，不能質定刑獄。」伯陽貶端州高要尉，權獻貶彬州桂陽尉，曄貶嶺下一尉。賈至，見十一卷注。

洞庭西望楚江分〔一〕，水盡南天不見雲。日落長沙秋色遠，不知何處弔湘君〔二〕。

〔一〕楊齊賢曰：岷江自西來，至岳陽樓前，與洞庭之水合而東行。潭州長沙郡，在洞庭上流三百餘里。

〔二〕《史記》：秦始皇問博士曰：「湘君何神？」博士曰：「聞之，堯女，舜之妻。」《列女傳》：二妃死於江、湘之間，俗謂之湘君。

其二

南湖秋水夜無煙，耐可乘流直上天〔一〕。且就洞庭賒月色，將船買酒白雲邊。

〔一〕耐可，猶言若可也，詳八卷注。

其三

洛陽才子謫湘川〔一〕，元禮同舟月下仙〔二〕。記得長安還欲笑，不知何處是西天。

〔一〕潘岳《西征賦》：賈生，洛陽之才子。謂賈誼也。賈至亦河南洛陽人，故以誼比之。

〔二〕後漢李膺，字元禮，與郭林宗同舟而濟，見十二卷注。用此以擬李曄。二人俱謫官，故用《桓譚新論》中「人聞長安樂，出門向西笑」之語，以致其思望之情。

其四

洞庭湖西秋月輝，瀟湘江北早鴻飛〔一〕。醉客滿船歌《白苧》〔二〕，不知霜露入秋衣。

〔一〕盧照鄰詩：霜氛落早鴻。

〔二〕《白苧》，清商調曲也。苧，是吴地所產，故舊説以爲吴人之歌，始則田野之作，後乃大樂用焉。一云即《子夜歌》也，在吴歌爲《白苧》，在雅歌爲《子夜》。餘見四卷注。

其五

帝子瀟湘去不還〔一〕，空餘秋草洞庭間。淡掃明湖開玉鏡，丹青畫出是君山〔二〕。

〔一〕《楚辭》：帝子降兮北渚。王逸注：帝子，謂堯女也。堯二女娥皇、女英，隨舜不反，墮於湘水之渚，因爲湘夫人。

〔二〕《元和郡縣志》：君山，在岳州巴陵縣西三十里青草湖中。昔秦始皇欲入湖觀衡山，遇風浪，至此山止泊，因號焉。或云湘君所游止，故名之也。《方輿勝覽》：君山，在洞庭湖中，方六十里，亦名洞庭之山。昔帝之二女居之，曰湘夫人，又曰湘君所游，故名君山。《一統志》：君山，在岳州府城西南一十五里洞庭湖中，狀如十二螺髻。

楚江黄龍磯南宴楊執戟治樓

五月分（霏玉本作「入」）五洲〔一〕，碧山對青樓。故人楊執戟，春賞楚江流。一見醉（霏玉本作「波」）漂月，三杯歌棹謳〔二〕。桂枝攀不盡〔三〕，他日更相求。

〔一〕《水經注》：江中有五洲相接，故以五洲爲名。宋孝武帝舉兵江中，建牙洲上，有紫雲蔭之，即是洲也。胡三省《通鑑注》：五洲，當在今黄州、江州之間。

〔二〕《蜀都賦》：吹洞簫，發棹謳。劉淵林注：棹謳，鼓棹而歌也。

〔三〕淮南王《招隱士》：攀援桂枝兮聊淹留。

銅官山醉後絶句

陸游《入蜀記》：隔荻港，即銅陵界，遠山嶄然臨大江者，即銅官山。《海録碎事》：銅官山在宣州。

我愛銅官樂，千年未擬還。要須迴舞袖，拂盡五松山〔一〕。

〔一〕《海録碎事》：五松山，在宣城南陵。

與南陵常贊府游五松山

原注：山在南陵銅井西五里，有古精舍。

南陵縣，隸宣州。《容齋隨筆》：唐人呼縣丞爲贊府。《潛確居類書》：《輿地紀勝》：五松山，在銅陵縣南，銅官西南。山舊有松，一本五枝，蒼鱗老幹，翠色參天。

安石泛溟渤〔一〕，獨嘯長風還。逸韻動海上〔二〕，高情出人間。靈異可並跡，澹然與世閑。我來五松下，置酒窮躋攀。徵古絶遺老，因名五松山〔三〕。五松何清幽，勝境美沃（音屋）洲〔四〕。蕭颯鳴洞壑，終年風雨秋。響入百泉去〔五〕，聽如三峽流〔六〕。剪竹掃天花〔七〕，且從傲吏游〔八〕。龍堂若可憩〔九〕，吾欲歸精修。

〔一〕溟渤，海也，見七卷注。

〔二〕《世説》：謝太傅盤桓東山時，與孫興公諸人泛海戲，風起浪湧，孫、王諸人色並遽，便唱使還。太傅神情方王，吟嘯不言，舟人以公貌閑意悦，猶去不止。既風轉急，浪猛，諸人皆喧動不坐，公徐云：「如此，將無歸。」舟人即承響而回。於是審其量足以鎮安朝野。

〔三〕胡震亨曰：觀此詩，是五松非山本名，乃太白所名，亦如名九華也。

〔四〕《太平寰宇記》：沃洲山，在越州剡縣東七十二里。施宿《會稽志》：沃洲山，在新昌縣東三十二里。晉白道猷、法深、支遁，皆居之。戴、許、王、謝十八人與之游，號爲勝會，亦白蓮社之比也。唐白樂天《山院記》云：東南山水，剡爲面，沃洲、天姥爲眉目。山有靈湫、杖錫泉、養馬坡、放鶴峰，皆因支道林得名。吴虎臣《漫録》云：沃州、天姥，號山水奇絶處。自異僧白道猷來自西天竺，賦詩云：「連峰數十里，修林帶平津。茅茨隱不見，雞鳴知有人。」晉、宋之世，隱逸爲多。

〔五〕《詩·大雅》：逝彼百泉。

〔六〕《通鑑地理通釋》：三峽，廣溪峽、巫峽、西陵峽也。廣溪爲三峽之首，昔禹鑿以通江，所謂巴東之峽，東至西陵七百里。蕭颯、風雨、百泉、三峽，皆狀五松濤聲之美。

〔七〕《法華經》：時諸梵天王雨衆天花，香風時來，吹去萎者，更雨新者。

〔八〕郭璞詩：漆園有傲吏。

〔九〕《江南通志》：龍堂精舍，在南陵縣五松山。李白與南陵常贊府游此，有詩。

宣城清蕭本作「青」溪一作《入清溪山》

琦按：清溪，在池州秋浦縣北五里。而此云宣城清溪者，蓋代宗永泰元年，始析宣州之秋浦、青陽及饒州之至德爲池州，其前固隸宣城郡耳。

清（蕭本作「青」）溪勝桐廬〔一〕，水木有佳色〔二〕。山貌日高古，石容天傾側。綵鳥昔未名，白猿初相識。不見同懷人，對之空嘆息。

〔一〕《太平寰宇記》：睦州桐廬縣，漢爲富春縣地，吴黄武四年，分富春置此縣。耆老相傳云：桐溪側有大桐樹，垂條偃蓋蔭數畝，遠望似廬，遂謂爲桐廬縣也。

〔二〕吴均《與朱元思書》：自富陽至桐廬一百里許，奇山異水，天下獨絶。

與謝良輔游涇川陵巖寺

《唐詩紀事》：謝良輔登天寶十一年進士第。德宗時，刺商州，爲團練所殺。《江南通志》：涇溪在寧國府涇縣西南一里。陵巖教寺，在涇縣西七十五里，隋時建。涇川，即涇溪也。

乘君素舸（音哿）泛涇（音京）西〔一〕，宛似雲門對若溪〔二〕。且從康樂尋山水〔三〕，何必東游入會稽。

〔一〕謝靈運詩：可憐誰家郎，緣流乘素舸。

〔二〕《方輿勝覽》：雲門寺，在會稽縣南三十一里，今名雍熙，爲州之偉觀。昔王子敬居此，有五色祥雲，詔建寺號雲門。楊齊賢曰：若耶溪、雲門寺，在越州會稽縣南。

〔三〕《宋書》：謝靈運出爲永嘉太守，郡有名山水，靈運素所愛好。出守既不得志，遂肆志游遨，遍歷諸縣，動踰旬朔，民間辭訟，不復關懷，所至輒爲詩咏，以寄其意。

游水西簡鄭明府

天宫水西寺〔一〕，雲錦照東郭。清湍鳴迴溪，緑竹（蕭本作「水」）繞飛閣〔二〕。涼風日瀟灑，幽客時憩泊。五月思貂裘，謂言秋霜落。石蘿引古蔓，岸笋開新籜〔三〕。吟翫空復情，相思爾佳作。鄭公詩人秀，逸韻宏寥廓〔四〕。何當一來游，愜我雪山諾〔五〕。

〔一〕按：《江南通志》有水西寺、水西首寺、天宫水西寺，皆在涇縣西五里之水西山中。天宫水西寺者，本名凌巖寺，南齊永平元年，淳于棼捨宅建。上元初改天宫水西寺，大中時重建。宋太平興國間，賜名崇慶寺。凡十四院，其最勝者曰華嚴院。横跨兩山，廊廡皆閣道，泉流其下。

〔二〕《東京賦》：飛閣神行。薛綜注：閣道相通，不在于地，故曰飛。

〔三〕《韻會》：籜，筍皮也。

〔四〕顔師古《漢書注》：寥廓，天上寬廣之處。

〔五〕《廣弘明集》：案《文殊師利般涅槃經》云：佛滅度後四百五十年，文殊至雪山中，爲五百仙人宣説十二部經訖，還歸本土，入于涅槃。案《地理志》、《西域傳》云：雪山者，即葱嶺也。其下三十六國，先來屬漢，以葱嶺多雪，故號雪山焉。文殊往化仙人，即其處也。

九日登山

玩詩義，當是偕一宗室爲宣城别駕者，於九日登其所新築之臺而作，詩題應有缺文。

淵明《歸去來》，不與世相逐〔一〕。爲無杯中物〔二〕，遂偶本州牧。因招白衣人，笑酌黄花菊〔三〕。我來不得意，虚過重陽時〔四〕。題輿何俊發〔五〕，遂結城南期。築土接（蕭本作「按」）響山〔六〕，俯臨宛（蕭本作「遠」）水湄。胡人叫玉笛，越女彈霜絲〔七〕。自作（當是「非」字之訛）英王冑〔八〕，斯樂不可窺。赤鯉湧琴高〔九〕，白龜道冰（許本作「馮」）夷〔一〇〕。靈仙如彷彿，奠酹遥相知〔一一〕。古來登高人，今復幾人在？滄洲違宿諾，明日猶可待。連山似驚波〔一二〕，合沓出溟海〔一三〕。揚袂揮四座，酩酊安所知〔一四〕？齊歌送清觴（蕭本作「揚」），起舞亂參差。賓隨落葉散〔一五〕，帽逐秋風吹〔一六〕。别後登此臺，願言長相思。

〔一〕《晉書》：陶潛爲彭澤令，郡遣督郵至縣，吏白：「應束帶見之。」潛嘆曰：「吾不能爲五斗米折腰，拳拳事鄉里小人。」即解印去縣，乃賦《歸去來》。刺史王弘以元熙中臨州，甚欽遲之。後自造焉，潛稱疾不見，既而語人曰：「我性不狎世，因疾守閑，幸非潔志慕聲，豈敢以王公紆軫爲榮耶！」弘每令人候之，密知當往廬山，乃遣其故人龐通之等齎酒，先於半道要之。潛既遇酒，便引酌野亭，欣然忘進，弘乃出與相聞，遂歡宴窮日。弘後欲見，輒於林澤間候之，至於酒米乏絶，亦時相贍。

〔二〕陶淵明詩：天運苟如此，且進杯中物。

〔三〕《藝文類聚》、《續晉陽秋》曰：陶潛嘗九月九日無酒，出宅邊菊叢中，摘菊盈把，坐其側。久之，望見白衣人至，乃王弘送酒也。即便就酌，醉而後歸。

〔四〕《夢粱録》：九爲陽數，其日與月並應，故號曰重陽。

〔五〕《北堂書鈔》：謝承《後漢書》曰：周景爲豫州刺史，辟陳蕃爲别駕，不就，景題别駕輿曰「陳仲舉座也」，不復更辟，蕃惶懼，起視職。

〔六〕《方輿勝覽》：響山在宣城縣南五里。《一統志》：響山，在寧國府城南五里，下俯宛溪。權德輿記：響山，兩崖聳峙，蒼翠對起，其南得響潭焉，清泚可鑒，瀠洄澄淡。

〔七〕霜絲，樂器上絃也。

〔八〕《韻會》：胄，裔也，系也，嗣也。

〔九〕《列仙傳》：琴高者，趙人也。以鼓琴爲宋康王舍人，行涓彭之術，浮游冀州、涿郡之間。二百餘年後，辭入涿水中取龍子。與弟子期日，皆潔齋待於水旁設祠，果乘赤鯉來，出坐祠中，旦有萬人觀之。留一月餘，復入水去。

〔一〇〕《山海經》：從極之淵，深三百仞，維冰夷恒都焉。冰夷，人面，乘兩龍。郭璞注：冰夷，馮夷也。

《淮南》云「馮夷得道，以潛大川」，即河伯也。《穆天子傳》所謂河伯無夷者，《竹書》作馮夷，字或作冰也。《河圖括地象》：馮夷恒乘雲車，駕兩龍。白黿，事未詳。《楚辭·河伯》云：乘白黿兮逐文魚，與汝游兮河之渚。白黿殆白黿之訛歟？

〔一二〕《廣韻》：酹，以酒沃地也。

〔一三〕木華《海賦》：波如連山。太白本其語而倒用之，謂「連山似驚波」，遂成奇語。

〔一四〕謝朓詩：合沓與雲齊。吕向注：合沓，高貌。

〔一五〕《説文》：酩酊，醉也。

〔一六〕盧照鄰詩：客散同秋葉，人亡似夜川。

〔一七〕《晉書》：孟嘉爲征西桓温參軍，温甚重之。九月九日，温燕龍山，僚佐畢集。時佐吏並著戎服，有風至，吹嘉帽墮落，嘉不之覺，温使左右勿言，以觀其舉止。嘉良久如廁，温令取還之，命孫盛作文嘲嘉，著嘉坐處。嘉還見，即答之。其文甚美，四坐嗟嘆。

九日

今日雲景好，水緑秋山明。攜壺酌流霞〔一〕，搴菊泛寒榮〔二〕。地遠松石古，風揚絃管清。窺觴照歡顔，獨笑還自傾〔三〕。落帽醉山月，空歌懷友生。

〔一〕流霞，酒名。按《抱朴子》：項曼都言：仙人以流霞一杯，與我飲之，輒不飢渴。故擬之以爲名耳。

〔二〕《楚辭章句》：搴，手取也。寒榮，猶寒花也。

〔三〕陶淵明詩：一觴雖獨進，杯盡壺自傾。

九日龍山飲

《九域志》：太平州有龍山。晉大司馬桓温，嘗於九月九日登此山。孟嘉爲風飄帽落，即此山也。《太平府志》：龍山，在當塗縣南十里，蜿蜒如龍，蟠溪而卧，故名。舊志載桓温以重九日與僚佐登山，孟嘉落帽事。或云孟嘉落帽之龍山，當在江陵，而《元和志》、《寰宇記》皆云是此山，疑必温移鎮姑孰時事也。

九日龍山飲，黄花笑逐臣〔一〕。醉看風落帽，舞愛月留人。

〔一〕《淮南子》：季秋之月，菊有黄花。高誘注：菊色不一，而專言黄者，秋令在金，以黄爲正也。史正志《菊譜》：菊，草屬也，以黄爲正，所以概稱黄花。

九月十日即事

昨日登高罷，今朝更舉觴。菊花何太苦，遭此兩重陽〔一〕。

〔一〕《歲時雜記》：都城重九後一日宴賞，號小重陽。菊以兩遇宴飲，兩遭採掇，故有太苦之言。

陪族叔當塗宰游化城寺升公清風亭

《太平府志》：古化城寺，在府城内向化橋西禮賢坊，吴大帝時建，基址最廣。宋孝武南巡，駐蹕於此，增置二十八院。唐天寶間，寺僧清升能詩文，造舍利塔、大戒壇，建清風亭於寺旁西湖上，鑄銅鐘一，李白銘之，今盡廢。宋知州郭緯，以東城雄武之地，改遷化城寺，撤其西北之地爲城守，而存其餘爲西庵。凡西庵至西北兩城隅，皆古化城寺基也。

化城若化出〔一〕，金牓天宫開〔二〕。疑是海上雲，飛空結樓臺〔三〕。升公湖上（一作「山」，一作「中」）秀，粲然有辯才〔四〕。濟人不利己，立俗無嫌猜。了（蕭本作「子」，誤）見水中月〔五〕，青蓮出塵埃。閒居清風亭，左右清風來。當暑陰廣殿，太陽爲徘徊。茗酌待幽客，珍盤薦雕梅。飛文何灑落〔六〕，萬象爲之摧。季父擁鳴琴〔七〕，德聲布雲雷。雖游道林室〔八〕，亦（一作「不」）舉陶潛杯〔九〕。清樂動諸天〔一〇〕，長松自吟哀〔一一〕。留歡若可盡，劫石乃成灰〔一二〕。

〔一〕《法華經》：導師以方便力，於險道中過三百由旬，化作一城。是時，疲極之衆，心大歡喜，我等今者免斯惡道，前入化城，生安穩想。寺之立名，蓋取此義。

〔二〕《神異經》：中央有宫，以金爲牆，有金榜，以銀鏤題。

〔三〕《三齊略記》：海上蜃氣，時結樓臺，名海市。

〔四〕《維摩詰經》：維摩詰深達實相，善説法要，辯才無滯，智慧無礙。

〔五〕又云：菩薩觀衆生，如智者見水中月。

〔六〕《昭明文選序》：飛文染翰，則卷盈乎緗帙。

〔七〕《説苑》：宓子賤治單父，彈鳴琴，身不下堂而單父治。

〔八〕《法苑珠林》：支遁，字道林，本姓關氏，陳留人。或云河東林慮人。幼而神理，聰明秀徹。王羲之覩遁才藻驚絶罕儔，遂披衿解帶，留連不能已，乃請住靈嘉寺，意存相近。又投跡剡山，於沃洲小嶺立寺行道。僧衆百餘，嘗隨稟學。

〔九〕《晉書》：陶潛爲彭澤令，在縣公田，悉令種秫穀，曰：「令吾嘗醉於酒，足矣。」

〔一〇〕清樂，前代新聲也，見本卷注。諸天，釋氏所稱三十二天也，見十九卷注。

〔二〕王勣《答馮子華書》：松柏群吟。

〔三〕《搜神記》：漢武帝鑿昆明池，極深，悉是灰墨，無復土。舉朝不解，以問東方朔，朔曰：「臣愚，不足以知之，可試問西域人。」帝以朔不知，難以移問。至後漢明帝時，西域道人來洛陽，時有憶方朔言者，乃試以武帝時灰墨問之。道人云：「經云：天地大劫將盡，則劫燒，此劫燒之餘也。」

李太白全集卷之二十一

錢塘王琦琢崖輯注
王縉端臣王思謙藴山較

古近體詩共三十六首

登錦城散花樓

《太平寰宇記》：錦城，《華陽國志》云：成都夷里橋南岸道西有城，故錦官也，命曰錦里。楊齊賢曰：《成都記》：府城亦呼爲錦官城，以江山明麗，錯雜如錦也。散花樓，在摩訶池上，蜀王秀所建。《春明退朝録》：唐成都府有散花樓。

日照錦城頭，朝光散花樓。金窗夾繡户，珠箔懸銀（繆本作「瓊」）鉤〔一〕。飛梯緑雲中，極目散我憂（一作「愁」）。暮雨向三峽〔二〕，春江繞雙流〔三〕。今來一登望，如上九天游。

〔一〕梁簡文帝詩：網户珠綴曲瓊鉤。

〔二〕《太平寰宇記》：三峽謂西峽、巫峽、歸峽。俗云：「巴東三峽巫峽長，清猿三聲淚沾裳。」即禹所疏以導江也。絶峻萬仞，瞥見陽光，不分雲雨。

〔三〕左思《蜀都賦》：帶二江之雙流。劉淵林注：蜀守李冰，鑿離堆，穿兩江，爲人開田，百姓享其利。《水經注》：成都縣有二江，雙流郡下，故揚子雲《蜀都賦》曰「兩江珥其前」者是也。《風俗通》曰：秦昭王使李冰爲蜀守，開成都兩江，溉田萬頃。《元和郡縣志》：成都府雙流縣，北至府四十里，本漢廣都縣也。隋仁壽元年，避煬帝諱改爲雙流，因縣在二江之間，仍取《蜀都賦》云「帶二江之雙流」爲名也，皇朝因之。

登峨眉山

《四川通志》：峨眉山，去嘉州峨眉縣百里，自白水寺登山，初二十里有石磴可陟，又二十里多無路，以木爲梯，行三二里方踏實地。又二十里有雷洞，始到光相寺，則峨眉絶頂也。其上樹木禽鳥，多與平地異，天氣尤不同。九月初已下雪，居者皆綿衣絮衾，山上水煮飯不熟，飯食皆從白水寺造上。

蜀國多仙山，峨眉邈難匹。周流試登覽，絶怪安可悉（蕭本作「息」）。青冥倚天開〔一〕，彩錯疑畫出。泠然紫霞賞〔二〕，果得錦囊術〔三〕。雲間吟瓊簫，石上弄寶瑟〔四〕。平生有微尚，歡笑自此畢〔五〕。烟容如在顔，塵累忽相失〔六〕。儻逢騎羊子〔七〕，攜手凌白日〔八〕。

〔一〕青冥，青而暗昧之狀。《楚辭》：據青冥而攄虹兮。蓋謂天爲青冥也。太白借用其字，别指山峰而言，與《楚辭》殊異。

〔二〕江淹詩：泠然空中賞。李周翰注：泠然，輕舉貌。

〔三〕《武帝内傳》：帝以王母所授《五真圖》、《靈光經》及上元夫人所授《六甲靈飛十二事》，自撰集爲一卷，及諸經、圖，皆奉以黄金之箱，封以白玉之函，以珊瑚爲軸，紫錦爲囊，安著柏梁臺上。

〔四〕沈約詩：象筵鳴寶瑟。《周禮樂器圖》：雅瑟飾以寶玉者，曰寶瑟。

〔五〕顔延年詩：嘉運既我從，欣願自此畢。

〔六〕《南史》：阮孝緒曰：「庶保促生以免塵累。」

〔七〕《列仙傳》：葛由者，羌人也。周成王時，好刻木羊賣之。一旦騎羊入西蜀，蜀中王侯貴人追之上綏山。山在峨眉山西南，高無極也。隨之者不復還，皆得仙道。

〔八〕陳子昂詩：攜手登白日，遠游戲赤城。

大庭庫

《太平寰宇記》：大庭氏庫，高二丈，在曲阜縣城内縣東一百五十步。《路史》：大庭氏之膺籙也，都于曲阜，故魯有大庭氏之庫。昔者黄帝齋于大庭之館，兹其所矣。羅苹注：庫在魯城中曲阜之高處。今在仙源縣内東隅，高二丈。

朝登大庭庫〔一〕，雲物何蒼然〔二〕！莫辨陳、鄭火，空霾鄒、魯烟。我來尋梓慎，觀化入寥天〔三〕。古木翔氣多，松風如五絃。帝圖終冥没〔四〕，嘆息滿山川。

〔一〕《左傳》：昭公十八年，宋、衞、陳、鄭皆火。梓慎登大庭氏之庫以望之，曰：「宋、衞、陳、鄭也。」數日皆來告火。杜預注：大庭氏，古國名，在魯城内。魯于其處作庫，高顯，故登以望氣。

〔二〕《左傳》：凡分至啟閉，必書雲物。杜預注：雲物，氣色災變也。

〔三〕《莊子》：安排而去化，乃入于寥天一。郭象注：入于寂寞，而與天爲一也。宋之問詩：笙歌入玄地，詩酒坐寥天。

〔四〕《宋書》：帝圖凝遠，瑞美昭宣。

登單父音善甫陶少府半月臺

《山東通志》：半月臺，在舊單縣城東北隅，相傳陶沔所築。單縣，即唐時之單父縣也，隸宋州。

陶公有逸興，不與常人俱。築臺像半月，迥向（一作「出」）高城隅。置酒望白雲，商（一作「高」）飈起寒梧〔一〕。秋山入遠海，桑柘羅平蕪〔二〕。水色淥且明（一作「清」），令人思鏡湖〔三〕。終當過江去，愛此暫踟躕。

〔一〕陸機詩：歲暮商飈飛。呂延濟注：商飈，秋風也。

〔二〕江淹《去故鄉賦》：窮陰匝海，平蕪帶天。平蕪，庶草豐茂，遥望平坦若剪者也。

〔三〕鏡湖，在會稽、山陰兩縣界，其水清澈，澄明若鏡，故名，詳見六卷注。

天台曉望

《台州府志》：天台山，在天台縣北三里。自神跡石起，至華頂峰皆是，爲一邑諸山之總稱。按陶弘景《真誥》曰：高一萬八千丈，周圍八百里，山有八重，四面如一。《十道志》謂其頂對三辰，或曰當牛女之分，上應台宿，故曰天台。《登真隱訣》曰：處五縣中央，爲餘姚、句章、臨海、天台、剡縣也。顧野王《輿地志》云：天台山，一名桐柏山，衆岳之最秀者也。徐靈府記云：天台山，與桐柏接而少異。《神邕山圖》又採浮屠氏説，以爲閻浮震旦國極東處，或又號靈越。孫綽賦所謂「托靈越以正基」是也。

天台隣四明〔一〕，華頂高百越〔二〕。門標赤城霞〔三〕，樓棲滄島月。憑高遠登覽，直下見溟渤〔四〕。雲垂大鵬翻，波動巨鰲没〔五〕。風潮爭洶湧，神怪何翕忽？觀奇跡無倪，好道心不歇。攀條摘朱實〔六〕，服藥鍊金骨。安得生羽毛〔七〕？千春卧蓬闕〔八〕。

〔一〕《寧波府志》：四明山，在府西南一百五十里，爲郡之鎮山，由天台發脉向東北行一百三十里，湧爲二百八十峰，周圍八百餘里，綿亘于寧之奉化、慈溪、鄞縣，紹之餘姚、上虞、嵊縣，台之寧海諸境。上有方石，四面有穴如窗，通日月星辰之光，故曰四明山。

〔二〕華頂峰，在天台縣東北六十里，乃天台山第八重最高處，可觀日月之出没，東望大海，瀰漫無際。

〔三〕《太平寰宇記》：赤城山，在天台縣北六里。孫綽《天台山賦》：赤城霞起以建標。李善注：支遁《天台山銘序》曰：往天台山，當由赤城爲道逕。孔靈符《會稽記》曰：赤城山，石色皆赤，狀似雲霞。《天台山圖》曰：赤城山，天台之南門也。建標，立物以爲表識也。

〔四〕溟，渤海也，見七卷注。

〔五〕大鵬、巨鼇，俱見一卷注。

〔六〕劉琨詩：朱實隕勁氣。

〔七〕王逸《楚辭注》：人得道，身生羽毛也。

〔八〕梁簡文帝詩：千春誰與樂。王勃詩：芝廛光分野，蓬闕感規模。

早望海霞邊

四明三千里，朝起赤城霞。日出紅光散〔一〕，分輝照雪崖。一餐咽瓊液〔二〕，五内發金沙〔三〕。舉手何所待，青龍白虎車〔四〕。

〔一〕《楚辭章句》：《凌陽子明經》言：春食朝霞者，日始出赤黄氣。《真誥》：日者霞之實，霞者日之精。君惟聞服日實之法，未知餐霞之精也。夫餐霞之經甚秘，致霞之道甚易，此謂體生玉光、霞映上清之法也。

〔二〕《南岳魏夫人傳》：有冉酣瓊液而叩棺。

〔三〕《參同契》：金砂入五内，霧散若風雨。

〔四〕《太平廣記》：沈羲，吴郡人，學道于蜀中，能消災除病，救濟百姓，功德感天，天神識之。羲與妻賈共載，詣子婦卓孔寧家，道逢白鹿車一乘，青龍車一乘，白虎車一乘，從者皆數十人騎，皆朱衣，仗矛帶劍，輝赫滿道。問羲曰：「君是沈羲否？」羲愕然，不知何等，答曰「是也。何爲問之？」騎人曰：「羲有功于民，心不忘道，自少小以來，履行無過。受命不長，年壽將過，黄老今遣仙官來下迎之。侍郎薄延之，乘白鹿車是也；度世君司馬生，青龍車是也；送迎使者徐福，白虎車是也。」須臾，有三仙人羽衣持節，以白玉簡、青玉册、丹玉字授羲，遂載羲升天。

焦山繆本下多一「杳」字望松寥山

《一統志》：焦山，在鎮江府城東北九里江中，後漢焦先隱此，因名。旁有海門二山，王西樵曰：海門山，一名松寥。夷山，即孟浩然詩所云「夷山對海濱」者也。鮑天鍾《丹徒縣志》：焦山之餘支東出，分峙于鯨波瀰淼中，曰海門山，唐詩稱松寥，稱夷山，即此。

石壁望松寥，宛然在碧霄。安得五綵虹，架天作長橋。仙人如愛我，舉手來相招。

杜陵絶句

胡三省《通鑑注》：杜陵在長安南五十里。

南登杜陵上，北望五陵間〔一〕。秋水明落日，流光滅遠山。

〔一〕《西都賦》：南望杜、霸，北眺五陵。章懷太子注：杜、霸，謂杜陵、霸陵，在城南，故「南望」也。五陵，謂長陵、安陵、陽陵、茂陵、平陵，在渭北，故「北眺」也。

登太白峰

《一統志》：太白山，在陝西武功縣南九十里，山極高，上恒積雪，望之皓然。諺云：「武功太白，去天三百。」山下軍行，不得鳴鼓角；鳴則疾風暴雨立至。上有洞，即道書第十一洞天。又有太白神祠，山半有横雲如瀑布，則澍雨，人常以爲候驗。語曰：「南山瀑布，非朝即暮。」

西上太白峰，夕陽窮登攀〔一〕。太白與我語，爲我開天關。願乘泠（音零）風去〔二〕，直出浮雲間。舉手可近月，前行若無山。一別武功去，何時復更（蕭本作「見」）還？

〔一〕《爾雅》：山西曰夕陽，山東曰朝陽。邢昺疏：日，即陽也，夕始得陽，故名夕陽。《詩·大雅·公劉》云「度其夕陽，豳居允荒」是也。

〔二〕《莊子》：列子御風而行，泠然善也。郭象注：泠然，輕妙之貌。

登邯音寒鄲洪波臺置酒觀發兵原注：時將游薊門。

《元和郡縣志》：洪波臺，在磁州邯鄲縣西北五里。

我把兩赤羽〔一〕，來游燕、趙間。天狼正可射〔二〕，感激無時閑。觀兵洪波臺，倚劍望玉關〔三〕。請纓不繫越〔四〕，且向燕然山〔五〕。風引龍虎旗，歌鐘昔（一作「憶」）追攀〔六〕。擊筑落高月〔七〕，投壺破愁顔〔八〕。遥知百戰勝，定掃鬼方還〔九〕。

〔一〕赤羽，謂箭之羽染以赤者。《國語》所謂「朱羽之矰」是也。又《六韜注》：飛凫、赤莖、白羽，以鐵爲首；電景、青莖、赤羽，以銅爲首。皆矢名。

〔二〕《楚辭》：舉長矢兮射天狼。王逸注：天狼，星名。

〔三〕江淹詩：倚劍臨八荒。《括地志》：玉門關，在沙州壽昌縣西北一百十八里。

〔四〕終軍自請，願受長纓，必羈南越王而致之闕下。詳十五卷注。

〔五〕《後漢紀》：永元二年，竇憲、耿秉自朔方出塞三千里，斬首大獲，銘燕然山而還。

〔六〕《國語》：歌鐘二肆。韋昭注：歌鐘，歌時所奏。

〔七〕顔師古《急就篇注》：筑，形如小瑟而細頸，以竹擊之。《通典》：筑，不知誰所造，史籍惟云高漸離善擊筑，漢高帝過沛所擊。《釋名》曰：筑，以竹鼓之也，似箏細項。按今制：身長四尺三寸，項長三寸，圍四寸五分，頭七寸五分，上闊七寸五分，下闊六寸五分。

〔八〕《後漢書》：祭遵爲將軍，對酒設樂，必雅歌投壺。

〔九〕《周易》：高宗伐鬼方，三年克之。《漢書》：外伐鬼方，以安諸夏。顔師古注：鬼方，絶遠之地。

一曰國名。《晉書》：夏曰薰鬻，殷曰鬼方，周曰獫狁，漢曰匈奴。

登新平樓

新平，郡名，即邠州也，隸關内道。

去國登兹樓〔一〕，懷歸傷暮秋。天長落日遠，水淨寒波流。秦雲起嶺樹，胡雁飛沙洲。蒼蒼幾萬里，目極令人愁〔二〕。

〔一〕王粲《登樓賦》：登兹樓以四望兮，聊暇日以銷憂。

〔二〕《楚辭》：目極千里兮傷春心。

謁老君廟

先君懷聖德，靈廟肅神心〔一〕。草合人蹤斷，塵濃鳥跡深。流沙丹竈滅〔二〕，關路紫烟沉〔三〕。獨傷千載後，空餘松柏林。

〔一〕《宋書》：靈廟荒殘，遺象陳昧。

〔二〕《列仙傳》：關令尹喜與老子俱游流沙，化胡，服巨勝實，莫知其所終。

〔三〕《太平御覽》：《關令内傳》曰：真人尹喜，周大夫也，爲關令。少好學，善天文秘緯。登樓四望，見東極有紫氣西邁，喜曰：「應有異人過此。」乃齋戒掃道以俟之。及老子度關，喜先戒關吏曰：「若有翁乘青牛薄板車者，勿聽過，止以白之。」果至，吏曰：「願少止。」喜帶印綬，設師事之道，老子重辭之。喜曰：「願爲我著書，説大道之意，得奉而行焉。」於是著《道德經》上下二卷。

《文苑英華》以此詩爲玄宗過老子廟詩，而以「先君」爲「仙居」，「丹竈滅」爲「丹竈没」，三字不同。琦玩「草合」一聯，似非太平時天子巡幸景象，此詩定是太白作耳。

秋日登揚州西靈塔

《太平廣記》：揚州西靈塔，中國之尤峻特者。唐武宗未拆寺之前一年，天火焚塔俱盡。白雨如瀉，旁有草堂，一無所損。

寶塔凌蒼蒼，登攀覽四荒〔一〕。頂高元氣合〔二〕，標出海雲長。萬象分空界，三天接畫梁〔三〕。水摇金刹影〔四〕，日動火珠光〔五〕。鳥拂瓊簷（蕭本作「簾」）度，霞連繡栱張〔六〕。目隨征路斷，心逐去帆揚。露浩梧楸白〔七〕，霜（繆本作「風」）催橘柚（音右）黄〔八〕。玉毫如可見〔九〕，于此照迷方〔一〇〕。

〔一〕《楚辭》：將往觀乎四荒。王逸注：荒，遠也。

〔二〕《十洲記》：鍾山有金臺玉闕，亦元氣之所合，天帝居治處也。

〔三〕《孝經鉤命決》：地以舒形，萬象咸載。三天，謂欲界天、色界天、無色界天也。

〔四〕《法華經》：起七寶塔，長表金刹。《伽藍記》：寶塔五重，金刹高聳。胡三省《通鑑注》：刹，柱也。浮圖上柱，今謂之相輪。

〔五〕《舊唐書》：火珠，大如雞卵，圓白皎潔，光照數尺，狀如水精，正午向日，以艾蒸之即火燃。

〔六〕張協《七命》：翠觀岑青，雕閣霞連。沈約《明堂登歌》：雕梁繡栱，丹楹玉墀。

〔七〕《楚辭》：白露既下百草兮，掩離披此梧楸。《韻會》：梧桐，色白，葉似青桐，有子肥美可食。楸，《説文》：梓也。《通志》曰：梓與楸相似，《爾雅》以爲一物，誤矣。陸璣謂「楸之疏理白色而生子者爲梓」，《齊民要術》謂「白色有角爲梓，無子爲楸」，皆不辨楸、梓。梓，與楸自異，生子不生角。

〔八〕《説文》：柚，條也。似橙而酢。《史記正義》：小曰橘，大曰柚，樹有刺，冬不凋，葉青、花白、子黄，亦二樹相似，非橙也。

〔九〕鮑照《佛影頌》：玉毫遺觀。

〔一〇〕《法華經》：爾時，佛放眉間白毫相光，照東方萬八千世界，靡不周遍，下至阿鼻地獄，上至阿迦吒天。

登金陵冶城西北謝安墩

太白自注：此墩即晉太傅謝安與右軍王羲之同登，超然有高世之志，余將營園其上，故作是詩。

《太平寰宇記》：冶城，在今上元縣西五里，本吴鑄冶之地，因以爲名。元帝太興初，以王導久疾，方士戴洋云：「君本命在申，申地有冶，金火相鑠，不利。」遂使范逐移冶于石城東髑髏山處，以其地爲園，多植林館。徐廣《晉記》「成帝適司徒府游觀冶城之園」，即此也。《六朝事跡》：謝安墩，在半山報寧寺之後，基址尚存。謝安與王羲之嘗登此，超然有高世之志。《世説》：王右軍與謝太傅共登冶城，謝悠然遠想，有高世之志。王謂謝曰：「夏禹勤王，手足胼胝；文王旰食，日不暇給。今四郊多壘，宜人人自效，而虚談廢務，浮文妨要，恐非當今所宜。」謝答曰：「秦任商鞅，二世而亡，豈清言致患耶？」

晉室昔横潰，永嘉遂（蕭本作「逐」）南奔〔一〕。沙塵何茫茫，龍虎鬭朝昏。胡馬風漢草〔二〕，天驕蹙中原〔三〕。哲匠感頽運〔四〕，雲鵬忽飛翻。組練照楚國〔五〕，旌旗連海門。西秦百萬衆，戈甲如雲屯〔六〕。投鞭可填江〔七〕，一掃不足論（一作「投策可填江，一朝爲我吞」）。皇運有返正〔八〕，醜虜無遺魂〔九〕。談笑遏横流〔一〇〕，蒼生望斯存〔一一〕。冶城訪古跡（一作「至今古城隅」，一作「至今冶城隅」），猶有謝安墩。憑覽周地險〔一二〕，高標絶人喧。想像東山姿，緬懷右軍言〔一三〕。梧桐識嘉（繆本作「佳」）樹〔一四〕，蕙草留芳根。白鷺映春洲〔一五〕，青龍見朝暾（音吞）〔一六〕。地古雲物在，臺傾禾黍繁。我來酌清波，於此樹名園。功成拂衣去，歸入（一作「長嘯」）武陵源〔一七〕。

〔一〕按《晉書》：懷帝永嘉五年，劉曜、王彌入洛陽，帝開華林園門，出河陰藕池，欲幸長安，爲曜等所追及。曜等遂焚燒宫廟，逼辱后妃，百官士庶，死者三萬餘人。衣冠之族，相率南奔，避亂江左。

〔二〕《書·費誓》：馬牛其風。孔穎達《正義》：風，放也。牝牡相誘，謂之「風」。然則馬牛風佚，因牝牡相逐，而遂至放佚遠去也。

〔三〕《漢書》：胡者天之驕子也。《左傳》：南國蹙。《韻會》：蹙，迫也。《南史》：中原横潰，衣冠道盡。

〔四〕殷仲文詩：哲匠感蕭辰。

〔五〕組練，戰服也，見十一卷注。

〔六〕陸機詩：胡馬如雲屯。

〔七〕《晉書·苻堅載記》：堅鋭意荆、揚，將謀入寇，引群臣會議。堅曰：「以吾之衆旅，投鞭于江，足斷其流。」

〔八〕《謝安傳》：時苻堅强盛，疆埸多虞，諸將敗退相繼。安遣弟石、兄子玄等應機征討，所在尅捷。堅後率衆號百萬，次于淮、淝，京師震恐。玄入問計，安夷然無懼色，答曰：「已别有旨。」玄不敢復言。乃令張玄重請，安遂命駕出山墅，親朋畢集，方與玄圍棋賭别墅。安常棋劣於玄。是日玄懼，便爲敵手而又不勝。安顧謂其甥羊曇曰：「以墅乞汝。」遂游涉，至夜乃還。指授將帥，各當其任。玄等既破堅，有驛書至。安方對客圍棋，看書既竟，即攝放牀上，了無喜色，棋如故。客問之，徐答曰：「小兒輩遂以破賊。」既罷，還内，過户限，心喜甚，不覺其屐齒之折。其矯情鎮物如此。

〔九〕《詩·大雅》：仍執醜虜。

〔一〇〕《晉書·索琳傳》：永嘉蕩覆，海内横流。

〔一一〕《世説》：謝公在東山，朝命屢降而不動，諸人每相與言：「安石不肯出，將如蒼生何？」

〔一二〕顔延年詩：水國周地險，河山信重複。

〔一三〕謝靈運詩：想像崑山姿，緬邈區中緣。

〔一四〕《左傳》：宴於季氏，有嘉樹焉，宣子譽之。

〔一五〕《太平寰宇記》：白鷺洲，在江寧縣西三里大江中，多聚白鷺，因名之。楊齊賢曰：白鷺洲，在金陵城下秦淮之外。

〔一六〕《一統志》：青龍山，在應天府東南三十五里。《江南通志》：青龍山，在江寧府上元縣東三十里，山産石甚良，土人取爲碑礎。《通雅》：曉日爲朝暾。謝靈運詩：曉見朝日暾。李周翰注：暾，日初出貌。

〔一七〕武陵源，陶淵明所記者，見二卷注。又《述異記》：武陵源，在吳中，山無他木，盡生桃李，俗呼爲桃李源。源上有石洞，洞中有乳水。世傳秦末喪亂，吳中人于此避難，食桃李實者皆得仙。則又一武陵源也。

登瓦官閣

楊齊賢曰：《瓦官寺碑》云：江左之寺，莫先於瓦官，晉武時，建以陶官故地，故名瓦官，訛而爲「棺」。或云昔有僧，誦經於此，既死，葬以虞氏之棺，墓上生蓮花，故曰瓦棺。中有瓦棺閣，高二十五丈。唐爲昇元閣。《景定建康志》：古瓦官寺，又爲昇元寺，在城西南隅。晉哀帝興寧二年，詔移陶官於淮水北，遂以南岸窰地施僧慧力，造瓦官寺。舊志曰「瓦棺」者，非也。據俗説云，瓦棺寺之名，起自西晉。時長沙城隅，陸地生青蓮兩朶，民以聞官，掘得一瓦棺，見一僧，形貌儼然，其花從舌根生。父老云：「昔有一僧，不説姓名，平生誦《法華經》百餘部，臨死遺言，以瓦棺葬之。」遂以寺名爲瓦棺，本此。其説頗涉誤誕，縱有此事，亦在長沙，與此無與也。不知「陶官」爲「瓦官」，而易「官」爲「棺」，殆附會而爲之説耳。《方輿勝覽》：昇元寺，即瓦棺寺也。在建康府城西隅，前瞰江面，後據重岡，最爲古跡。李主時，昇元閣猶在，乃梁朝故物，高二百四十尺。李白詩所謂「日月隱簷楹」是也。今西南隅戒壇，乃是故基。

晨登瓦官閣，極眺金陵城。鍾山對北户〔一〕，淮水入南榮〔二〕。漫漫雨花落〔三〕，嘈嘈天樂鳴〔四〕。兩廊振法鼓〔五〕，四角吟（一作「吹」）風箏〔六〕。杳出霄漢上，仰攀日月行。山空霸氣滅，地古寒陰生。寥廓雲海晚〔七〕，蒼茫宫觀平。門餘閶闔字〔八〕，樓識鳳凰名〔九〕。雷作百山動，神扶萬栱傾〔一〇〕。靈光何足貴〔一一〕，長此鎮吴京〔一二〕。

〔一〕《一統志》：鍾山，在應天府東北，山周迴六十里。漢秣陵尉蔣子文，逐盜死于此。吴大帝爲立廟，因改蔣山。《輿地志》：蔣山，古曰金陵山，一名北山。其山磅礴奇秀，比諸山特高。

〔二〕楊齊賢曰：淮水即秦淮，源于句容、溧水兩山間，自方山合流至建鄴，貫城中而西以達于江。《太平寰宇記》：昇州江寧縣有淮水，北去縣一里，源從宣州東南溧水縣烏刹橋西流八百五十里。《輿地志》云：秦始皇巡會稽，鑿斷山阜，此淮即所鑿也，故名秦淮水。孫盛《晉春秋》亦云是秦所鑿，王導令郭璞筮，即此淮也。又稱：未至方山，有直瀆，行三十里許。以地形論之，淮水發源詰屈，不類人工。則始皇所掘，宜此瀆也。《丹陽記》云：建康有淮，源出華山，流入江。徐爰《釋問》云：淮水西北貫都。《輿地志》云：淮水發源于華山，在丹陽、姑熟之界，西北流徑建康、秣陵二縣之間，縈紆京邑之内，至于石頭入江，綿亘三百許里。《上林賦》：曝于南榮。郭璞曰：榮，南簷也。應劭曰：榮，屋檐兩頭如翼也。沈括《筆談》：榮，屋翼也。今謂之「兩徘徊」，又謂之「兩厦」。

〔三〕《阿彌陀經》：彼佛國土，常作天樂，晝夜六時，雨天曼陀羅花。天樂者，天人所作音樂，清暢嘹喨，微妙和雅，一切音聲所不能及。雨花者，諸天於空中散花供養。若雨之從天而下，故曰雨花。

〔四〕《埤蒼》：嘈嘈，聲衆也。

〔五〕《法華經》：今佛世尊欲説大法，雨大法雨，吹大法螺，擊大法鼓。孫綽《天台山賦》：法鼓琅以振響。李周翰注：法鼓，鐘也。

〔六〕真西山曰：風箏，簷鈴。俗呼風馬兒。楊升庵曰：古人殿閣簷稜間有風琴、風箏，皆因風動成音，自諧宫、商。元微之詩「烏啄風箏碎珠玉」，高駢有《夜聽風箏詩》，僧齊己有《風琴引》，王半山有《風琴詩》，此乃簷下鐵馬也。今人名紙鳶曰風箏，非也。

〔七〕寥廓，寬廣貌。

〔八〕《景定建康志》：按《宫苑記》：晉成帝修新宫，南面開四門，最西曰西掖門，正中曰大司馬門，次東曰南掖門，最東曰東掖門。南掖門，宋改閶闔門，陳改端門。

〔九〕《江南通志》：按《宫苑記》：鳳凰樓，在鳳臺山上。宋元嘉中建。

〔一〇〕《甘泉賦》：炕浮柱之飛榱兮，神莫莫而扶傾。顔師古注：言舉立浮柱而駕飛榱，其形危竦，有神於冥寞之中扶持，故不傾也。

〔一一〕《魯靈光殿賦》：神靈扶其棟宇，歷千載而彌堅。《後漢紀》：魯共王好宫室，起靈光殿，甚壯麗。《魯靈光殿賦序》：魯靈光殿者，蓋景帝程姬之子恭王餘之所立也。恭王始都下國，好治宫室，遂因魯僖基兆而營焉。

〔一二〕吴京，謂金陵之地，見五卷注。

登梅崗望金陵贈族姪高座寺僧中孚

《太平寰宇記》：梅嶺崗，在昇州江寧縣南九里，周迴六里。《輿地志》云：在國門之東，晉豫章太守梅賾家于岡下，故民名之。《景定建康志》：梅嶺崗，在城南九里，長六里，高二丈，上有亭，爲士庶游春之所。《江南志》：聚寶山，在江寧府城南聚寶門外，其東嶺爲雨花臺，山麓爲梅岡。晉豫章内史梅賾家於此。舊多亭榭，自六朝迄今，爲士人游覽勝地。高座寺，在江寧府雨花臺梅崗，晉永嘉中建，名甘露寺，西竺僧尸黎密據高座説法，世謂高座道人，葬此，故名。或云晉法師竺道生所居。

鍾山抱金陵〔一〕，霸氣昔騰發。天（一作「神」）開帝王居〔二〕，海色照宫闕。群峰如逐鹿，奔走相馳突。江水九道來〔三〕，雲端遥明没。時遷大運去〔四〕，龍虎勢休歇〔五〕。我來屬天清，登覽窮楚、越〔六〕。吾宗挺禪伯，特秀鸞鳳骨（一作「吾宗道門秀，特異鸞鳳骨」）。衆星羅青天，明（繆本作「朗」）者獨有月。冥居順生理，草木不翦伐。烟窗引薔薇，石壁老野蕨。吴風謝安屐〔七〕，白足傲履韈〔八〕。幾宿一下山（一作「下山來」），蕭然忘干謁〔九〕。談經演金偈〔一〇〕，降鶴舞海雪。時聞天香來〔一一〕，了與世事絶。佳游不可得，春去（蕭本作「風」）惜遠别。賦詩留巖屏，千載庶不滅。

〔一〕《江南通志》：鍾山，在江寧府東北，一曰金陵山，一曰蔣山，一名北山，一名元武山，俗名紫金山，週圍六十里，高一百五十丈。諸葛亮對吴大帝云「鍾山龍蟠」，指此。

〔二〕曹植詩：壯哉帝王居，佳麗殊百城。

〔三〕《書·禹貢》：荆州，九江孔殷。孔安國注：江於此州界，分爲九道。琦按：今之九江，僅有其名，九派之跡，邈不可見。蓋川瀆之形，不能無變遷故也。詳見十四卷注。但金陵去九江甚遠，即使唐時水脉未改，然登梅崗而望九江，亦豈目力之所能及，詩人誇大之辭，多過其實，往往若此矣。

〔四〕何晏《景福殿賦》：乃大運之攸戾。李周翰注：大運，天運也。

〔五〕龍虎勢，謂龍蟠虎踞之勢。

〔六〕金陵之地，古爲吴地，其西爲楚，其南爲越。

〔七〕吴風，謂吴人風俗。《晉書·謝安傳》：玄等既破苻堅，有驛書至，安還内，過户限，心喜甚，不覺其屐齒之折。謝安屐，是借用其事。

〔八〕《神僧傳》：釋曇始，關中人，出家以後，多有異跡。足白於面，雖洗涉泥水，未嘗霑濕，天下咸稱「白足和尚」。長安人王胡，其叔死數年，忽見形，將胡遍游地獄，示諸果報，謂曰：「已知因果，應當奉事白足阿練。」胡遍訪衆僧，惟見始足白於面，因而事之。

〔九〕《北史》：酈道約好以榮利干謁。

〔一〇〕偈，釋氏韻詞也。佛所説之偈，謂之金偈。

〔一一〕《華嚴經》：雨衆天花、天香、天末香。

登金陵鳳凰臺

《江南通志》：鳳凰臺，在江寧府城内之西南隅，猶有陂陀，尚可登覽。宋元嘉十六年，有三鳥翔集山間，文彩五色，狀如孔雀，音聲諧和，衆鳥群附，時人謂之鳳凰。起臺于山，謂之鳳凰臺，山曰鳳臺山，里曰鳳凰里。《珊瑚鈎詩話》：金陵鳳凰臺，在城之東南，四顧江山，下窺井邑，古今題詠，惟謫仙爲絶唱。

鳳凰臺上鳳凰游，鳳去臺空江自流。吴宫（一作「時」）花草埋幽徑〔一〕，晉代（一作「國」）衣冠成古丘。三山半落青天外〔二〕，一（一作「二」）水中分白鷺洲〔三〕。總爲（一作「盡道」）浮雲能蔽日〔四〕，長安不見使人愁。

〔一〕吴宫，謂孫權建都時所造宫室。《景定建康志》：三山，在城西南五十七里，周迴四里，高二十九丈。

〔二〕《輿地志》云：其山積石森鬱，濱於大江，三峰排列，南北相連，故號「三山」。陸放翁《入蜀記》：三山，自石頭及鳳凰臺望之，杳杳有無中耳，及過其下，則距金陵才五十餘里。

〔三〕史正志《二水亭記》：秦淮源出句容、溧水兩山，自方山合流，至建業貫城中而西，以達于江。有洲横截其間，李太白所謂「二水中分白鷺洲」是也。《一統志》：白鷺洲，在應天府西南江中。

〔四〕《陸子新語》：邪臣之蔽賢，猶浮雲之障日月也。

劉後村曰：古人服善，李白登黄鶴樓，有「眼前有景道不得，崔顥題詩在上頭」之語，至金陵乃作《鳳凰臺》詩以擬之。今觀二詩，真敵手棋也。《瀛奎律髓》：太白此詩與崔顥《黄鶴樓》相似，格律氣勢，未易甲乙。此詩以「鳳凰臺」爲名，不過起兩句，已盡之矣。下六句乃登臺而觀望之景也。三、四懷古人之不見，五、六、七、八咏今日之景而慨帝都之不可見，登臺而望，所感深矣。田子藝曰：人知李白《鳳凰臺》、《鸚鵡洲》出於《黄鶴樓》，不知崔顥又出於《龍池篇》。沈詩五龍、二池、四天，崔詩三黄鶴、二去、二空、二人、二悠悠、歷歷、萋萋，李詩三鳳、二凰、二臺、又三鸚鵡、二江、三洲、二青，四篇機杼一軸，天錦燦然，各用疊字成章，尤奇絶也。趙宧光曰：《詩原》引沈佺期《龍池篇》云：「龍池躍龍龍已飛，龍德先天天不違。池開天漢分黄道，龍向天門入紫微。邸第樓臺多氣色，君王鳧雁有光輝。爲報寰中百川水，來朝此地莫東歸。」崔顥篤好之，先擬其格，作《雁門胡人歌》云：「高山代郡東接燕，雁門胡人家近邊。解放胡鷹逐塞鳥，能將代馬獵秋田。山頭野火寒多燒，雨裏孤烽濕作烟。聞道遼西無鬬戰，時時醉向酒家眠。」自分無以尚之，别作《黄鶴樓》詩云：「昔人已乘白雲去，此地空餘黄鶴樓。黄鶴一去不復返，白雲千載空悠悠。晴川歷歷漢陽樹，芳草萋萋鸚鵡洲。日暮鄉關何處是？烟波江上使人愁。」然後直出雲卿之上，視《龍池》直俚談耳！李白壓到不敢措詞，别題《鸚鵡洲》云：「鸚鵡來過吴江水，江上洲傳鸚鵡名。鸚鵡西飛隴山去，芳洲之樹何青青！烟開蘭葉香風暖，岸夾桃花錦浪生。遷客此時徒極目，長洲孤月向誰明？」而自分調不若也，於心終不降，又作《鳳凰臺》云：「鳳凰臺上鳳凰游，鳳去臺空江自流。吴宫花草埋幽徑，晉代衣冠成古丘。三山半落青天外，一水中分白鷺洲。總爲浮雲能蔽日，長安不見使人愁。」然後可以雁行無愧矣。按：前後五篇，並古風也。而後人以《龍池》題作「篇」，《雁門》題作「歌」，遂入之古體，《黄鶴》、《鸚鵡》、《鳳凰》入之近體，非也。弇州、元瑞亦舉崔顥《雁門胡人歌》及沈佺期《龍池篇》，謂當與《黄鶴》同調，不當一置之律，一置之古也。按：《黄鶴》詩，調取之《龍池》，格取之《雁門》。李之擬崔，《鸚鵡》取其格，《鳳凰》取其調。徐柏山謂李白《鸚鵡洲》詩全效崔顥《黄鶴》，《鳳凰》非其正擬也。予則以爲，論字句《鸚鵡》逼真，論格調則《鸚鵡》卑弱，略非《鳳凰》、《黄鶴》敵手。當是太白既賦《鸚鵡》，不慊而更轉高調。調故可以相頡頏，而語稍粗矣。二詩皆本之崔，然《鸚鵡》不敢出也。又曰：《黄鶴》、《鳳凰》相敵在何處？《黄鶴》第四句方成調，《鳳凰》第二句即成調。不有後句，二詩首唱皆淺稺語耳。調當讓崔，格則遜李。顥雖高出，不免四句已盡，後半首别是一律，前半則古絶也。《邵氏聞見後録》：歐陽公每哦太白「三山半落青天外，二水中分白鷺洲」之句，曰杜子美不道也。予謂約以子美律詩，「青天外」正可以「白鷺洲」作偶。

望廬山瀑布二首

《太平御覽》：周景式《廬山記》曰：白水，在黄龍南數里，即瀑布水也，土人謂之白水湖。其水出山腹，挂流三四百丈，飛湍於林峰之表，望之若懸素。注水處，石悉成井，其深不測也。

西登香爐峰〔一〕，南見（一作「望」）瀑布水。挂流三百丈（一作「千匹」），噴壑數十里。欻如飛電（一作「練」）來，隱若白虹起〔二〕。初驚河漢（一作「銀河」）落，半灑雲天（一作「半瀉金潭」）裏。

仰觀勢轉雄，壯哉造化功。海風吹不斷，江（一作「山」）月照還空。空中亂潨射〔三〕，左右洗青壁。飛珠散輕霞，流沫沸穹石〔四〕。而我樂（繆本作「游」）名山，對之心益閑。無論漱瓊液，且得洗塵顔。且諧宿所好，永願辭人間（一作「集譜宿所好，永不歸人間」）。

〔一〕白居易《廬山草堂記》：匡廬奇秀，甲天下山。山北峰曰香爐峰。《太平寰宇記》：香爐峰，在廬山西北，其峰尖圓，烟雲聚散，如博山香爐之狀。

〔二〕沈約詩：掣曳瀉流電，奔飛似白虹。

〔三〕《詩經集傳》：潨，水會也。

〔四〕《上林賦》：觸穹石。張揖注：穹石，大石也。

其二

日照香爐生紫烟，遥看瀑布挂前（繆本作「長」）川。飛流直下三千尺，疑是銀河落九（一作「半」）天（一本題云《望廬山香爐峰瀑布》，曰：「廬山上與星斗連，日照香爐生紫烟。」下兩句同）。

《韻語陽秋》：徐凝《瀑布》詩云：千古猶疑白練飛，一條界破青山色。或謂樂天有「賽不得」之語，獨未見李白詩耳。李白《望廬山瀑布》詩曰：「飛流直下三千尺，疑是銀河落九天。」故東坡云：「帝遣銀河一派垂，古來惟有謫仙詞。飛流濺沫知多少，不爲徐凝洗惡詩。」以余觀之，「銀河一派」猶涉比擬，不若白前篇云「海風吹不斷，江月照還空」，鑿空道出爲可喜也。《苕溪漁隱叢話》：太白《望廬山瀑布》絶句，東坡美之，有詩云：「帝遣銀河一派垂，古來惟有謫仙詞。」然余謂太白前篇古詩云「海風吹不斷，江月照還空」，磊落清壯，語簡而意盡，優于絶句多矣。

望廬山五老峰

《太平御覽》：《潯陽記》云：廬山北有五老峰，於廬山最爲峻極，横隱蒼穹，積石巉巖，迴壓彭蠡，其形勢如河中虞鄉縣前五老之形，故名。《太平寰宇記》：五老峰在廬山東，懸崖突出，如五人相逐羅列之狀。《方輿勝覽》：五老峰在廬山，五峰相連，故名。浮屠、老子之宫，皆在其下。《潛確居類書》：五老峰在廬山頂東南，自府治北望，森然如施帟幕者，是也。《商丘漫語》曰：自下望之，狀如偶立，其上相距甚遠，不相聯屬，巉峭壁立數千仞，軒軒然如人箕踞而窺重湖，又如五雲翩翩欲飛。舊有李太白書堂。《江西通志》：五老峰在南康府城北三十里，爲廬山盡處，石山骨立，突兀凌霄，如五人駢肩，然懸巖峭壁，難於登陟，雲霧卷舒，倏忽變化，乃郡之發脉山也。李白嘗築居於此。

廬山東南五老峰，青天削出金芙蓉〔一〕。九江秀色可攬結〔二〕，吾將此地巢雲松〔三〕。

〔一〕芙蓉，蓮花也。山峰秀麗，可以比之，其色黄，故曰金芙蓉也。樂府《子夜歌》：玉藕金芙蓉。

〔二〕《晉書》：安帝隆安中，百姓忽作《懊儂之歌》，其曲曰：「草生可攬結，女兒可攬擷。」

〔三〕《方輿勝覽》：《圖經》：李白性喜名山，飄然有物外志，以廬阜水石佳處，遂往游焉。卜築五老峰下，有書堂舊址。後北歸，猶不忍去，指廬山曰：「與君再會，不敢寒盟，丹崖緑壑，神其鑒之。」杜甫詩：匡山讀書處，頭白好歸來。或以爲綿之匡山。

江上望皖音近緩公山

《唐書·地理志》，舒州懷寧縣有皖山。《太平御覽》：《漢書·地理志》曰：皖山在灊山，與天柱峰相連，其山三峰鼎峙，疊嶂重巒，拒雲概日，登陟無由。《山經》曰：皖山東面有激水，冬夏懸流，狀如瀑布，下有九泉井，有一石牀，可容百人。其井莫知深淺，若天時亢旱，殺一犬投其中，即降雷雨，犬亦流出。《方輿勝覽》：皖山在安慶府淮寧縣西十里，皖伯始封之地。《江南通志》：皖山，一名皖公山，在安慶府潛山縣，與潛山天柱山相連，三峰鼎峙，爲長、淮之扞蔽。空青積翠，萬仞如翔，仰摩層霄，俯瞰廣野，瑰奇秀麗，不可名狀。上有天池峰，峰上有試心橋、天印石。甕巖狀如甕，人不可到。有石樓峰，勢若樓觀。

奇峰出奇雲，秀木含秀氣。清宴皖公山〔一〕，巉絶稱人意〔二〕。獨游滄江上，終日淡無味〔三〕。但愛兹嶺高，何由討靈異。默然遥相許，欲往心莫遂。待吾還丹成〔四〕，投跡歸此地。

〔一〕揚雄《校獵賦》：於是天清日晏。顔師古注：晏，無雲也。陸游《入蜀記》：北望，正見皖山。

〔二〕太白《江上望皖公山》詩：「巉絶稱人意。」「巉絶」二字，不刊之妙也。

〔三〕《老子》：道之出口，淡乎其無味。

〔四〕甄鸞《笑道論》：《神仙金液經》云：金液還丹，太上所服而神。今燒水銀，還復爲丹，服之得仙，白日升天，求仙不得此道，徒自苦耳。

望黄鶴山 蕭本作「樓」，誤

《太平御覽》：《江夏圖經》云：黄鶴山，在鄂州江夏縣東九里，其山斷絶無連接。舊傳云：昔有仙人，控黄鶴於此山，故以爲名。梁湘東王《晉安寺碑》云「黄鶴從天而夜響」是也。《苕溪漁隱叢話》：鄂州城之東十里許，其最高聳而秀者，是爲黄鶴山。《一統志》：黄鵠山，在武昌府城西南，一名黄鶴山。世傳仙人騎黄鶴過此，因名。

東望黄鶴山，雄雄半空出。四面生白雲，中峰倚紅日。巖巒行穹跨，峰嶂亦冥密〔一〕。頗聞列仙人，于此學飛術。一朝向蓬海，千載空石室。金竈生烟埃〔一〕，玉潭秘清謐（音密）〔二〕。地古遺草木，庭寒老芝朮〔三〕。蹇余羨攀躋〔五〕，因欲保閑逸。觀奇遍諸岳，兹嶺不可匹。結心寄青松，永悟客情畢。

〔一〕鮑照詩：青冥摇烟樹，穹跨負天石。陳子昂詩：石林何冥密，幽洞無留行。

〔二〕江淹詩：金竈煉神丹。

〔三〕清謐，猶清静也。

〔四〕謝靈運《曇隆法師誄》：茹芝木而共餌，披法言而同卷。

〔五〕《楚辭》：蹇誰留兮中洲。王逸注：蹇，辭也。謂發語聲。《説文》：躋，登也。

鸚鵡洲

胡三省《通鑑注》：鸚鵡洲，在江夏江中，禰衡作《鸚鵡賦》於此洲，因以爲名。洲之下即黄鵠磯。陸游《入蜀記》：鸚鵡洲上有茂林、神祠，遠望如小山，洲蓋禰正平被殺處。按：鸚鵡洲，在漢陽府城西南二里大江中，尾直黄鵠磯，明季爲水沖没，遂不可見。

鸚鵡來過吴江水〔一〕，江上洲傳鸚鵡名。鸚鵡西飛隴山去〔二〕，芳洲之樹何青青〔三〕。烟開蘭葉香風暖〔四〕，岸夾桃花錦浪生〔五〕。遷客此時徒極目，長洲孤月向誰明。

〔一〕盧照鄰《五悲》：鳳凰樓上隴山雲，鸚鵡洲前吴江水。

〔二〕《藝文類聚》：《秦川記》曰：隴西郡有隴山，山東人升此而顧瞻者，莫不悲思哀傷。《通典》：天水郡有大阪，名曰隴坻，亦曰隴山。

〔三〕《楚辭》：採芳洲兮杜若。王逸注：芳洲，香草叢生水中之處。

〔四〕《洛陽伽藍記》：春風動樹，則蘭開紫葉。

〔五〕梁簡文帝詩：春衫湔錦浪。

《瀛奎律髓》：太白此詩，乃是效崔顥體，皆於五六加工，尾句寓感嘆。是時，律詩猶未甚拘偶也。

九日登巴陵置酒望洞庭水軍 舊注時賊逼華容縣

《書經集傳》：東陵，巴陵也，今岳州巴陵縣也。《地理今釋》：東陵，即巴丘山，一名天岳山，今湖廣岳州府城，是其遺址。《一統志》：巴丘山，在岳州府城南，一名巴蛇塚。羿屠巴蛇於洞庭，積骨爲丘，故名。是巴陵即巴丘山也。洞庭湖，在岳州府城西南。《元和郡縣志》：岳州有華容縣，去州一百六十里。

九日天氣清，登高無秋雲。造化闢川岳，了然楚、漢分〔一〕。長風鼓横波〔二〕，合沓蹙龍文。憶昔傳游豫，樓船壯横汾〔三〕。今兹討鯨鯢〔四〕，旌旆何繽紛。白羽落酒樽〔五〕，洞庭羅三軍。黄花不掇手，戰鼓遥相聞。劍舞轉頽陽，當時日停曛〔六〕。酣歌激壯士，可以摧妖氛〔七〕。握齱（音近促。繆本作「喔跿」）東籬下〔八〕，淵（繆本作「泉」）明不足群。

〔一〕楚、漢，謂楚地之山及漢水也。

〔二〕《高唐賦》：長風至而波起。

〔三〕《昭明文選》：上行幸河東，祠后土，顧視帝京欣然，中流與群臣飲燕，上歡甚，乃自作《秋風辭》曰：「泛樓船兮濟汾河，横中流兮揚素波，簫鼓鳴兮發棹歌。」李善注：作大船，上施樓，故號曰樓船。

〔四〕鯨鯢，大魚之惡者，以喻盜賊，詳八卷注。

〔五〕《家語》：白羽若月，赤羽若日，旌旗繽紛，下盤于地。

〔六〕「劍舞」、「停曛」，用虞公揮戈回日事，已見三卷注。謝宣遠詩：頽陽照通津。

〔七〕《南史》：清妖氛於灘石，滅沴氣於雩都。

〔八〕《史記·酈生傳》：皆握齱好苛禮。應劭曰：握齱，急促之貌。韋昭曰：握齱，小節也。陶淵明詩：採菊東籬下，悠然見南山。蕭士贇曰：用武之時，儒士必輕。太白此言，其以淵明自況乎？

秋登巴陵望洞庭

《地理今釋》：洞庭湖，在今湖廣岳州府巴陵縣西南，北接華容、安鄉二縣，西南接常德府龍陽縣，東南接長沙府湘陰縣界，爲湖南衆水之匯。

清晨登巴陵，周覽無不極。明湖映天光，徹底見秋色。秋色何蒼然，際海俱澄鮮〔一〕。山青滅遠樹，水緑無寒烟。來帆出江中，去鳥向日邊。風清長沙浦〔二〕，霜（蕭本作「山」）空雲夢田〔三〕。瞻光惜頽髮〔四〕，閱水悲徂年〔五〕。北渚既蕩漾〔六〕，東流自潺湲〔七〕。郢人唱《白雪》〔八〕，越女歌《採蓮》。聽此更腸斷，憑崖淚如泉〔九〕。

〔一〕謝靈運詩：空水共澄鮮。

〔二〕長沙浦，謂自長沙而入洞庭之水。

〔三〕古雲夢澤，跨江之南北，自岳州外，凡江夏、漢陽、沔陽、安陸、德安、荆州，皆其兼亘所及。《藝文類聚》：宋玉《小言賦》曰：楚襄王登陽雲之臺，命諸大夫景差、唐勒、宋玉等並造《大言賦》。賦畢，而宋玉受賞。曰：有能爲《小言賦》者，賜之雲夢之田。

〔四〕瞻光，瞻日月之光。

〔五〕閲水，閲逝去之水。《後漢書·馬援傳》：徂年已流，壯情方勇。

〔六〕《楚辭》：帝子降兮北渚。江淹詩：北渚有帝子，蕩漾不可期。

〔七〕《漢書》：河蕩蕩兮激潺湲。顔師古注：潺湲，激流也。

〔八〕郢人、《白雪》，見二卷注。

〔九〕劉琨詩：淚下如泉流。

與夏十二登岳陽樓

《方輿勝覽》：岳陽樓，在岳州郡治西南，西面洞庭，左顧君山，不知創始爲誰。唐開元四年，中書令張説出守是邦，與才士登臨賦咏，自此名著。

樓觀岳陽盡，川迥洞庭開〔一〕。雁引愁心（一作「雁别秋江」）去，山銜好月來。雲間連（繆本作「逢」）下榻〔二〕，天上接行杯〔三〕。醉後涼風起，吹人舞袖迴。

〔一〕岳陽，謂天岳山之陽，樓依此立名。洞庭一湖，正當樓前，浩浩蕩蕩，茫無涯畔，所謂巴陵勝狀，盡在是矣。

〔二〕下榻，用陳蕃禮徐穉、周璆事，見十四、二十卷注。沈約詩：賓至下塵榻。王勃文：徐孺下陳蕃之榻。「下」字本此。

〔三〕傳杯而飲曰行杯。

登巴陵開元寺西閣贈衡岳僧方外

《唐會要》：天授元年十月二十九日，兩京及天下諸州，各置大雲寺一所，開元二十六年六月一日，並改爲開元寺。胡三省《通鑑注》：開元寺，今諸州間亦有之，蓋唐開元中所置也。

衡岳有開（蕭本作「闡」）士〔一〕，五峰秀真骨〔二〕。見君萬里心，海水照秋月。大臣南溟去，問道皆請謁。洒以甘露言，清涼潤肌髮〔三〕。明湖落天鏡，香閣凌銀闕〔四〕。登眺餐惠風〔五〕，新花期啟發。

〔一〕《通典》：衡山，在今衡陽郡湘潭縣。《釋氏要覽》：開士，《經音疏》云：開，達也，明也，解也；士則士夫也。經中多呼菩薩爲開士。前秦苻堅賜沙門有德解者，號開士。李雁湖曰：《妙法蓮花經》「跋陀羅等與其同伴十六開士」云云，開士者，能自開覺，又開他心，菩薩之異名也。

〔二〕《傳燈録》：惠可大師返香山，終日宴坐，經八載，于寂默中，見一神人謂曰：「將欲受果，何滯此耶?」翊日,覺頭痛如刺,其師欲治之,空中有聲曰:「此乃换骨,非常痛也。」師視其頂骨,即如五峰秀出矣。

〔三〕《法華經》:如以甘露洒,除熱得清涼。

〔四〕《維摩詰經》:上方界分,過四十二恒河沙佛土,有國名「衆香」,佛號「香積」,其界一切皆以香作樓閣。

〔五〕《初學記》:梁元帝《纂要》曰:春風曰惠風。

與賈至繆本缺「至」字舍人於龍興寺剪落梧桐枝望灉湖

《岳陽風土記》:龍興觀故基,在太平寺東,舊有西閣,爲登覽之勝。灉湖,在州南,春冬水涸,昔人謂之「乾湖」,《水經》謂之「滃湖」。秋夏水漲,即渺瀰勝千石舟,通閣子鎮。《元和郡縣志》:灉湖,一名滃湖,在岳州巴陵縣南一十里。《一統志》:灉湖,在岳州府城東南五里。趙東曦《灉湖詩序》:巴丘南灉湖者,蓋沅、湘、澧、汨之餘波焉。茲水也,淪漄洞庭,澮澮千里,夏潦奔注,則泆爲此湖。冬霜即零,則涸爲平野。按《爾雅》云「水反入爲灉」,斯名之作,有由焉耳。

翦落青梧枝,灉湖坐可窺。雨洗秋山淨,林光澹碧滋。水閑明鏡轉,雲繞畫屏移。千古風流事，名賢共此時。

挂席江上待月有懷

待月月未出，望江江自流。倏忽城西郭，青天懸玉鈎〔一〕。素華雖（繆本作「難」）可攬〔二〕，清景不同游。耿耿金波裏〔三〕，空瞻鳷鵲樓〔四〕。

〔一〕鮑照《翫月城西》詩：始見西南樓，纖纖如玉鈎。

〔二〕陸機詩：安寢北堂上，明月入我牖。照之有餘輝，攬之不盈手。

〔三〕謝朓詩：金波麗鳷鵲。

〔四〕劉良注：金波，月也。鳷鵲，館名。

金陵望漢江

漢江迴萬里，派作九龍盤〔一〕。横潰豁中國〔二〕，崔嵬飛迅湍〔三〕。六帝淪亡後〔四〕，三吴不足觀〔五〕。我君混區宇〔六〕，垂拱衆流安〔七〕。今日任公子，滄浪罷釣竿〔八〕。

〔一〕郭璞《江賦》：流九派乎潯陽。應劭《漢書注》：江自廬江、潯陽分爲九，詳見十四卷注。

〔二〕謝靈運詩：天地中横潰。

〔三〕《江賦》：長波浹渫，峻湍崔嵬。張銑注：崔嵬，湍高貌。

〔四〕六帝：吴、晉、宋、齊、梁、陳六代之帝。

〔五〕《水經注》：吴後分爲三，世號「三吴」，吴興、吴郡、會稽也。

〔六〕《東京賦》：區宇乂寧。

〔七〕《書·武成》：垂拱而天下治。孔穎達《正義》：《説文》云：拱，斂手也。垂拱而天下治，謂所任得人，人皆稱職，手無所營，下垂其拱，故美其垂拱而天下治也。《戰國策》：秦王垂拱而受西河之外。鮑彪注：垂衣拱手，言無所事也。

〔八〕任公子投竿東海，釣得大魚，詳見《大鵬賦》注。因衆派安流，水無巨魚，故任公子之釣竿可罷，喻言江漢寧静，地無巨寇，則王者之征伐可除也。

秋登宣城謝脁北樓

《一統志》：北樓在寧國府治北，南齊守謝脁建。《江南通志》：陵陽山，在寧國府城南，岡巒盤屈，三峰秀拔，爲一郡之鎮。上有樓，即謝脁北樓，李白所稱江城如畫者。

江城如畫裏，山晚望晴空。兩水夾明鏡，雙橋落彩虹〔一〕。人烟寒（一作「空」）橘柚，秋色老梧桐。誰念北樓上，臨風懷謝公。

〔一〕《宣州圖經》：宛溪、句溪兩水，繞郡城合流。有鳳凰、濟川二橋，開皇時建。《江南通志》：宛溪在寧國府城東，跨溪上下有兩橋，上橋曰鳳凰，直城東南泰和門外；下橋曰濟川，直城東陽德門外。並隋開皇中建。

望天門山

《圖經》：天門山，在太平州當塗縣西南二十里，又名蛾眉山。二山夾大江對峙，東曰博望，西曰梁山。

天門中斷楚江開，碧水東流至北（繆本作「直北」，一作「至此」）迴〔一〕。兩岸青山相對出，孤帆一片日邊來。

〔一〕毛西河曰：因梁山、博望夾峙，江水至此一迴旋也。時刻誤「此」作「北」，即東又北，既北又迴，已乖句調，兼失義理。

望木瓜山

早起見日出，暮見（繆本作「看」）棲鳥還。客心自酸楚，況對木瓜山〔一〕。

《一統志》：木瓜山，在常德府城東七里。李白謫夜郎過此，有詩云云。又《江南通志》：木瓜山，在池州府青陽木瓜舖杜牧求雨處，今尚有廟。二處皆太白常游之地，未知孰是？

〔一〕《千金翼方》：木瓜實味酸。

登敬亭北二小山余時按「客」字上似缺一「送」字客逢崔侍御並登此地

送客謝亭北〔一〕，逢君縱酒還〔二〕。屈盤戲白馬，大笑上青山。迴鞭指長安，西日落秦關。帝鄉三千里，杳在碧雲間。

《一統志》：敬亭山，在寧國府城北十里。

〔一〕《一統志》：謝公亭，在寧國府治北，即謝朓送范雲之零陵處。

〔二〕《漢書》：田廣與食其日縱酒。顔師古注：縱意而飲酒。

過崔八丈水亭

高閣横秀氣，清幽併在君。簷飛宛溪水，窗落敬亭雲〔一〕。猿嘯風中斷，漁歌月裏聞。閑隨白鷗去，沙上自爲群。

〔一〕宛溪水，敬亭山，俱見前注。

登廣武古戰場懷古

《水經注》：《郡國志》：滎陽縣有廣武城，城在山上，漢所城也。高祖與項羽臨絶澗對語，責羽十罪，羽射漢祖中胸處也。《後漢書注》：《西征記》曰：有三皇山，或謂三室山，山上有二城，東者曰東廣武，西者曰西廣武，各在一山頭，相去二百餘步，其間隔深澗，漢祖與項籍語處。《元和郡縣志》：東廣武、西廣武二城，各在一山頭，相去二百餘步，在鄭州滎澤縣西二十里。漢高與項羽俱臨廣武而軍，今東城有高壇，即是項羽坐太公於上以示漢軍處。《一統志》：古戰場，在開封府廣武山下，即楚漢戰處。

秦鹿奔野草〔一〕，逐之若飛蓬。項王氣蓋世〔二〕，紫電明雙瞳〔三〕。呼吸八千人，横行起江東〔四〕。赤精斬白帝〔五〕，叱（嗔入聲）咤（嗏去聲）入關中〔六〕。兩龍不並躍，五緯與天同〔七〕。楚滅無英圖〔八〕，漢興有成（繆本作「來」）功。按劍清八極〔九〕，歸酣歌《大風》〔一〇〕。伊昔臨廣武，連兵決雌雄〔一一〕。分我一杯羹，太皇乃汝翁。戰爭有古跡，壁壘頹層穹。猛虎嘯（繆本作「吟」）洞壑，飢鷹鳴秋空。翔雲列曉陣，殺氣赫長虹。撥亂屬豪聖〔一二〕，俗儒安可通。沉湎（音勉）呼豎子〔一三〕，狂言非至公。撫掌黄河曲，嗤嗤（音癡）阮嗣宗〔一四〕。

〔一〕《史記》：蒯通曰：「秦失其鹿，天下共逐之，於是高材捷足者先得焉。」張晏曰：以鹿喻帝位也。

〔二〕項羽《垓下歌》：力拔山兮氣蓋世。

〔三〕《史記·項羽本紀》：聞項羽亦重瞳子。

〔四〕又《羽本紀》：籍與江東子弟八千人渡江而西。

〔五〕《漢書》：待詔夏賀良等言赤精子之讖。應劭注：高祖感赤龍而生，自謂赤帝之精。陳子昂詩：復聞赤精子，提劍入咸京。斬白帝事，詳一卷《擬恨賦》注。

〔六〕《史記索隱》：叱咤，發怒聲。《通典》：平王東遷洛邑，以岐、酆之地賜秦襄公，乃爲秦地。至孝公，作爲咸陽，築冀闕，徙都之，故謂之秦川，亦曰關中地。《關中記》曰：東自函關今弘農郡靈寶縣界，西至隴關今汧陽郡汧源縣界，二關之間，謂之關中，東西千餘里。《史記》：漢王之入關，五星聚東井。東井者，秦分也，先至必霸。

〔七〕《西京賦》：高祖之始入也，五緯相汁，以旅於東井。李善注：五緯，五星也。

〔八〕《宋書》：英圖武略，事駕前古。

〔九〕高誘《淮南子注》：八極，八方之極也。

〔一〇〕漢高帝《沛宫歌》：大風起兮雲飛揚，威加海内兮歸故鄉。詳見二十卷注。

〔一一〕《項羽本紀》：漢王引兵渡河，復取成皋，軍廣武，就敖倉食。項王已定東海，來西，與漢俱臨廣武而軍，相守數月。項王爲高俎，置太公其上，告漢王曰：「今不急下，吾烹太公。」漢王曰：「吾與項羽，俱北面受命懷王，曰『約爲兄弟』。吾翁即若翁，必欲烹而翁，則幸分我一杯羹。」項王怒，欲殺之，項伯曰：「天下事未可知，且爲天下者不顧家，雖殺之無益，祇益禍耳。」項王從之。楚、漢久相持未決，丁壯苦軍旅，老弱罷轉漕。項王謂漢王曰：「天下匈匈數歲，徒以吾兩人耳。願與漢王挑戰，決雌雄，毋徒苦天下之民父子爲也。」漢王笑謝曰：「吾寧鬬智，不能鬬力。」於是項王乃即漢王相與臨廣武間而語。漢王數之，項王怒，欲一戰，漢王不聽，項王伏弩射中漢王。

〔一二〕《史記·秦楚之際月表》：撥亂誅暴，平定海内，卒踐帝祚，成於漢家。

〔一三〕《淮南子》：康樂沉湎。高誘注：沉湎，淫酒也。《韓詩薛君章句》：夫飲之禮：齊顔色，均衆寡，謂之沉；閉門不出謂之湎。

〔一四〕《廣韻》：嗤，笑也。《三國志注》：阮籍，字嗣宗。《魏氏春秋》曰：籍嘗登廣武，觀楚、漢戰處，乃歎曰：「時無英雄，使豎子成名。」

《東坡志林》：昔先友史經臣彦輔謂予：「阮籍登廣武而歎曰：『時無英雄，使豎子成名。』豈謂沛公豎子乎？」予曰：「非也！傷時無劉、項也，豎子指晉、魏間人耳！」今日讀李白《登廣武古戰場》詩「沉湎呼豎子，狂言非至公」，乃知太白亦誤認嗣宗語。嗣宗雖放蕩，本有志於世，以魏、晉間多故，一放於酒，何至以沛公爲豎子乎！洪容齋曰：阮籍登廣武，歎曰：「時無英雄，使豎子成名。」蓋歎是時無英雄如昔人者，俗士不達，以爲籍譏漢祖，雖李白亦有是言，失之矣。蕭士贇曰：予嘗讀《阮籍傳》，未嘗不羡其能以佯狂任達，全身遠害於晉、魏之交，非見遠識微，孰能與於此。品量人物之際，豈不識漢高之爲人，至發「廣武」之嘆哉！因味其言，至於「時」之一字，而知籍之所謂「時無英雄」者，非指漢高也。蓋謂所遭之時，炎劉之末，桓、靈之君，無英雄之材，卒使神鼎暗移於臣下也。「豎子」者，指曹氏父子，籍之興嘆者，此耳！或曰：「然則太白之詩，失言矣！」曰：此非太白之詩也。詩中語意錯亂，用事失倫。《大風》之歌，能事畢矣，詩乃重申廣武之事。此詩本意稱述高祖之美，如仗義入關，縞素伐楚，軍臨廣武數羽十罪，可稱者不少，曾無一語及此。分羹之語，出於一時處變之權，奚足爲高祖道者！而詳言之，可謂無識者矣。太白有識者也，肯作此語乎？吾故曰：非太白之詩也。琦按：阮籍蓋習見夫三國之時，覆軍殺將，互勝互敗，而終未能一統，以視項羽之一敗而遂不復振，相去天淵矣。使三國之君，而生於其世，恐漢高亦不能以五載而成帝業，如此其易也。廣武一嘆，初無深義，自東坡別創一説，而後之人皆因之。蕭氏更謂桓、靈無英雄之才，而以豎子指曹氏父子，則其説益左。夫漢高固英雄，然觀其鴻門之困，睢水之敗，滎陽之圍，廣武之弩，瀕於危者數矣！而卒不死，終以有天下者，天命也。豈真算無遺策，而天下莫能當者哉！且觀其生平，惟以詐術制御群材，好駡侮士，謾言負約，以阮籍之白眼觀之，呼爲「豎子」，亦何足異。太白「非至公」之言，亦尊題之法，自當如此。或兩人所見，實有不同，安得訾其誤哉？若云詩中語意錯亂，則「歸酣歌《大風》」以上，是泛言楚、漢之興廢。「伊昔臨廣武」以下，乃始著題，與《登金陵冶城西北謝安墩》一詩，同一機軸，條理井然。若云用事失倫，在「分我杯羹」一語，追想當時情事，良、平之儔，何、賈之伍，言語妙天下，豈不知此語之繆？第恐卑辭屈節，適足以長楚人之燄，而墮其計中，矯手措足，悉爲所制，不得已而爲是悖逆之辭，以見「爲天下者不顧家」之意。非此一語，不足以折楚人之心；捨此一語，亦無以復楚人之命。其實太公生死，全不在此一言，正不必爲漢高諱也。仗義入關，縞素伐楚，俱非軍廣武時事，此處何可攙入，蕭氏之云云，無乃皆贅乎！